SAS

ALERTE PLUTONIUM

DU MÊME AUTEUR
AUX PRESSES DE LA CITÉ

N° 1 S.A.S. À ISTANBUL
N° 2 S.A.S. CONTRE C.I.A.
N° 3 S.A.S. OPÉRATION APOCALYPSE
N° 4 SAMBA POUR S.A.S.
N° 5 S.A.S. RENDEZ-VOUS À SAN FRANCISCO
N° 6 S.A.S. DOSSIER KENNEDY
N° 7 S.A.S. BROIE DU NOIR
N° 8 S.A.S. AUX CARAÏBES
N° 9 S.A.S. À L'OUEST DE JÉRUSALEM
N° 10 S.A.S. L'OR DE LA RIVIÈRE KWAÏ
N° 11 S.A.S. MAGIE NOIRE À NEW YORK
N° 12 S.A.S. LES TROIS VEUVES DE HONG-KONG
N° 13 S.A.S. L'ABOMINABLE SIRÈNE
N° 14 S.A.S. LES PENDUS DE BAGDAD
N° 15 S.A.S. LA PANTHÈRE D'HOLLYWOOD
N° 16 S.A.S. ESCALE À PAGO-PAGO
N° 17 S.A.S. AMOK À BALI
N° 18 S.A.S. QUE VIVA GUEVARA
N° 19 S.A.S. CYCLONE À L'ONU
N° 20 S.A.S. MISSION À SAÏGON
N° 21 S.A.S. LE BAL DE LA COMTESSE ADLER
N° 22 S.A.S. LES PARIAS DE CEYLAN
N° 23 S.A.S. MASSACRE À AMMAN
N° 24 S.A.S. REQUIEM POUR TONTONS MACOUTES
N° 25 S.A.S. L'HOMME DE KABUL
N° 26 S.A.S. MORT À BEYROUTH
N° 27 S.A.S. SAFARI À LA PAZ
N° 28 S.A.S. L'HÉROÏNE DE VIENTIANE
N° 29 S.A.S. BERLIN CHECK POINT CHARLIE
N° 30 S.A.S. MOURIR POUR ZANZIBAR
N° 31 S.A.S. L'ANGE DE MONTEVIDEO
N° 32 S.A.S. MURDER INC. LAS VEGAS
N° 33 S.A.S. RENDEZ-VOUS À BORIS GLEB
N° 34 S.A.S. KILL HENRY KISSINGER!
N° 35 S.A.S. ROULETTE CAMBODGIENNE
N° 36 S.A.S. FURIE À BELFAST
N° 37 S.A.S. GUÊPIER EN ANGOLA
N° 38 S.A.S. LES OTAGES DE TOKYO
N° 39 S.A.S. L'ORDRE RÈGNE À SANTIAGO
N° 40 S.A.S. LES SORCIERS DU TAGE
N° 41 S.A.S. EMBARGO
N° 42 S.A.S. LE DISPARU DE SINGAPOUR
N° 43 S.A.S. COMPTE À REBOURS EN RHODÉSIE
N° 44 S.A.S. MEURTRE À ATHÈNES
N° 45 S.A.S. LE TRÉSOR DU NÉGUS
N° 46 S.A.S. PROTECTION POUR TEDDY BEAR
N° 47 S.A.S. MISSION IMPOSSIBLE EN SOMALIE
N° 48 S.A.S. MARATHON À SPANISH HARLEM
N° 49 S.A.S. NAUFRAGE AUX SEYCHELLES
N° 50 S.A.S. LE PRINTEMPS DE VARSOVIE
N° 51 S.A.S. LE GARDIEN D'ISRAËL
N° 52 S.A.S. PANIQUE AU ZAÏRE
N° 53 S.A.S. CROISADE À MANAGUA
N° 54 S.A.S. VOIR MALTE ET MOURIR
N° 55 S.A.S. SHANGHAÏ EXPRESS
N° 56 S.A.S. OPÉRATION MATADOR
N° 57 S.A.S. DUEL À BARRANQUILLA
N° 58 S.A.S. PIÈGE À BUDAPEST
N° 59 S.A.S. CARNAGE À ABU DHABI
N° 60 S.A.S. TERREUR À SAN SALVADOR
N° 61 S.A.S. LE COMPLOT DU CAIRE
N° 62 S.A.S. VENGEANCE ROMAINE

Nº 63 S.A.S. DES ARMES POUR KHARTOUM
Nº 64 S.A.S. TORNADE SUR MANILLE
Nº 65 S.A.S. LE FUGITIF DE HAMBOURG
Nº 66 S.A.S. OBJECTIF REAGAN
Nº 67 S.A.S. ROUGE GRENADE
Nº 68 S.A.S. COMMANDO SUR TUNIS
Nº 69 S.A.S. LE TUEUR DE MIAMI
Nº 70 S.A.S. LA FILIÈRE BULGARE
Nº 71 S.A.S. AVENTURE AU SURINAM
Nº 72 S.A.S. EMBUSCADE A LA KHYBER PASS
Nº 73 S.A.S. LE VOL 007 NE RÉPOND PLUS
Nº 74 S.A.S. LES FOUS DE BAALBEK
Nº 75 S.A.S. LES ENRAGÉS D'AMSTERDAM
Nº 76 S.A.S. PUTSCH A OUAGADOUGOU
Nº 77 S.A.S. LA BLONDE DE PRÉTORIA
Nº 78 S.A.S. LA VEUVE DE L'AYATOLLAH
Nº 79 S.A.S. CHASSE A L'HOMME AU PÉROU
Nº 80 S.A.S. L'AFFAIRE KIRSANOV
Nº 81 S.A.S. MORT A GANDHI
Nº 82 S.A.S. DANSE MACABRE A BELGRADE
Nº 83 S.A.S. COUP D'ÉTAT AU YEMEN
Nº 84 S.A.S. LE PLAN NASSER
Nº 85 S.A.S. EMBROUILLES A PANAMA
Nº 86 S.A.S. LA MADONE DE STOCKHOLM
Nº 87 S.A.S. L'OTAGE D'OMAN
Nº 88 S.A.S. ESCALE À GIBRALTAR

L'IRRÉSISTIBLE ASCENSION DE MOHAMMAD REZA, SHAH D'IRAN
LA CHINE S'ÉVEILLE
LA CUISINE APHRODISIAQUE DE S.A.S
PAPILLON ÉPINGLÉ
LES DOSSIERS SECRETS DE LA BRIGADE MONDAINE
LES DOSSIERS ROSES DE LA BRIGADE MONDAINE

AUX ÉDITIONS DU ROCHER

LA MORT AUX CHATS
LES SOUCIS DE SI-SIOU

AUX ÉDITIONS DE VILLIERS

Nº 89 S.A.S. AVENTURE EN SIERRA LEONE
Nº 90 S.A.S. LA TAUPE DE LANGLEY
Nº 91 S.A.S. LES AMAZONES DE PYONGYANG
Nº 92 S.A.S. LES TUEURS DE BRUXELLES
Nº 93 S.A.S. VISA POUR CUBA
Nº 94 S.A.S. ARNAQUE À BRUNEI
Nº 95 S.A.S. LOI MARTIALE À KABOUL
Nº 96 S.A.S. L'INCONNU DE LENINGRAD
Nº 97 S.A.S. CAUCHEMAR EN COLOMBIE
Nº 98 S.A.S. CROISADE EN BIRMANIE
Nº 99 S.A.S. MISSION À MOSCOU
Nº 100 S.A.S. LES CANONS DE BAGDAD
Nº 101 S.A.S. LA PISTE DE BRAZZAVILLE
Nº 102 S.A.S. LA SOLUTION ROUGE
Nº 103 S.A.S. LA VENGEANCE DE SADDAM HUSSEIN
Nº 104 S.A.S. MANIP À ZAGREB
Nº 105 S.A.S. KGB CONTRE KGB
Nº 106 S.A.S. LE DISPARU DES CANARIES

LE GUIDE S.A.S. 1989

Photo de la couverture : Michael MOORE
Arme fournie par : Armurerie JEANNOT. A Levallois

ISBN : 2 - 7386 - 0279 - 7

ISSN : 0295 - 7604

GÉRARD DE VILLIERS

SAS

ALERTE PLUTONIUM

ÉDITIONS
GERARD de VILLIERS

PROLOGUE

Stanley Fawcett, directeur adjoint de la Central Intelligence Agency, but avec délices sa première tasse de café. Le jour se levait à peine, mais il était obligé d'être à six heures trente du matin dans son bureau au quatrième étage du bâtiment principal de Langley afin de préparer le « Daily Brief », synthèse de toutes les informations importantes des dernières vingt-quatre heures. Le document devait se trouver sur le bureau du président des Etats-Unis à dix heures, pour la réunion quotidienne du NSC (1). Son café terminé, Stanley Fawcett se lança à l'attaque de la pile de comptes rendus des stations de la CIA à travers le monde, amenés quelques minutes plus tôt par sa secrétaire, encore plus matinale que lui.

Au bout d'une demi-heure, il avait sélectionné deux dépêches. Deux informations venant de « sources » annoncées comme sûres par les deux chefs de station de Damas et Moscou.

A Damas, il s'agissait d'un agent infiltré dans les instances dirigeantes du Hezbollah libanais, émanation des services spéciaux de Téhéran. A Moscou, d'un Russe recruté récemment par la CIA : un des responsables de l'institut Kurchatov de l'Energie atomique. Connu du temps de l'Union soviétique sous le nom de

(1) National Security Council.

« Laboratoire N° 2 », l'institut Kurchatov avait été au cœur du développement des armes nucléaires soviétiques. Rien de ce qui touchait à ce domaine ne lui était étranger.

Stanley Fawcett posa les deux rapports l'un à côté de l'autre. Chacun tenait sur moins d'une page, et les deux disaient la même chose. Depuis octobre 1991, l'Iran avait lancé une opération ultra-secrète, nom de code « Darius », afin de se procurer du plutonium militaire nécessaire à la fabrication de bombes nucléaires et thermonucléaires. L'ayatollah Said Mohajerani, responsable du programme accéléré d'acquisition d'armement nucléaire, avait chargé le docteur Mehdi Chimran, diplômé de physique nucléaire de l'université de Berkeley en Californie, de prendre les contacts nécessaires dans l'ex-Union soviétique. Celui-ci, par discrétion, sous-traitait les opérations avec un homme qui avait déjà rendu de nombreux services à l'Iran : Ishan Kambiz, businessman iranien basé en Syrie.

Le rapport de Moscou précisait que la transaction risquait de se faire par l'intermédiaire d'une compagnie récemment formée par d'anciens apparatchiks soviétiques : Isotop, 22 ulitza Pogodinskaya, Moscou. Cette officine était officiellement chargée de commercialiser de l'uranium « pauvre », impropre à tout usage militaire.

Stanley Fawcett demeura quelques instants pensif devant ces rapports. Certes, il s'agissait de sources fiables, mais il aurait préféré, pour une affaire aussi grave, posséder un élément plus solide, comme une interception électronique. Tant de rumeurs circulaient, depuis l'éclatement de l'URSS! En dépit de la collaboration réelle des autorités de la CEI, il était toujours très difficile de savoir où était la vérité. Le directeur adjoint de la CIA hésitait : devait-il mettre en tête de son « Daily Brief » cette histoire de plutonium? Le Président détestait les Iraniens et ne manquerait pas de réagir; ce qui serait un bon point pour la Company... Mais si, ensuite, l'histoire se dégonflait...

Stanley Fawcett fit pivoter son fauteuil à roulettes afin de se placer face à l'écran de son terminal d'ordinateur et composa sur le clavier le code secret donnant accès à la banque de données de Langley. Ensuite, il tapa le nom d'Ishan Kambiz. Quelques secondes plus tard, un texte commença à s'imprimer rapidement.

Ishan Kambiz, nationalité iranienne, né en 1932.

1952 : Etudes au Polytechnicum de Zurich.

1956 : M.B.A. à Harvard.

1958 : s'installe en Syrie, à Damas, où il crée une affaire d'import-export. Travaille beaucoup avec l'Union soviétique où il effectue de nombreux séjours. En 1971, déménage à Beyrouth dans un immeuble qu'il a fait construire et dont il conserve les deux derniers étages. Se marie avec Najira Adwan, ex-Miss Liban.

En 1976, émigre à Abu Dhabi où il essaie de vendre au Cheikh Zaied une usine de dessalement d'eau de mer. Entre 1978 et 1984, effectue de nombreux voyages au Liban et en Iran où il se lie d'amitié avec l'ayatollah Mohajerani. Il devient acheteur de matériel de guerre pour le compte de l'Iran, effectuant également la liaison avec les Hezbollah installés dans la plaine de la Bekaa. On le soupçonne d'avoir eu des contacts étroits, pour le compte de l'Iran, avec des groupes terroristes menant des opérations contre les USA et Israël. Il aurait été mêlé à l'attentat contre l'ambassade américaine de Beyrouth. C'est en 1985 qu'il commence à s'intéresser au nucléaire, à la demande de Mohajerani et de Mehdi Chimran. Il ouvre différents bureaux d'achat de matériel et de technologie de par le monde

IBI Engineering Gmbh, Kaiserstrass 8, Frankfurt am Main.

IBI Engineering AG, à Zug en Suisse.

IBI Engineering Co, Postoak Bld, Houston, Texas.

IBI Engineering Co, 74 Sloane Avenue, London SW3.

Il a également de fréquents contacts avec les autorités

brésiliennes qui cherchent à vendre discrètement leur technologie nucléaire à l'Iran.

Suivait en annexe une liste interminable de matériel acheminé en Iran par les bons soins d'Ishan Kambiz. Les dernières lignes du rapport intéressèrent particulièrement Stanley Fawcett :

On estime que, grâce aux efforts de Kambiz et d'autres intermédiaires, l'Iran a constitué une infrastructure technologique suffisante à la création d'un potentiel nucléaire. Il ne lui manquerait que du combustible : uranium enrichi ou plutonium.

Le directeur adjoint de la CIA déclencha l'imprimante. Décidément, Ishan Kambiz allait être le morceau de choix de son « Daily Brief ». Il ne restait plus ensuite qu'à sensibiliser toutes les stations de la Company à travers le monde pour tenter d'en savoir plus sur l'opération « Darius ».

CHAPITRE PREMIER

Depuis un moment, la brune aux cheveux tressés, en blouson de cuir et jeans délavés, jetait des coups d'œil furtifs dans la direction d'Ishan Kambiz. Avec son crâne chauve cerné d'une couronne de cheveux noirs, ses yeux légèrement globuleux et ses traits empâtés, l'Iranien n'avait pourtant rien d'un play-boy.

Il avait vidé sa tasse de thé et tuait le temps en observant les autres clients du bar, situé juste en face des ascenseurs. La fille aux cheveux tressés, elle, se trouvait un peu à l'écart, dans un des fauteuils du hall du *Hilton*, où patientaient les visiteurs de passage. Une brusque et tardive tornade de neige venait de s'abattre sur Budapest et pas mal de gens s'étaient réfugiés à l'hôtel.

Ishan Kambiz était intrigué par le manège de cette inconnue qui ne ressemblait pas aux putes qui traînaient dans les hôtels, maquillées à la pelle et boudinées dans des tenues hyper-sexy. Celle-là faisait plutôt penser à une étudiante. Tandis que l'Iranien l'observait à son tour, l'inconnue ouvrit son blouson comme si elle avait trop chaud, découvrant un T-shirt tendu par des seins lourds.

Ishan Kambiz sentit soudain sa fatigue fondre comme neige au soleil.

Vingt-quatre heures plus tôt, il se trouvait encore à Rio de Janeiro, partageant son temps entre une pulpeuse « Carioca » (1) à peine nubile, aussi docile que salope, et des négociations avec des officiels brésiliens.

Un message important et secret lui était parvenu trois jours plus tôt, de la part de Mehdi Chimran. L'opération « Darius » entrait dans sa phase opérationnelle et il devait se rendre d'urgence à Budapest où des instructions complémentaires lui seraient remises. Ishan Kambiz avait eu peu de temps pour organiser un déplacement « protégé ». D'abord Rio-Paris sur Air France, avec un passeport libanais sous un faux nom. A Roissy, un membre de la Savama (2) l'attendait avec deux autres passeports, un turc et un chypriote, et un billet Paris-Vienne sur le prochain vol Air France. Grâce à ses innombrables connexions, Roissy 2 était devenu la plaque tournante du transport aérien, permettant de jongler avec tous les itinéraires imaginables.

A Vienne, il avait loué une voiture sous une troisième identité, grâce au passeport chypriote, et pris la route pour Budapest. Depuis le départ des troupes soviétiques, il n'y avait pratiquement plus de contrôles à la frontière austro-hongroise. Il était quand même arrivé au *Hilton* vers six heures du soir, crevé. Juste le temps d'un contact avec deux membres de la Force Al-Qods (3) officiellement gardes de sécurité à l'ambassade d'Iran de Budapest, chargés de lui donner ses dernières instructions et de l'accompagner au rendez-vous auquel il devait se rendre à dix heures le soir même.

L'opération « Darius » avait donné lieu à une mobilisation sans précédent des services iraniens. Said Mohajerani, vice-président de l'Iran, avait requis d'abord la collaboration d'Ali Fallahiyan, ministre du Renseignement, dont dépendaient la Savama, les Gardiens de la Révolution et la Force Al-Qods, le Service Action du renseignement iranien.

(1) Habitants de Rio.
(2) Police secrète des ayatollahs.
(3) Jérusalem.

Les hommes de Al-Qods, des jeunes fanatisés recrutés dans les bas-fonds de Téhéran, étaient prêts à tout. Il y en avait dans chaque ambassade iranienne à l'étranger, sous couverture de gardes de sécurité.

Dans le cadre de « Darius », ils avaient ordre de se mettre à la disposition d'Ishan Kambiz.

Ce dernier pouvait également faire appel au réseau des attachés culturels du ministre de l'Orientation Islamique, Ali Mohammad, présents eux aussi dans toutes les ambassades.

Enfin, c'était la Savama qui procurait les faux passeports et les relais pour les déplacements.

Dans la phase finale de l'opération, Akbar Torkan, ministre de la Défense, de la Logistique et des Forces Armées, tenait prêts des moyens de transport aériens sous couvert de vols humanitaires.

Quant à l'argent, Said Mohajerani n'avait de comptes à rendre qu'à l'ayatollah Rafsanjani. Les fonds étaient sans limite, l'opération « Darius » devant permettre à l'Iran de redevenir une grande puissance régionale et, et le cas échéant, de s'opposer militairement aux Etats-Unis.

Ishan Kambiz savait tout cela et se sentait fier d'avoir été choisi pour une telle aventure. Il bâilla. Sa fatigue était telle qu'il n'avait même pas dîné, l'estomac chamboulé par le décalage horaire. Il était en train de s'endormir devant son thé lorsqu'il avait repéré la fille aux cheveux tressés. Il avait beau se dire que c'était probablement une pute, la vue fugitive de ces seins épanouis avait injecté une dose massive d'adrénaline dans ses artères.

Afin de se reprendre, il consulta sa montre : dix heures moins vingt. Juste l'heure de partir à son rendez-vous. Heureusement, le soir, les ponts franchissant le Danube n'étaient pas embouteillés comme dans la journée.

Avant de se lever, il jeta un dernier coup d'œil à l'inconnue aux cheveux tressés. Le blouson de cuir s'était refermé; l'Iranien remonta jusqu'aux yeux bleus à peine maquillés et leurs regards se croisèrent. La fille soutint le sien avec une sorte d'intensité soumise. Comme un chien qui attend qu'on le caresse. Une boule de plomb se forma instantanément au creux de l'estomac d'Ishan Kambiz. Il pouvait avoir cette inconnue... Seulement le temps lui manquait. Il eut soudain une idée.

Il se leva et se dirigea avec une lenteur voulue vers les ascenseurs. Après avoir appuyé sur un des boutons d'appel, il se retourna, fixant la fille. Elle sembla d'abord ne pas remarquer son manège. La cabine arriva, et Ishan Kambiz y pénétra. Au moment où les portes allaient se refermer, la jeune inconnue bondit littéralement de son siège et le rejoignit d'un bond, les portes se refermant juste derrière elle.

Une intense vague de satisfaction submergea Ishan Kambiz. Il ne s'était pas trompé!

– A quel étage allez-vous? demanda-t-il poliment en anglais.

La brune aux cheveux tressés, au lieu de répondre, s'approcha de lui, plongeant son regard dans le sien avec la même intensité soumise. Pour éviter que les portes ne se rouvrent, Ishan Kambiz appuya sur le bouton du troisième, le sien. La fille ne bougea pas. Simplement, des deux mains, elle écarta son blouson de cuir. Devant ces seins lourds offerts, qui tendaient le tissu du T-shirt comme des fruits, les pointes se découpant nettement, l'Iranien disjoncta. Il s'était promis de descendre à son étage et de reprendre ensuite un autre ascenseur. Après une simple satisfaction d'amour-propre. Mais ses mains montèrent toutes seules vers les seins de l'inconnue et les emprisonnèrent.

Leur contact embrasa d'un coup Ishan Kambiz, envoyant une rafale de picotements exquis dans son bas-ventre.

Il les tenait encore à pleines mains quand l'ascenseur s'arrêta au troisième.

Heureusement, il n'y avait personne sur le palier. La fille recula, se préparant à descendre, mais Ishan Kambiz la retint par le poignet.

– *No,* dit-il, *you come with me.*

– *Where?* demanda-t-elle d'une voix douce, montrant qu'elle comprenait l'anglais.

– *In my car*, répliqua Ishan Kambiz en appuyant sur le bouton du rez-de-chaussée.

Ainsi, il ne perdrait pas de temps. En plus, il ne voulait pas révéler le numéro de sa chambre, ni rien qui permette de l'identifier. Tandis que l'ascenseur redescendait, la fille aux cheveux tressés précisa de la même voix douce :

– *Twenty dollars.*

– *No problem!* affirma l'Iranien.

Ils traversèrent le hall l'un derrière l'autre, et sortirent. La neige avait cessé, mais un vent glacé balayait Várhegy. Heureusement, la Mercedes de location du Libanais était juste devant la façade baroque du *Hilton*, place Hess András. La fille s'installa à côté de lui, et il démarra aussitôt. Il descendit jusqu'à la poterne fermant la vieille ville et s'engagea dans Ostrom utça, se demandant où il allait réaliser son fantasme. La fille le guignait, du coin de l'œil. Arrivés à la place Moszkva, elle avança la main.

– *Money!*

Ishan Kambiz avait préparé un billet qu'il lui tendit, plié. La brune le déplia avant de le glisser dans son jeans. Il mit le chauffage et, par gestes, fit comprendre à sa passagère d'ôter son blouson. Elle obéit, révélant sa poitrine énorme moulée par le T-shirt. Tout en descendant Mártirok utça, il se mit à la palper de sa main droite, comme un collégien. Il en était tellement excité qu'il faillit percuter un tram jaune sur le flanc duquel s'étalait une pub pour les poupées Barbie.

Il continua en direction du pont Margit, conduisant avec une sage lenteur. N'en pouvant plus, il prit la main de sa passagère et la posa entre ses cuisses. Docilement, elle fit ce qu'il attendait d'elle, avec tant de dextérité qu'il dut immobiliser son poignet pour ne pas exploser prématurément. Entre l'obscurité et le mauvais temps, personne ne risquait de remarquer son manège.

Il n'eut pas le temps de souffler. La tête aux cheveux tressés, évitant le volant, plongea sur lui et une bouche chaude commença à aller et venir le long de son sexe, lui procurant des sensations exquises.

En dépit de sa position inconfortable, sa passagère était bien décidée à lui en donner pour son argent. Du coup, Ishan Kambiz pesa sur la tête jusqu'à ce que la jeune Hongroise ait un haut-le-cœur, étouffée par l'importance de son membre. De la main droite, l'Iranien commença à jouer avec les seins magnifiques. Gêné par le T-shirt, il l'arracha hors de la ceinture du jeans pour entrer directement en contact avec la peau tiède.

Un coup de klaxon le fit sursauter et il réalisa qu'il était en train de zigzaguer sur la large avenue Teréz, face à la gare du Sud...

Son excitation tomba d'un coup. Il comprit que pour aller au bout de son plaisir, il fallait qu'il s'arrête : courageusement, la fille continuait ses efforts.

Il contourna la place du 7 Novembre, devenue place Oktogon, pour emprunter l'avenue Andrássy filant vers le parc Varosliget. Quittant aussitôt la chaussée principale, il s'engagea dans une des contre-allées bordées de villas luxueuses et stoppa un peu plus loin.

Personne en vue. Il recula son siège afin de permettre à sa partenaire d'exercer plus commodément son talent de vestale et glissa les deux mains sous son T-shirt.

Celle-ci se lança dans la dernière ligne droite, faisant tourner sa langue à toute vitesse autour du membre gorgé de sang.

Ishan Kambiz ne résista que quelques secondes. Le corps arqué en arrière, il grimpa littéralement le long de son siège avant d'éjaculer dans la bouche complaisante, ébloui de plaisir. Cette fille valait décidément le détour! Ses doigts étaient restés crispés sur ses nattes, maintenant son sexe au fond de son gosier. L'Iranien exhala un profond soupir, tous ses muscles se détendirent et il rouvrit les yeux, aveuglé par un réverbère. Son regard tomba alors sur la montre de bord : dix heures dix. Il était en retard, les meilleures choses avaient une fin.

Tranquillement, la fille remettait son T-shirt dans son jeans. En voyant son client tourner le contact, elle demanda :

– *We come back Hilton?*

Ishan Kambiz secoua la tête, se penchant pour ouvrir la portière du côté de sa passagère.

– *No time*, annonça-t-il simplement.

La fille regarda la portière ouverte et reçut une rafale de bise glaciale.

– *We come back*, insista-t-elle.

Ses yeux bleus étaient assombris par la rage. Il la jetait comme un Kleenex! Ishan Kambiz affronta son regard, brutalement furieux. Le mot « gentleman » ne faisait pas partie de son vocabulaire; dans sa civilisation, la femme se situait à mi-chemin entre le cheval et le chien.

– *Raus!* lança-t-il en allemand. *Schnell* (1).

Comme elle ne bougeait pas, d'une violente bourrade, il la poussa à moitié dehors. La fille s'accrocha à la portière. Alors, pivotant sur son siège, Ishan Kambiz dégagea sa jambe droite et, d'une détente précise, jeta sa fellatrice sur le trottoir... Celle-ci se reçut à quatre pattes. L'Iranien se pencha pour refermer la portière et démarra aussitôt, brûlant le feu rouge suivant au coin de la rue Bajza. Dans le rétroviseur, il aperçut la fille debout, brandissant le poing dans sa direction, regardant sa voiture s'éloigner. Il ne s'était pas fait une amie...

Hâtivement, il se rajusta, le ventre en paix, et se concentra sur la suite de sa soirée.

(1) Fous le camp! Vite.

*
**

Trois cents mètres avant d'arriver au hideux bâtiment gréco-romain de la place des Héros, marquant la fin de l'avenue Andrássy, Ishan tourna à gauche, pour s'engager dans une rue perpendiculaire, Munkacsy utça, puis prit à droite dans Lendvay utça, parallèle à l'avenue Andrássy.

Ses phares éclairèrent des trottoirs déserts. C'était le quartier résidentiel des ambassades, avec de vieilles villas en mauvais état, jadis réservées aux apparatchiks. Il ralentit, scrutant les voitures en stationnement et aperçut les feux rouges allumés d'une Opel garée le long du trottoir de gauche. Il s'arrêta à sa hauteur. Aussitôt, la glace se baissa électriquement, révélant deux moustachus.

Les deux hommes de la Force Al-Qods, Cyrus et Ali.

Ils échangèrent quelques mots en farsi, puis Ishan Kambiz redémarra, scrutant les numéros. Vingt mètres plus loin, presque en face de l'ambassade de France, il repéra le 20, une vaste cour desservant une villa massive et vieillotte qui paraissait inhabitée.

L'Iranien pénétra dans la cour vide, et manœuvra, afin de pouvoir repartir en marche avant. Il coupa ensuite son moteur et ses phares. Il était à pied d'œuvre. Intrigué. Cyrus lui avait appris que celui qu'il allait rencontrer avait demandé qu'on lui apporte six cent mille dollars. Sans instructions sur ce point, ils n'avaient pas tenu compte de cette demande.

*
**

Vingt minutes s'étaient écoulées et le silence était total. Ishan Kambiz commençait à s'engourdir et à s'inquiéter. Il avait mis la radio en sourdine pour ne pas trop s'ennuyer. Que signifiait ce retard?

Le double pinceau des phares d'une voiture pénétrant dans la cour l'arracha à sa torpeur. Le faisceau de lumière balaya son habitacle et la voiture – une Mercedes gris sombre – s'arrêta le long de la villa, à une dizaine de mètres de lui. Les phares s'éteignirent et presque aussitôt, trois portières s'ouvrirent. Par celle du passager avant, émergea un homme de taille moyenne au visage en lame de couteau, sanglé dans un imperméable. Rejoint aussitôt par deux énormes types, vêtus identiquement de blousons, T-shirts et jeans, les pieds chaussés de baskets. Tous les deux le crâne rasé, avec des visages plats aux traits grossiers. Les bras écartés du corps, ils avançaient en glissant, la tête dans les épaules. Ishan Kambiz ne fut pas surpris. Les chefs de la mafia russe utilisaient toujours comme « gorilles » des lutteurs ou des spécialistes des arts martiaux rarement équipés d'armes à feu. Ils étaient cependant redoutables, capables de briser un homme en morceaux en quelques secondes, grâce à la technique du « full contact » ou du Taek-Won-Do.

Le trio s'arrêta à quelques mètres de la voiture. A son tour, Kambiz ouvrit sa portière et sortit, s'avançant vers l'homme à l'imperméable. Celui-ci lui tendit la main et annonça en anglais avec un fort accent russe :

– Je suis Stephan.

Ishan Kambiz prit la main tendue sans répondre. Un peu étonné devant un tel déploiement de forces. C'était la procédure utilisée seulement lorsqu'il y avait un échange clandestin d'argent contre une marchandise quelconque. Ce qui n'était pas le cas, aujourd'hui.

Il scruta le visage plat du Russe, et demanda dans sa langue :

– Je crois que tu dois me remettre quelque chose, Stephan?

– *Da, da*, acquiesça le Russe.

Seulement il ne bougea pas.

– Alors, qu'est-ce que tu attends? insista Kambiz.

Stephan dit quelques mots à voix basse à un de ses gorilles qui aussitôt courut vers leur voiture. Il en revint avec une mallette métallique qu'il posa sur le sol, en face du Russe.

Ishan Kambiz eut un coup au cœur. Le message ne parlait que d'un échantillon. Mais avec les Russes, on ne savait jamais. Subitement calmé, il demanda :

– Qu'est-ce qu'il y a là-dedans?

Sans lui répondre, Stephan s'accroupit, déverrouilla la mallette, puis souleva le couvercle. Ensuite, complaisamment, il la fit pivoter vers Ishan Kambiz afin que ce dernier en voie le contenu. Un des gorilles avait allumé une torche et dirigeait le mince faisceau dessus. L'Iranien aperçut des sacs en plastique transparent, remplis d'une poudre rougeâtre. Stupéfait, il leva la tête.

– Qu'est-ce que c'est que cela?

Un sourire presque aimable illumina le visage en lame de couteau de Stephan.

– C'est la marchandise. Il y en a quatre kilos. Nous avons eu du mal à les réunir, car il y a beaucoup de demande en ce moment.

Ishan Kambiz ne comprenait plus. Il s'accroupit et prit un des sacs. Il l'ouvrit et plongea la main dedans, prenant un peu de poudre rougeâtre entre ses doigts. C'était granuleux et froid.

Il remit la substance dans le sac en plastique, le referma et se releva. Stephan précisa aussitôt :

– Chaque sac pèse deux cent cinquante grammes. Il y en a seize. Je les ai tous pesés personnellement.

– Ah bon, fit Ishan Kambiz, d'une voix dangereusement douce.

Sans se rendre compte de son changement de ton, Stephan enchaîna :

– Quatre kilos à 150000 dollars, cela fait 600000 dollars. Et c'est un prix spécial. Vous avez l'argent, bien sûr?

L'Iranien hocha la tête sans répondre, décrocha un talkie-walkie de sa ceinture, l'activa et prononça quelques mots en farsi. Une minute plus tard, Cyrus et Ali surgirent de l'obscurité, chacun un attaché-case à la main. A côté des deux gorilles de Stephan, ils paraissaient tout fluets... Ils s'immobilisèrent un peu en retrait d'Ishan Kambiz. Le regard de Stephan se posa avidement sur les attaché-cases et son visage s'éclaira d'un sourire.

– Ah, je vois, l'argent est là dedans...

Kambiz apostropha en farsi les deux Iraniens, sans cacher sa fureur. C'est eux qui avaient eu le contact pour ce rendez-vous. Visiblement, ils tombaient des nues, eux aussi.

L'Iranien se pencha alors et prit un sac de poudre rougeâtre, le brandissant sous le nez de Stephan.

– Qu'est-ce que c'est que cette saloperie? gronda-t-il.

Le Russe, un peu décontenancé, répliqua tranquillement :

– C'est du « Red Mercury », comme on a déjà vendu à certains de vos amis. Du très bon.

– Du très bon! répéta Ishan Kambiz, maîtrisant mal sa rage. Et ça sert à quoi, d'après toi?

L'homme au visage en lame de couteau bredouilla et finit par dire :

– Oh, moi, je ne sais pas exactement, mais c'est indispensable pour fabriquer des bombes thermonucléaires. C'est pour cela que cela vaut si cher.

Ishan Kambiz explosa d'un coup.

– Tu te fous de moi, espèce de connard! Ton truc, cela ne sert à *rien!* C'est une escroquerie!

Cette fois, la fureur de l'Iranien était tellement visible que Stephan eut vraiment peur, en dépit de ses deux gardes du corps tchétchènes.

– Moi, je ne suis qu'un intermédiaire, protesta-t-il. Si vous n'avez pas l'argent maintenant, on peut se revoir demain. Mais c'était convenu comme ça.

Ishan Kambiz se retourna, lançant un ordre d'une voix étranglée.

Comme dans une manœuvre bien répétée, les deux Iraniens mirent un genou en terre, posant leur attaché-case en face d'eux. Ils les ouvrirent, laissant le couvercle vertical, empêchant ainsi Stephan et ses amis de voir l'intérieur. Plongeant les mains dedans, ils se redressèrent avec un ensemble touchant. Ils ne serraient pas des liasses de dollars mais de courts pistolets-mitrailleurs MP5 prolongés par de gros silencieux noirs.

Ils les braquèrent sur le trio, les jambes bien écartées, le canon à l'horizontale, calmes et déterminés. En quelques secondes, ils pouvaient farcir de plomb Stephan et ses gardes du corps.

Le Russe fixa les armes, médusé. Dépassé. Ishan Kambiz le contemplait avec une telle fureur qu'il avait l'impression d'être traversé par des rayons X. Etre venu du Brésil pour se faire arnaquer comme un de ces petits intermédiaires minables qui rôdaient autour de la Russie comme des coyotes! L'Iranien fulminait intérieurement. Pourtant, quelque chose lui échappait. C'était bizarre que l'homme avec qui Mehdi Chimran avait été en contact lui ait envoyé Stephan pour lui vendre du « Red Mercury ».

Il fallait en avoir le cœur net.

– Stephan, demanda-t-il, pour qui travailles-tu?

– Pour Karim Nazarbaiev, répliqua aussitôt le Russe.

Ishan Kambiz n'avait jamais entendu ce nom. Ce n'était pas, en tout cas, celui du correspondant du Dr Chimran. Il tenta de se calmer. Il saurait le fin mot de l'histoire plus tard. Pour le moment, il fallait être certain de ne pas passer à côté de sa mission. Stephan, vexé, lança avec un soupçon d'arrogance :

– Vous pouvez nous voler la marchandise, nous ne sommes pas armés. Mais personne ne vous livrera plus rien, vous le savez! Et j'ai d'autres choses très intéressantes à vous proposer, ajouta-t-il, tentateur. Seulement, il faut d'abord régler cette affaire.

Ishan Kambiz ne répondit pas, plongé apparemment

dans ses pensées. L'atmosphère s'était brusquement tendue.

Les deux Tchétchènes ne bronchaient pas. Les bras légèrement écartés le long du corps, le regard sans cesse en mouvement, ils guettaient sans trop y croire une faille chez leurs adversaires. Trop professionnels pour ne pas savoir que le meilleur karateka ne court pas plus vite qu'une balle de pistolet-mitrailleur... Même s'ils avaient été armés, ils n'auraient pas eu le temps de réagir. D'ailleurs, régler un incident aussi violent n'était pas dans leur compétence.

Ishan Kambiz s'était fait une religion : le Dr Mehdi Chimran, brillant scientifique mais piètre commerçant, avait été roulé par les Russes. Il fallait donc qu'il se fasse respecter pour deux. Le visage crispé de rage, il marcha sur la valise pleine de poudre rouge, en arracha un sachet, l'ouvrit et en déversa le contenu par terre.

– Regarde ce que j'en fais de ta saloperie! gronda-t-il.

La poudre par terre, il la piétina, afin de bien la mélanger à la poussière du sol. Stephan regardait, interloqué et choqué.

L'Iranien fonça sur lui et le prit au collet, postillonnant de fureur.

– Imbécile! Ton « Red Mercury » ça ne vaut rien et ça ne sert à rien.

– Mais des tas de gens en ont déjà acheté! protesta Stephan.

– Ils se sont fait avoir! trancha Ishan Kambiz.

Stephan parvint à se dégager, blanc de peur. Ses yeux déjà rapprochés semblaient loucher. Il ne s'attendait pas à ce genre de problème. Lui n'était qu'un petit voyou ukrainien de Kiev, utilisé dans un vaste réseau qui avait des ramifications dans toute l'ex-URSS. A ses yeux, le « Red Mercury » et la poudre de perlimpinpin, c'était pareil. Il se contentait de veiller à la bonne marche des livraisons.

– *Karacho! Karacho!* (1) fit-il conciliant. Je remporte ma marchandise mais vous n'aurez rien d'autre.

Il faisait déjà demi-tour. Ishan Kambiz l'arrêta d'une voix sifflante de fureur :

– *Niet!* On va te donner une petite leçon.

Stephan le fixa sans comprendre. L'affaire prenait vraiment vilaine tournure.

– *Sto?* (2)

– Dis à tes deux singes de s'allonger à plat ventre, les bras écartés, à côté du perron.

Après une courte hésitation, Stephan se tourna vers les deux Tchétchènes et transmit l'ordre.

Les deux hommes obéirent sans un mot. Aussitôt, Ishan Kambiz lança quelques mots en farsi et un de ses hommes lui tendit son MP5 qu'il braqua sur les deux silhouettes étendues dans l'ombre.

– Dis-leur que s'ils bougent, je les arrose.

A cette distance, ils n'avaient aucune chance d'échapper aux projectiles 9 mm.

Stephan traduisit et fit face à l'Iranien.

– Qu'est-ce que vous voulez? demanda-t-il d'une voix étranglée.

Ishan Kambiz lui adressa un sale sourire, un très sale sourire. En dépit de sa tête ronde et de son petit corps replet, on n'avait pas du tout envie de se moquer de lui.

– Juste transmettre un message à ceux qui ont eu l'idée de cette arnaque, précisa-t-il, qu'ils n'aient plus jamais envie de recommencer...

Le Russe le regarda, surpris et soulagé, sans comprendre où il voulait en venir.

– Et c'est quoi, le message?

Ishan Kambiz le fixa avec méchanceté.

– C'est *toi!*

Se retournant, il lança quelques mots en farsi. Aussi-

(1) Bien! Bien!
(2) Quoi?

tôt, Ali et Cyrus se ruèrent sur Stephan. En un clin d'œil, ils lui eurent lié les poignets derrière le dos avec une fine cordelette, et le forcèrent à s'asseoir. Ensuite, ils le traînèrent vers le perron, non loin de ses deux gardes du corps. L'Iranien, de la main gauche, ramassa la valise pleine de « Red Mercury » et s'approcha de Stephan.

– Je vais te faire bouffer cette saloperie jusqu'à ce que tu en crèves ! annonça-t-il d'une voix vibrante de rage. Ça leur ôtera l'envie de recommencer, à tes copains !

Jusqu'ici Stephan avait obéi aveuglément aux ordres de son patron, Karim Nazarbaiev, qui lui inspirait une saine terreur. Mais, maintenant, il s'agissait de sa peau.

– Attendez, cria-t-il, j'ai...

Sa phrase se termina dans un gargouillis : Cyrus avait passé un bras musculeux autour de son cou, l'étranglant à moitié. Dans sa rage, Ishan Kambiz tendit son arme à Ali et prit un sachet en plastique dans la valise. Ali braqua le MP5 sur les deux gorilles tchétchènes. Cyrus pinça férocement le nez de Stephan. Le Russe réussit à garder la bouche fermée plus de deux minutes, puis suffoquant, il l'ouvrit pour avaler une grande goulée d'air.

D'un geste précis, Ishan Kambiz vida d'un coup le sac de poudre rouge dans la bouche ouverte.

Avec un horrible hoquet, Stephan se mit à tousser, tandis que le « Red Mercury » saupoudrait son palais, emplissait sa bouche, envahissait sa trachée artère et ses bronches. Suffoquant, il réussit à en recracher une petite partie, cherchant désespérément de l'air. Pour cela, il dut de nouveau ouvrir la bouche et Ishan Kambiz en profita pour y verser une seconde dose de « Red Mercury ».

*
**

Stephan fut secoué par un spasme qui fit trembler tous ses muscles. Les yeux hors de la tête, une horrible croûte rougeâtre faite de salive et de « Red Mercury » tout autour de la bouche, les traits déformés par l'asphyxie, il ne respirait plus que par à-coups, les poumons envahis par la froide poudre rougeâtre. Sa bouche s'ouvrit démesurément, son nez se pinça et ses jambes battirent l'air violemment. Une dernière fois, les poumons cherchèrent à expulser la poudre, mais c'était trop tard.

Il resta la bouche ouverte, le visage levé vers le ciel. Tranquillement, Ishan Kambiz acheva de vider le sac qu'il tenait jusqu'à ce que son contenu déborde de la bouche du mort. Il jeta ensuite le plastique vide à terre. Les deux Tchétchènes, tenus en respect par l'Ingram, avaient assisté, impuissants, au supplice du Russe.

– Qu'est-ce qu'on fait d'eux? demanda Cyrus en farsi.

Ishan Kambiz jeta d'une voix calme :

– Tu le sais bien.

Il n'avait rien contre les deux Tchétchènes, mais c'étaient des témoins gênants.

Chacun des Iraniens s'approcha d'un des deux Tchétchènes et lui posa l'extrémité du silencieux contre la tête. Juste derrière l'oreille. Les deux hommes cherchèrent désespérément à éviter les projectiles, mais en quelques secondes, tout fut terminé. Six détonations sourdes, deux têtes éclatées et le sang absorbé par la terre meuble du jardin. Sans aucune émotion, les deux tueurs remirent leurs armes dans leurs attaché-cases.

– Allez-y, ordonna simplement Ishan Kambiz.

Avant de s'éloigner, Cyrus se pencha sur Stephan et détacha de son poignet sa belle Rollex or et argent. Le Russe n'en aurait plus besoin.

Docilement, ils regagnèrent leur voiture. Kambiz

reprit le volant de la sienne, pensif. Sa colère retombée, il cherchait encore à comprendre le pourquoi de cette arnaque. Décidément, avec les Russes, on ne pouvait jamais savoir. Ils prenaient les gens du monde extérieur pour des imbéciles milliardaires. Le coup du « Red Mercury » cela marchait avec des intermédiaires. Pas avec un homme comme Ishan Kambiz.

Il fit démarrer sa Mercedes, abandonnant les sachets de « Red Mercury » à la pluie. Cela leur servirait de leçon. Si on ne se faisait pas respecter dans le monde féroce des trafiquants, on vous dépeçait vivant.

***

Karim Nazarbaiev, avec ses yeux bridés, ressemblait à un Chinois. Il avait pourtant passé toute sa vie au Kirghiztan, à Frunze, où une intelligente carrière d'apparatchik local bien menée l'avait transformé en patron de la mafia locale.

Lorsque l'Union soviétique avait éclaté, il avait compris que son avenir était ailleurs, à l'extérieur. C'est un voyage à Kiev où il avait un cousin qui lui avait donné une idée. La mafia ukrainienne cherchait à s'étendre vers la Hongrie voisine. Ils manquaient de gros bras et de jolies filles bien dociles. Karim, qui avait monté une école de mannequins à Frunze pour ses besoins personnels, leur avait fourni les deux... Maintenant, il se demandait comment il avait pu vivre si longtemps dans un bled aussi perdu! Frunze était devenu Bischek, capitale du Kirghiztan au nord du Caucase, mais c'était toujours un trou infâme.

Pour la première fois de sa vie, il avait mangé des asperges au célèbre restaurant *Mátyás Pince* et depuis pris l'habitude de se baigner dans des vraies baignoires. Sans parler des chemises de soie et des chaussures sur mesure.

Une sonnerie stridente le fit sursauter et il appuya sur le bouton de l'interphone.

– C'est eux? demanda-t-il anxieusement.

– Non, répliqua la voix indifférente du portier. Un Italien dont la carte de crédit n'est plus bonne; il a consommé trois bouteilles de champagne.

– Cassez-lui toutes les dents, grogna le Kirghize, et foutez-le dehors.

Il ralluma son cigare, torturé par l'angoisse; il était pourtant sûr de Stephan, trop froussard pour le doubler sur un coup pareil. Le « Red Mercury » lui avait déjà rapporté des centaines de milliers de dollars, ce qui lui permettait d'agrandir son empire, en achetant d'autres boîtes de nuit et des usines désaffectées, qu'il transformait officiellement en salles de sport.

Les pieds sur son bureau, il contempla d'un œil distrait les six écrans de télé qui lui permettaient de surveiller chaque recoin de l'*Eden*. L'entrée principale en cas d'irruption de la police, le bar, la grande salle, les box et même les toilettes. Son bureau se trouvait au centre du complexe, sans aucune fenêtre, aéré seulement par la climatisation, et sa porte était dissimulée derrière une fausse glace. Tous les murs des couloirs intérieurs de l'*Eden*, peints en noir, sans aucune décoration, constituaient un véritable labyrinthe. Son regard accrocha la caméra braquée sur les toilettes. Tandis qu'une go-go girl se trémoussait sur un podium en face de la piste de danse, une de ses copines était en train de se faire sauter par un client dans un des WC. Karim Nazarbaiev contempla le spectacle quelques instants, mais il n'avait pas la tête à la rigolade. Une fois de plus, il consulta sa grosse Seiko. Onze heures et demie.

Stephan et ses gardes du corps auraient dû être là depuis longtemps.

L'estomac tordu de fureur, il se leva et ouvrit le vieux coffre-fort placé derrière son bureau. Une des étagères était entièrement occupée par les passeports des « entraîneuses ». Ce qui les rendait particulièrement dociles, d'autant qu'elles ne parlaient que le russe... Sur l'autre, il prit un Makarov automatique, en vérifia le chargeur et le glissa dans sa ceinture.

Pour six cent mille dollars, cela valait la peine de se déplacer. Dans l'entrée, il fit signe à son chauffeur en train de jouer au flipper, et à deux de ses gardes du corps, des Tchétchènes eux aussi.

– Prenez la seringue, ordonna-t-il.

La seringue, c'était une Kalach enveloppée dans une couverture.

Les quatre hommes prirent place à bord de la Mercedes 560 dont la plaque minéralogique commençait par un V comme toutes les voitures de société, et la voiture prit la direction du pont Margit. Karim Nazarbaiev ignorait encore ce qu'il allait découvrir. La rage l'étouffait en pensant que ce salopard de Stephan était peut-être déjà en Autriche avec ses six cent mille dollars...

Ils traversèrent le Danube et filèrent dans les grandes avenues désertes à part quelques voitures bleu et blanc de police, portant sur le flanc *Rendorseg* en lettres énormes. Karim Nazarbaiev n'était plus qu'une boule de nerfs lorsqu'ils s'engagèrent dans la rue Lendvay. Pas un chat. Arrivé à la hauteur du numéro 20, il ordonna au chauffeur de stopper, puis se tourna vers un des deux Tchétchènes.

– Hussain, va voir.

Le garde démaillota la Kalach et se fondit dans l'obscurité, l'arme à bout de bras. Karim Nazarbaiev attendit, la gorge nouée... Hussain réapparut très vite. Dans la main gauche, il portait une valise métallique que le mafioso kirghize reconnut immédiatement : celle qu'il avait confiée à Stephan quelques heures plus tôt !

Hussain ouvrit la portière à la volée et se laissa tomber à côté de lui.

– Ils sont tous morts, annonça-t-il d'une voix altérée. Stephan et les deux autres.

– Morts!

Karim Nazarbaiev n'en croyait pas ses oreilles.

– Mais qu'est-ce qui est arrivé?

Hussain frotta nerveusement ses grosses mains l'une contre l'autre.

– Salim et Najib ont été flingués. Dans la tête. Stephan, on lui a fait avaler la poudre rouge. Enfin, assez pour qu'il étouffe.

Le chauffeur poussa une exclamation.

– Regardez ce qui arrive derrière!

Karim Nazarbaiev se retourna et aperçut une voiture qui remontait lentement la rue Lendvay. Lorsqu'elle passa sous un réverbère, il distingua sur le toit les deux gros gyrophares d'un véhicule de police. A cause de la présence de nombreuses ambassades dans le quartier, il y avait souvent des rondes.

– Démarre!

Le chauffeur ne se le fit pas dire deux fois. Karim Nazarbaiev ouvrit la valise métallique posée sur ses genoux et aperçut les sachets intacts. Il n'en manquait que trois. La gorge nouée, Karim vit que la voiture de police venait de s'arrêter, juste en face du numéro 20! Pas question d'y retourner. Le chauffeur vira brutalement dans Dosza Gyorgy, longeant le parc de Varosliget, et se retourna.

– Où va-t-on?

– Prends Andrássy, on rentre, jeta le mafioso.

Il se rencogna sur la banquette, cherchant à se vider le cerveau, mais une petite voix au fond de lui murmurait qu'il avait pris un risque de trop.

CHAPITRE II

Alan Spencer, chef de station de la CIA à Budapest, prit sur son bureau une boîte ronde où reposait sur un lit de coton une boule enveloppée de papier d'aluminium de la taille d'une toute petite bille. Il défit le papier, révélant une sphère de métal gris, couleur de plomb, qu'il tendit à Malko.

– Ceci est du plutonium, annonça-t-il gravement. Pour être précis, du plutonium 239 à usage militaire. Il y en a 0,14 once environ, soit 4 grammes. Vous pouvez le toucher, cela ne présente aucun risque.

Malko recueillit la boule de plutonium 239 au creux de sa main et s'approcha de la fenêtre donnant sur la place Szabadsag pour mieux l'examiner. C'était fascinant de penser que ces quelques grammes de métal inerte pouvaient déchaîner l'enfer. Il réalisa soudain qu'une douce chaleur se dégageait de la boule de plutonium 239, et leva les yeux sur Alan Spencer.

– C'est chaud. C'est normal?

– Tout à fait, affirma le chef de station de la CIA.

Avec ses grosses lunettes d'écaille, ses cheveux rejetés en arrière et son visage sans traits marquants, plutôt avenant, il ressemblait à un professeur.

Malko essaya de rayer le plutonium avec son ongle, sans y parvenir. C'était beaucoup plus dur que le plomb, et peut-être un peu plus dense.

– C'est donc avec cela qu'on fait une bombe atomique?

– Thermonucléaire, corrigea doctement l'Américain. Pour le modèle « Hiroshima », l'uranium 238 enrichi suffit. Mais attention! Il y a trois variétés distinctes de plutonium. Le plutonium 238 à usage civil, le 239 qui sert à la fabrication des armes nucléaires et le plutonium 240 qui ne sert à rien, parce que trop instable.

– C'est-à-dire?

– Dans le plutonium 240, il y a des neutrons en liberté qui peuvent provoquer une fission spontanée...

Un ange passa et s'enfuit, poursuivi par un champignon atomique. Autrement dit, le plutonium 240 pouvait exploser n'importe quand...

– Pour obtenir le plutonium militaire, on le comprime et on le chauffe, continua l'Américain. Afin d'éliminer presque totalement le plutonium 240. Par séparation isotopique ou par centrifugation.

Malko remmaillota la bille de plutonium et la tendit à Alan Spencer.

– Pourquoi ce papier d'aluminium?

– Pour arrêter les rayons alpha. Il émet aussi un rayonnement gamma, mais sans danger.

Bref, c'était le métal idéal.

– Si vous m'offriez un café avant d'aller plus loin? demanda Malko.

Il venait tout juste d'arriver de Vienne par la route, au volant d'une voiture de location, bravant une tardive tempête de neige et les innombrables camions qui encombraient les trois cent cinquante kilomètres de route à deux voies.

Cela lui avait fait une drôle d'impression, au poste frontière de Hegyeshalom, d'entrer aussi facilement dans un pays jadis hermétique pour lui. Dès son arrivée en ville, il avait mesuré le changement. Les poussives Trabant avaient presque disparu, remplacées par des Opel, des BMW, des Volkswagen. Les dernières Trabant se vendaient à prix d'or, comme souvenir...

Des embouteillages effroyables engluaient les cinq ponts principaux sur le Danube, séparant Buda, à l'ouest, avec ses collines, de la plate Pest, à l'est. Mais pas le moindre coup de klaxon, vestige de la discipline communiste. Seuls, les longs trams jaunes bondés glissaient harmonieusement au milieu de la circulation chaotique. Le « socialisme goulash » s'effaçait peu à peu, ne laissant derrière lui qu'immeubles noirâtres sans entretien depuis un demi-siècle, HLM lépreuses et boutiques vides. Les Hongrois, pourtant malins comme des singes, avaient du mal à se remettre au travail après cette longue parenthèse.

Malko avait retrouvé avec plaisir le *Hilton* juché sur un ancien cloître. Seule différence : on recevait CNN et tous les journaux du monde étaient en vente à la réception.

Les Etats-Unis n'avaient pas eu le temps de rouvrir une ambassade plus conforme à leur statut de superpuissance. Le drapeau américain flottait toujours au premier étage du majestueux immeuble 1900 en pierre blanche qui abritait les bureaux de la modeste chancellerie, place Szabadsag, à deux pas du Parlement, face à l'obélisque de l'Armée rouge.

Malko avait eu toutes les peines du monde à se garer sur la place envahie par le stationnement sauvage.

Il termina son café et adressa un sourire encourageant à son interlocuteur.

– Je suppose que vous n'avez pas trouvé le plutonium 239 dans votre courrier. Quel est le problème qui vous a fait m'arracher à Liezen ?

– Je vais vous expliquer, annonça Alan Spencer.

L'Américain reversa généreusement du café infect avant d'allumer une Marlboro. C'était son premier poste à l'étranger et il était encore tout excité à l'idée de rencontrer un chef de mission chevronné de la division « Opérations ». Il avait plutôt l'habitude des ordinateurs.

– Encore un mot sur le plutonium, commença-t-il.

Pour une bombe nucléaire, vous pouvez utiliser soit de l'uranium enrichi, soit du plutonium. La différence c'est qu'avec le plutonium 239, il suffit de huit kilos pour atteindre la masse critique sans laquelle il ne peut y avoir de fission. La production de plutonium est restreinte à cinq pays producteurs d'armes nucléaires : les Etats-Unis, la France, la Grande-Bretagne, la Chine, et bien entendu, l'Union soviétique.

– Et Israël? demanda Malko.

L'Américain se racla la gorge. On touchait à un sujet hypersensible. Les milieux du renseignement étaient persuadés que le plutonium 239 utilisé par Israël pour ses projectiles nucléaires avait été détourné clandestinement des stocks américains... Ce que les Israéliens niaient farouchement.

– Israël n'a pas de plutonium, trancha Alan Spencer. Et l'Irak a réussi à en fabriquer seulement quelques grammes, en se donnant un mal fou.

« Pour en revenir à notre problème, il y a quelques semaines, la Company a reçu des informations de sources multiples selon laquelle une filière clandestine était en train de se mettre en place, à partir des centres de production de plutonium militaire en Union soviétique, à destination de l'Iran. L'homme chargé de l'opération – nom de code Darius – serait un certain Ishan Kambiz, un Iranien déjà impliqué dans de nombreuses affaires de terrorisme et dans des transferts de technologie nucléaire au profit de l'Iran.

– Les Russes sont assez fous pour se prêter à ce jeu? s'étonna Malko.

L'Américain eut un geste résigné.

– Les officiels de la CEI jurent la main sur le cœur que ce sont des mensonges, qu'ils contrôlent les stocks et la production de plutonium 239 au milligramme et que personne ne serait assez irresponsable pour se lancer dans un trafic pareil. Seulement...

Il laissa sa phrase en suspens.

– Seulement quoi? insista Malko.

– La fabrication de plutonium 239 est répartie entre une douzaine d'unités implantées dans différents secteurs, de la Lituanie à la Sibérie, en passant par l'Ukraine. Les scientifiques chargés de la production sont livrés à eux-mêmes depuis l'éclatement de l'Union soviétique, avec des salaires ne dépassant pas vingt dollars par mois. Or, sur le marché officiel, un kilo de plutonium *civil* 238 vaut déjà 545000 dollars... Vous imaginez ce que peut valoir un kilo de plutonium militaire pour un pays comme l'Iran qui dispose d'un budget annuel de deux milliards de dollars pour ses armements...

– Quels sont les moyens de contrôle de la CEI?

– Avant, c'était la peur. Le type qui se serait amusé à cela aurait été fusillé dans les cinq minutes. Maintenant, qui nous dit que des scientifiques ne se sont pas laissé tenter...

– C'est hautement vraisemblable, admit Malko.

– Que le diable ne vous entende pas! soupira le chef de station. Je vais vous donner deux chiffres qui m'empêchent de dormir : la Company estime à cent tonnes la quantité de plutonium militaire 239 stocké actuellement sur le territoire de l'ex-Union soviétique. Or, comme je vous le disais, à partir de huit kilos, vous pouvez confectionner un engin qui dévastera tout sur un rayon de trois kilomètres.

Deux fois Hiroshima.

– D'après les experts, l'Iran possède déjà la technologie lui permettant de construire des bombes nucléaires. Avec une bonne quantité de « combustible » ils pourraient avoir en moins d'un an une capacité nucléaire militaire.

Finalement, la guerre froide avait du bon. Les Fous de Dieu étaient infiniment plus dangereux que les raides apparatchiks de feu l'Union soviétique. Avec leur haine de l'Occident et d'Israël, on pouvait s'attendre à n'importe quoi.

– Revenons à *votre* plutonium, dit Malko. Où l'avez-vous trouvé?

– Comme toutes les stations de la Company, j'ai reçu la mise en garde concernant cet Ishan Kambiz. Je l'ai transmise à mes homologues hongrois du NBH (1) et j'en ai parlé au *rezident* du KGB.

– Vraiment? fit Malko légèrement étonné.

Alan Spencer eut un sourire entendu.

– Vous savez bien qu'entre nous c'est la lune de miel maintenant. Surtout sur un sujet comme celui-là. Boris Eltsine a donné pour instructions au KGB de collaborer avec nous pour stopper la prolifération nucléaire. Il tient à renforcer sa crédibilité. Le rezident du KGB, Serguei Oulanov, est un brave type qui vient d'arriver de Moscou. Il boit comme un trou et ne pense qu'à faire du dollar. Mais il n'est pas idiot et possède quelques tuyaux. Il ne faut pas oublier que pas mal de ses collègues se sont fait démobiliser ici pour se lancer dans des trafics de tous genres. Je lui ai donc parlé du plutonium, mais il ne savait rien. J'avais fait un rapport rassurant pour Langley lorsqu'un incident inattendu s'est produit. Avez-vous entendu parler du « Red Mercury »?

– Jamais, avoua Malko.

– Vous êtes excusable. Il s'agit d'iodure de mercure. Un produit pas très connu qui a différentes applications très techniques. On s'en sert dans la fabrication de détecteurs de rayons X ou comme adjuvant au Propergol solide ou encore pour accélérer le vieillissement de certains papiers. C'est une poudre rougeâtre, assez facile à fabriquer.

– Quel lien avec le plutonium?

– Vous allez voir! Il y a quelques mois, on a vu apparaître un peu partout en Europe des membres de la mafia soviétique qui offraient du « Red Mercury » à cent fois sa valeur, prétendant que ce produit était

(1) Nemzet Biztonsagi Hivatal (Office national de sécurité).

indispensable à la fabrication des bombes thermonucléaires. Tous les intermédiaires travaillant pour les pays arabes se sont rués là-dessus comme des mouches sur du miel.

Malko s'étonna :

– Une épidémie de crétinisme?

– Les services irakiens, syriens, libyens ou pakistanais ne traitent pas directement, expliqua l'Américain. Ils utilisent des « go-between », des intermédiaires, qui, eux, n'y connaissent rien. Ceux-ci se sont jetés sur le « Red Mercury » et l'ont acheté à prix d'or... Ce sont les services polonais qui nous ont expliqué le mécanisme de l'escroquerie à laquelle sont mêlés plusieurs anciens officiers du KGB jadis en poste dans les pays de l'Est. Ils apportent de la crédibilité à l'affaire en fournissant de faux documents en cyrillique... Et font fortune au passage.

– Personne ne se plaint?

Alan Spencer corrigea froidement.

– Personne ne *s'était* plaint. Du moins, officiellement. Seulement, il y a quelques jours, on a découvert le cadavre d'un Russe, membre de la mafia ukrainienne installée à Budapest, dans la cour d'une villa d'un quartier résidentiel de Pest. Il avait été assassiné d'une façon très particulière : on l'avait étouffé en lui faisant ingurgiter près d'une livre de « Red Mercury ». Ses deux gardes du corps – des Tchétchènes – avaient été froidement exécutés. Des armes munies de silencieux, puisque personne n'a rien entendu.

– Ça devait arriver, remarqua Malko.

– Certes, admit l'Américain. Mais il y a autre chose. Je ne vous aurais pas fait venir de Vienne pour un simple règlement de compte. Intrigués par la présence du « Red Mercury », les policiers hongrois ont passé le cadavre au compteur Geiger. Ils ont découvert dans une de ses poches une source faiblement radioactive : un échantillon de plutonium 239, celui que je viens de vous montrer. Nous ignorons pourquoi ses assassins l'ont laissé sur lui. Peut-être ignoraient-ils sa présence.

– Comment avez-vous su tout cela?

– Le colonel Balatomi, de l'ORFV qui s'occupe des mafias russes, savait que j'étais intéressé par tous les problèmes relatifs au plutonium. Il m'a transmis cet échantillon sans faire de procès-verbal... Inutile de vous dire que j'ai alerté instantanément Langley, car c'est la première fois que l'on intercepte du plutonium 239 en provenance de Russie. Alors, je me suis demandé si nous n'étions pas tombés sur l'opération « Darius ». Et, cela justifie votre présence...

« Si l'Iran entrait en possession de plusieurs kilos de plutonium 239, on serait à la merci d'une attaque surprise atomique contre Israël ou d'un acte terroriste nucléaire. Imaginez une bombe explosant dans une grande ville européenne ou américaine.

Malko imaginait très bien.

– Je suppose que les Hongrois sont en train de remonter cette piste? interrogea-t-il.

L'Américain secoua négativement la tête.

– Les Hongrois sont impuissants sur ce sujet, leurs services sont en pleine réorganisation. En plus, leurs policiers ont été habitués pendant des années à travailler la main dans la main avec le KGB. Or, les officiers en poste à Budapest appuient la mafia soviétique et ce sont souvent eux qui ont les contacts avec les « clients » potentiels, des Etats avec qui l'URSS faisait déjà des affaires depuis longtemps. Simplement, ils se sont mis à leur compte.

– Pourquoi Budapest?

– Nous sommes à trois cents kilomètres de Beregovo, la ville frontière de l'Ukraine. Toute la mafia de Kiev s'est ruée sur le gâteau hongrois : prostitution, armes, drogue, racket. Budapest a toujours été une plaque tournante du terrorisme moyen-oriental. Certes, les nouveaux services collaborent avec nous, mais les Libyens, les Iraniens ou les Irakiens ont gardé des réseaux ici. Et comme leurs anciens « correspondants » se sont fait démobiliser sur place...

Tout en parlant, Alan Spencer jouait distraitement avec la boîte contenant le plutonium 239.

– Les assassins de ce Russe ont été identifiés? s'enquit Malko.

– Non, avoua l'Américain. J'ai seulement un indice, ignoré de la police hongroise. Grâce à un de nos meilleurs stringers, Tibor Zala. Il a débuté dans le journalisme, c'est là qu'il a été recruté. C'est un champion de « full-contact », ce qui lui permet de fréquenter tous les voyous du coin.

Le « full-contact » est à la boxe ce que la bombe atomique est à la fronde. Destiné à réduire un adversaire en pulpe à mains nues.

– Le soir du meurtre, une michetonneuse hongroise a eu une aventure bizarre. Un client du *Hilton* l'a levée dans le hall de l'hôtel et emmenée dans sa voiture pour une rapide gâterie.

– Banal, remarqua Malko, se souvenant des meutes de putes qui erraient dans tous les hôtels de Budapest du temps des communistes.

– Absolument, reconnut Alan Spencer, un peu pincé. Seulement son client, après sa prestation, l'a jetée hors de sa voiture avenue Andrássy et elle l'a vu démarrer en direction du parc Varosliget.

– Et alors?

– Le triple meurtre a eu lieu non loin de là, environ à la même heure.

– Ça ne suffit pas comme recoupement, remarqua Malko.

– Attendez! La pute a relevé le numéro de la voiture. C'était une plaque autrichienne. J'ai fait faire une enquête à Vienne. La Mercedes avait été louée le matin du meurtre, à l'arrivée d'un des quatre vols quotidiens d'Air France. Par un homme portant un passeport chypriote, au nom de Walid Sarkan. C'est également sous ce nom qu'il est descendu au *Hilton* pour une nuit. En payant cash.

« Première bizarrerie, continua l'Américain, il n'y avait personne de ce nom sur le vol Air France de Paris. Nous avons vérifié les autres aussi. Maintenant la compagnie a des vols plus nombreux avec des appareils plus petits.

– L'heure de la location peut être une coïncidence...

– D'accord ! Mais le même homme a rendu cette voiture le lendemain au même endroit, à l'aéroport de Vienne. Or, j'ai fait vérifier par la station de Vienne toutes les listes de passagers quittant l'Autriche. Il n'y a aucun Walid Sarkan...

– Evidemment, c'est troublant, reconnut Malko. Il serait donc reparti sous un autre nom ? Vous avez son signalement ?

– Oui, par la pute, les employés du *Hilton* et le loueur de voiture. Type oriental, petit, rondouillard, chauve, visage avenant, yeux très vifs. Une moustache. Cela correspond exactement au signalement que nous possédons d'Ishan Kambiz.

– Et aussi à quelques milliers de Moyen-Orientaux.

– Bien sûr, admit l'Américain. S'il n'y avait que le « Red Mercury », je ne m'exciterais pas, mais il y a l'échantillon de plutonium 239... Quant à ce mystérieux voyageur, il est apparu en Autriche et l'a quittée comme s'il était venu d'une autre planète.

– Vous n'avez aucun moyen de recoupement sur ce Kambiz ? Il habite bien quelque part ?

L'Américain émit un soupir découragé.

– Vous plaisantez ! Il a des domiciles en Syrie, à Téhéran, à Londres, à Francfort, en Suisse, à Beyrouth, à Rio. Il est pratiquement intraçable. Même le Mossad ne sait pas où il se trouve.

– Tout cela est bien mystérieux, reconnut Malko. Mais si ce Kambiz a vraiment tué les trois Russes, pourquoi n'a-t-il pas pris cet échantillon de plutonium ?

– Je n'en sais rien, avoua Alan Spencer. Mais ce qui m'inquiète le plus, c'est que ce plutonium est d'origine soviétique.

– Comment pouvez-vous le savoir?

– Ne me le demandez pas! s'exclama Alan Spencer. Je ne comprends rien à ces trucs techniques. Mais j'ai envoyé cet échantillon se faire analyser. Or, chaque usine dans le monde qui fabrique du plutonium a une « signature ». Son taux d'impuretés. En comparant les différents échantillons des usines du monde occidental et de Chine, les experts ont déduit que celui-ci venait d'Union soviétique. Dès que nous aurons des échantillons de là-bas, nous pourrons affiner et découvrir s'il sort de Tchéliabinsk 65 ou de Krasnoïark 45... Si c'était du plutonium de chez nous, on aurait pu dire de quel réacteur il était sorti et en quelle année...

C'était époustouflant...

Le chef de station de la CIA conclut :

– Il faut savoir si Ishan Kambiz est dans ce coup. Je préfèrerais encore que ce soient les Libyens.

– Pourquoi?

– Les Libyens n'ont pas la capacité industrielle à l'heure actuelle pour construire une bombe nucléaire. Même bricolée. Et si nous savions qu'ils se livrent à ce petit jeu, il est facile de leur taper dessus. Même cas de figure avec les Irakiens. Nous sommes à pied d'œuvre. Tandis que l'Iran... Nous essayons actuellement de localiser Ishan. De votre côté, vous allez remonter l'autre bout de la piste.

– C'est-à-dire?

– Le Russe qui a été tué faisait partie d'un réseau de trafiquants. Il faut le pénétrer. J'ai reçu des ordres de Langley dans ce sens. A la suite d'une réunion spéciale du CNS, le Président a signé un *finding* dans ce sens. C'est une priorité absolue.

– Comment vais-je m'introduire dans ce milieu? demanda Malko. Les mafiosi russes ne doivent pas crier sur les toits qu'ils ont du plutonium à vendre.

– En vous faisant passer pour un acheteur, bien sûr, expliqua l'Américain. Mais cela demande un peu de préparation. J'ai déjà pris langue avec mon homologue du KGB, Serguei Oulanov. Sur ce sujet, il collabore totalement. Il a des ordres de Moscou. Boris Elstine veut montrer qu'il est sérieux pour qu'on le noie sous les dollars. Il va vous briefer sur la mafia russe locale. Il a commencé à se renseigner. Vous avez rendez-vous pour déjeuner dans un restaurant de la vieille ville, le *Margitkert*. Il vous attend à une heure, à la table du fond. Il portera une cravate verte.

Décidément, les temps avaient bien changé...

– Vous pensez que cela suffira?

– Sûrement pas! répliqua vivement Alan Spencer. Il ne veut pas se mêler de trop près à cette affaire et je ne lui ai pas tout dit. Mais il a encore des tas de connexions sur le plan local. N'oubliez pas que toutes ces mafias travaillent la main dans la main avec d'anciens officiers du KGB qui se sont mis à leur compte. Ce qui n'est pas bien vu par le KGB officiel. De son côté, notre stringer essayera de vous mettre le pied à l'étrier.

Décidément, la CIA aurait fait jouer tous les rôles possibles à Malko. Ce dernier se permit un sourire ironique.

– Si vos mafiosi se rendent compte que je ne suis pas un vrai acheteur, termina Malko, ils me liquideront sans avertissement.

– C'est effectivement possible, reconnut l'homme de la CIA. Vous avez le droit de refuser.

Un ange brandissant un énorme paquet de factures traversa le bureau. C'était la fin de l'hiver et, comme chaque année, le château de Liezen exigeait son tribut en réparations. Elko Krisantem, le fidèle majordome de Malko, avait beau traiter les corps de métier et les divers fournisseurs avec la sauvagerie d'un maître de galères, il fallait quand même payer. Sans compter les caprices de la pulpeuse Alexandra, attirée par les bijoux comme les ours par le miel.

Malko était rivé au château de ses ancêtres par une chaîne couverte du sang de ses ennemis, et pas près de s'en défaire. Mais à quoi bon vivre dans des conditions qui ne l'amuseraient pas? Il valait encore mieux remettre en jeu à chaque partie ce qu'il possédait en propre : sa vie. Une éternelle partie de roulette russe où il finirait par perdre, en dépit d'une longue martingale gagnante.

– Mon cher Alan, dit-il avec un soupir légèrement excédé. Vous savez bien que je ne peux pas dire non et je sais que vous le savez. Alors, épargnons-nous ce jeu du chat et de la souris. Par quoi commençons-nous?

Le chef de station de la CIA eut un sourire presque humble et alluma une nouvelle cigarette.

– Je n'ai pas l'intention de vous envoyer au massacre, se défendit-il. Au contraire. Pour pénétrer dans ce milieu, il faut une « interface », quelqu'un en qui nous ayons confiance et qui y possède des accointances. Cela ne marchera pas forcément, mais c'est notre seule chance.

– Vous possédez cet oiseau rare?

– Oui, il est dans la pièce à côté. C'est notre stringer Tibor Zala. Il fait des affaires, comme tous les Hongrois. Nous le finançons un peu et il nous en est très reconnaissant. Il connaît tout le monde à Budapest. Surtout dans le milieu qui nous intéresse.

Malko avait apporté son pistolet extra-plat et se dit qu'il allait peut-être servir.

Alan Spencer alla ouvrir la porte donnant sur la salle d'attente et fit pénétrer le visiteur.

Impressionnant! A côté de lui, Chris Jones aurait presque eu l'air d'un gringalet. A vue de nez, il devait dépasser les cent kilos de muscles. Cette masse était moulée dans un T-shirt orange sur lequel pendaient deux lourdes chaînes en or. Un ample blouson marron, des jeans et des baskets accentuaient son allure sportive.

Il tendit une main soignée à Malko, découvrant l'énorme Rollex de son poignet.

– Ravi de vous rencontrer, dit-il en bon anglais, avec un sourire de gravure de mode.

Avec ses cheveux noirs courts, sa petite moustache sous le nez important et busqué, il faisait très « clean ».

– Mr. Spencer m'a expliqué le problème, dit-il après s'être assis. Je crois que je peux vous aider, mais, en ce moment, c'est délicat.

– Pourquoi? interrogea Malko.

– A cause du meurtre des trois hommes de la rue Lendvay, les Tchétchènes sont déchaînés. Ils veulent se venger. S'ils se disent que vous avez partie liée avec les acheteurs de l'autre jour, ils risquent de vous tuer.

– Vous êtes sûr de cela? lança Alan Spencer.

La voix de l'Américain était presque agressive. Tibor Zala ne se démonta pas.

– Ils sont persuadés que leurs clients vont revenir à la charge, par d'autres intermédiaires, expliqua-t-il. Et qu'ils vont pouvoir régler leurs comptes. Ils ont juré de désosser vivants ceux qui tomberaient entre leurs mains.

– Vous avez trouvé pour qui travaillait ce Russe? lança le chef de station de la CIA, coupant court à cette mise en garde.

Tibor Zala inclina la tête.

– Oui, un des patrons de la mafia kirghize. Un certain Karim Nazarbaiev. Il dirige un réseau de prostitution et de racket, à partir d'une boîte de nuit, l'*Eden*.

Malko buvait ses paroles. Ainsi, le plutonium 239 était commercialisé par la mafia. Il n'eut pas le temps de se réjouir. Tibor venait d'ajouter de sa voix douce :

– Karim Nazarbaiev est trop dangereux. Je ne peux pas prendre le risque de vous présenter à lui.

CHAPITRE III

Un silence pesant suivit, brutalement rompu par Alan Spencer, qui contenait de toute évidence une rage sans limite.

– Pourquoi dites-vous cela? lança-t-il. Vous vous êtes engagé à nous aider.

– Je voulais simplement vous prévenir, répliqua calmement Tibor Zala. Si Mr. Linge tente d'approcher Nazarbaiev comme acheteur potentiel, il n'a aucune chance. Mais j'ai une idée.

Alan Spencer jeta sèchement :

– OK, nous vous écoutons.

Le Hongrois eut presque un sourire timide contrastant avec sa masse inquiétante.

– Il faut y aller sur la pointe des pieds. Je connais la maîtresse en titre de ce Karim Nazarbaiev. Une Kirghize comme lui. Elle m'aime bien parce que je lui procure des vêtements occidentaux pas trop chers. Comme toutes ces émigrées, elle a très envie de gagner de l'argent. Grâce à elle notre ami pourra se rapprocher de Nazarbaiev.

– Vous croyez vraiment que c'est la bonne méthode? s'étonna Malko. Si ce Nazarbaiev s'aperçoit que je m'intéresse à sa maîtresse, il risque de ne pas me porter dans son cœur... Il n'y a pas un autre moyen de l'approcher?

Tibor Zala secoua la tête.

– Je ne vois pas. Directement, c'est impossible. Il se méfie de tout le monde. C'est un univers très fermé. Si vous alliez le trouver pour lui demander de vous procurer même du « Red Mercury », il vous prendrait pour un provocateur. Tandis que si vous en parlez à sa maîtresse, en disant que vous êtes intéressé par l'achat de certains matériaux, il peut être tenté de vous vendre son « Red Mercury ». Et c'est *lui* qui vous approchera. Ensuite, ce sera à vous de jouer.

Ça tenait debout. Faute d'une « interface » capable de présenter Malko directement à Karim Nazarbaiev.

– Et si *vous* me présentiez? suggéra Malko à Tibor Zala.

Le Hongrois eut un sourire ironique.

– Nous sommes concurrents. Les Russes essaient de liquider les trafiquants hongrois. Il sait bien que je ne lui rendrais pas service...

– Bien, admit Malko. Comment contacte-t-on cette Kirghize?

– Tous les jours vers cinq heures, elle prend le thé au salon de thé *Gerbaud* place Vörösmarty. Nous pouvons y aller aussi et la rencontrer par hasard. Ensuite, je lui dirai que vous êtes tombé amoureux d'elle. Comme toutes les Russes, elle ne rêve que d'une chose : trouver un étranger qui l'installe à l'Ouest. Je vous présenterai comme un riche homme d'affaires. Ça devrait marcher.

Il regarda sa montre.

– Je vais être obligé de vous quitter. Donnons-nous rendez-vous à quatre heures et demie place Vörösmarty en face du magasin de disques, que nous arrivions ensemble.

Ils se serrèrent la main. Malko se dit que la tradition des salons de thé était toujours aussi vivace à Budapest. Les Hongroises passaient leur vie à se goinfrer de pâtisseries. Le *Gerbaud* était le plus vieux de la ville.

Dès que le Hongrois se fut éclipsé, Alan Spencer annonça avec chaleur :

– Votre meilleure garantie, c'est que Tibor joue sa vie avec la vôtre. Si votre couverture craquait, il serait le premier à prendre. Donc, il ne vous trahira pas.

– C'est encore heureux, ironisa Malko. Souhaitez-moi quand même bonne chance. Je risque d'en avoir besoin. A propos à quoi ressemble un Tchétchène?

– A un yéti, en plus moche, fit l'Américain.

Il jeta un coup d'œil à sa montre.

– Vous avez juste le temps de retrouver le camarade Serguei Oulanov, je vais vous expliquer comment trouver le *Margitkert.*

***

La cravate du rezident du KGB était si verte qu'elle paraissait phosphorescente! Comme la plupart des tables du petit restaurant tout en longueur étaient vides, Malko n'eut aucun mal à le repérer. Serguei Oulanov avait un bon visage slave tout rond, un peu empâté, avec des yeux rieurs très bleus et des cheveux blond pâle. Une bouteille de Johnnie Walker, déjà bien entamée, était posée devant lui. L'homo soviéticus découvrait vite la civilisation. Il tendit la main à Malko comme s'ils s'étaient connus toute leur vie.

– *Dobredin!* J'ai souvent entendu parler de vous. Vous étiez la bête noire du Premier Directorate. Que devient votre belle fiancée, Alexandra?

Décidément le KGB avait de bons fichiers.

– Elle va bien, répliqua Malko, avec un petit pincement de cœur.

Il avait encore dû laisser la comtesse Alexandra entre les mains de play-boys aux intentions glauques. Hélas, le fidèle Krisantem ne pouvait quand même pas camper entre ses cuisses. Le Russe se pencha vers Malko, et dit sur le ton de la confidence :

– J'ai commandé de l'osciètre. Ici, il n'est pas trop cher. Pour vous! ajouta-t-il.

Effectivement, l'osciètre russe servi sur de la glace se

révéla délicieux. Serguei Oulanov laissa Malko s'en régaler avant de se lancer dans le vif du sujet.

– Je sais que vous enquêtez sur le triple meurtre de la rue Lendvay, dit-il. J'ai pu avoir quelques informations. Les deux Tchétchènes abattus n'ont pas d'importance, ce sont des hommes de main. Il y en a une vingtaine qui traînent à Budapest et se louent au plus offrant. On les a tués pour ne pas laisser de témoins. Mais le troisième c'est différent. J'ai pu apprendre son nom : Stephan Sevchenko. Un Ukrainien, un petit voyou de Kiev. Il est arrivé ici dans le sillage de toute une mafia kirghize et ukrainienne. Surtout des macs et des spécialistes du racket. Des gens dangereux. Ils sont en train de s'emparer du contrôle de la prostitution à Budapest et de toutes les boîtes de strip-tease et de live-show.

– Les voyous locaux ne se défendent pas? interrogea Malko.

L'officier du KGB nettoya soigneusement le bol de caviar, avant de laisser tomber :

– Ils ne sont pas de force. Il n'y a pas longtemps, les mafiosi russes voulaient s'emparer d'une boîte à putes, le *Black and White*. Les locaux ont renâclé. Le lendemain, Stephan venait tirer des rafales de Kalachnikov dans la porte, juste avant l'ouverture... Les Hongrois ne sont pas habitués à ces méthodes. Ce sont des doux.

– Et la police hongroise?

Le Russe attendit que le garçon pose leur foie gras grillé devant eux.

– Elle est traumatisée, expliqua-t-il. Nous sommes restés trop longtemps chez eux. Ils nous haïssent, mais ils nous craignent encore.

– Alors ce Stephan, que savez-vous de lui?

– Il travaillait pour un certain Karim Nazarbaiev. Un Kirghize. Celui-là, c'est un grand voyou, un vrai *valioutniki* (1), qui ferait n'importe quoi pour des dollars. Il est propriétaire de l'*Eden*, la plus grande disco

(1) Mafioso.

de la ville, où il fait travailler une trentaine de filles qu'il a amenées avec lui du Kirghiztan. Je crois que le « Red Mercury », c'est lui.

Tout cela recoupait les informations du stringer de la CIA.

– Qu'est-ce qui vous le fait penser? demanda Malko.

– Il a déjà escroqué des Libyens avec ça il y a quelques mois... Il a un conseiller technique soviétique et ce sont les Soviétiques – des gens du State Commitee – qui ont mis l'escroquerie du « Red Mercury » au point.

– Qui est ce conseiller?

– Je ne peux pas vous le dire. C'est lui qui me renseigne. De toute façon cette affaire n'a aucun intérêt.

Il jeta un rapide coup d'œil à Malko avant de continuer, d'un ton en apparence badin :

– Ce n'est pas digne de vous. Alan Spencer aurait très bien pu traiter ce problème avec les Hongrois.

Visiblement, le rezident du KGB ne comprenait pas pourquoi un chef de mission de l'envergure de Malko venait perdre son temps pour une minable histoire de petits trafiquants. Alan Spencer s'était bien gardé de lui parler du plutonium 239. Le KGB et la CIA étaient maintenant des amis, mais il valait mieux garder ses petits secrets. Malko tenta de désarmer la curiosité du Russe.

– C'est vrai, admit-il, ce n'est pas une affaire passionnante, mais les gens de Langley se demandent si ce mafioso kirghize ne pourrait pas avoir accès à du matériel plus sensible. C'est ce que je suis chargé d'éclaircir.

L'officier du KGB haussa les épaules.

– Il s'en fout, il gagne assez d'argent avec les filles, le racket et les petits trafics. C'est un *niekulturny* (1), il

(1) Inculte.

n'est pas assez évolué pour le reste. Et il n'a pas les contacts nécessaires pour le *nastaiashii biznes* (1).

*
**

Serguei Oulanov regarda sa montre et avala une ultime rasade de Johnnie Walker. Visiblement, il aurait bien emmené la bouteille...

– Il faut que je parte maintenant. Je vous laisse le numéro de ma ligne directe. Mais si vous m'appelez, ne donnez quand même pas votre nom.

Malko paya une fortune en forints et se prépara pour son rendez-vous suivant. Comment un petit voyou comme Karim le Kirghize avait-il pu se trouver en possession de plutonium 239?

*
**

Un soleil brûlant chauffait la vitre du penthouse d'Ishan Kambiz dominant la baie de Ipanema, du haut de ses dix-huit étages. Un appartement tout blanc avec quelques meubles anciens, livré clé en main par le célèbre décorateur Claude Dalle. Ishan Kambiz avait suivi l'exemple de plusieurs des plus grosses fortunes de Rio, également clientes du décorateur parisien.

L'Iranien ouvrit l'œil, envoya la main et caressa machinalement la croupe callipyge, d'une fermeté incroyable, de Linda, la jeune créature qui dormait sur le ventre à côté de lui. Seize ans, importée de Angra dos Reis à deux cents kilomètres au sud de Rio, garantie seronégative. Il passa délicatement un doigt entre les fesses café au lait et, docilement, dans son demi-sommeil, la fille ouvrit les cuisses. Réflexe conditionné d'une bonne salope tropicale.

Ishan Kambiz continuait son exploration quand un de ses quatre téléphones se mit à sonner. Le bleu. Très

(1) Le vrai business.

peu de gens possédaient ce numéro-là et il décrocha immédiatement.

– Ishan?

Il reconnut instantanément la voix basse, un peu cassée de son interlocuteur et sa tension monta en flèche.

– *Baleh* (1).

– J'ai reçu ton compte rendu, dit Mehdi Chimran. Je ne comprends vraiment pas ce qui a pu se passer. Tout était arrangé.

– Je ne comprends pas non plus, admit Ishan Kambiz.

Nerveux. Même si Mehdi Chimran n'appelait pas de Téhéran, cette conversation risquait d'être interceptée par les « Grandes Oreilles » de la NSA américaine. Il avait intérêt à ne pas trop en dire. De toute façon, le rapport qu'il avait fait parvenir à Téhéran détaillait tout ce qui s'était passé. Il y eut un silence au bout du fil. Visiblement, Mehdi Chimran était perplexe lui aussi.

Réveillée par le téléphone et croyant bien faire, la jeune Brésilienne se retourna et enfourna dans sa bouche le sexe recroquevillé d'Ishan afin de lui redonner vie. Ce dernier l'écarta sèchement et lui fit signe de gagner la salle de bains. Ce qu'elle fit, en roulant des hanches d'une façon atrocement provocante. Elle ne perdait rien pour attendre, se dit-il. Mais même s'il n'y avait qu'une chance sur un million qu'elle saisisse le sens de sa conversation en farsi, il ne pouvait pas prendre le risque.

– J'ai parlé avec mon correspondant, annonça Mehdi Chimran, il ne comprend pas non plus.

Ishan Kambiz faillit lui dire que les Russes étaient de fieffés menteurs mais il ne voulait pas prononcer le mot « russe ». Il se contenta de laisser tomber :

– Il doit bien y avoir une explication.

(1) Oui.

– Il m'a promis de la découvrir, affirma Mehdi Chimran. Dès que la situation sera mûre de nouveau, il te fera prévenir par le canal habituel. Je compte sur toi pour mener les choses à bien. Tu ne vas pas pouvoir me joindre pendant quelques jours, je dois me faire opérer.

– C'est grave?

– Non, non, mais il faut que je le fasse maintenant. Donc, je te confie cette affaire.

– Tu peux compter sur moi, affirma Ishan Kambiz.

Mehdi Chimran raccrocha. Après quelques instants de méditation, Ishan Kambiz gagna la salle de bains. Pour l'instant, il n'avait plus rien à faire. Linda était penchée sur le lavabo, en train de se laver les dents, la croupe saillante. L'Iranien n'eut pas besoin de se frotter à elle bien longtemps pour devenir dur comme du bois.

Il s'enfonça dans son sexe avec un « han » de bien-être, la remplissant entièrement. Sans lâcher sa brosse à dents, Linda commença à se balancer d'avant en arrière, régulière comme un métronome. Ishan Kambiz profita quelques instants de cette houle, puis se retira avec lenteur, remonta un peu, et, férocement, de tout son poids, se planta d'un coup dans les reins de la fille. A seize ans, c'était sa première expérience de ce genre et elle poussa un hurlement dément. Ce cri était tellement exquis que l'Iranien explosa instantanément, pouvant à peine bouger entre les parois trop étroites. Le contact de ses fesses inouïes de fermeté le rendait fou. Il regarda dans la glace les yeux pleins de larmes de Linda et se retira d'un coup, plongeant aussitôt sous la douche. Même cette sensation délicieuse n'avait pas effacé l'agacement de son voyage raté.

*
**

Pavel Sakharov avait à peine touché à son déjeuner, l'appétit coupé. Incapable de se concentrer sur la conversation de ses invités – des hommes d'affaires grecs –, il repensait sans arrêt au coup de téléphone qu'il venait de recevoir lui apprenant un grave contretemps qu'il ne parvenait pas à s'expliquer. Quoi qu'il en soit, il lui fallait tirer les choses au clair, de toute urgence. C'était pour lui une question de survie. Il disputait une course mortelle contre la montre. L'opération qu'il avait mise sur pied devait se dérouler très rapidement, sinon, il y aurait des fuites et les Israéliens ou les Américains, sans parler des Irakiens, feraient tout pour l'éliminer physiquement.

Le voyage raté d'Ishan Kambiz était une catastrophe. Il se gratta la gorge et annonça à la cantonade avec un sourire de circonstance :

– J'ai reçu de mauvaises nouvelles. Je suis obligé de retourner à Moscou pour une affaire urgente. Il faut que nous bouclions tout d'ici la fin de cet après-midi.

En tant que vice-président de la société mixte Isotop, il parcourait le monde à la recherche de contrats.

Tandis qu'il sortait de la salle à manger du *Grande Bretagne*, il prit son chauffeur à part.

– Nous partons ce soir. On traversera la Yougoslavie. Tant pis pour les problèmes. Je veux être à Budapest demain.

***

Le salon de thé *Gerbaud* semblait sorti tout droit du XIXe siècle avec ses plafonds hauts, ses moulures rococos, ses murs tendus de tissu et ses serveuses en coiffes blanches. Une foule de mémères se pressait devant les comptoirs de la première salle, faisant goulûment leur choix. Presque toutes les tables étaient occupées. Malko et Tibor Zala avaient pris place dans la seconde salle, devant du thé et des *dobos*, le gâteau fétiche de la maison. Il y avait de tout : des hommes seuls lisant leur journal, des filles jeunes et belles, des grappes de chaisières enchapeautées, sentant la naphtaline. Impassibles, se déplaçant sur leurs petits chaussons noirs de coureur cycliste, des serveuses rougeaudes faisaient la navette entre le buffet et les tables. Même au pire des restrictions communistes, il y avait toujours eu des pâtisseries au *Gerbaud*.

Tibor Zala avala un peu de *dobo* et dit calmement :

– Mr. Spencer est très gentil, mais il est imprudent.

– Pourquoi?

– La mafia russe est très bien organisée. Ils ont des ramifications partout. D'abord dans le KGB qui leur fournit des informations précieuses sur tous ceux qui les contactent. Ensuite, dans la police hongroise.

– Parlez-moi de cette Kirghize, réclama Malko. Qui est-ce?

Tibor lui jeta un regard en coin.

– Elle s'appelle Zakra, c'est une fille superbe. Elle était la vedette d'une école de mannequins dans son pays.

Que pouvaient faire les Kirghizes avec des mannequins?... Décidément, l'ex-Union soviétique réservait beaucoup de surprises.

– Il y a des défilés de mode au Kirghiztan? interrogea Malko.

Le Hongrois sourit, ironique.

– C'était un truc de la mafia pour recruter de jolies filles. Ensuite, ils leur ont proposé de venir travailler à l'Ouest. Faire les putes et du dollar. Elles ont toutes accepté et c'est ici qu'elles débarquent. Elles arrivent comme touristes, puis elles s'installent. En investissant un million de forints pour monter une société, on peut avoir un permis de séjour pour tous les participants. C'est ce que les Russes ont fait.

– Cette Zakra, elle trompe son amant?

Tibor Zala corrigea avec un sourire.

– C'est une Kirghize! Elle a un caractère très indépendant. Si elle voit son avantage, elle ne demandera pas sa permission. (Il leva la tête et dit à voix basse :) Tenez, la voilà. Avec son garde du corps.

Le cuivre de ses cheveux se voyait comme un gyrophare dans le brouillard. Pourtant, il y avait du monde autour du comptoir des pâtisseries. Il faut dire que Zakra la Kirghize était exceptionnelle. Un mètre quatre-vingts environ, avec sur le sommet du crâne un étrange chignon enfermé dans une petite cage de fils d'or. Son corps était dissimulé par une houppelande en astrakan noir qui lui tombait jusqu'aux chevilles.

Elle se tourna et Malko découvrit un visage d'une beauté sauvage. D'immenses yeux sombres en amande surmontés de sourcils épais et bien dessinés, avec des pommettes proéminentes de Slave et surtout une bouche très rouge, épaisse et large, dans laquelle on avait envie de mordre comme dans un fruit bien mûr.

Presque collé à elle, il y avait une sorte de yéti aussi large que haut, le crâne rasé, un blouson de nylon rose dissimulant des pectoraux de taureau.

Tibor Zala leva le bras et l'agita. Le fruit rouge au milieu du visage de Zakra sembla se dilater et elle fonça vers leur table, comme une lionne cherchant sa proie, bousculant sans ménagement les petites vieilles dames. Arrivée à leur hauteur, elle embrassa chastement le Hongrois avec un sourire dévastateur et son regard tomba enfin sur Malko que Tibor lui présenta aussitôt, sous son seul prénom.

Au lieu de lui serrer la main, elle l'embrassa aussi, frôlant la commissure de ses lèvres. Ses yeux étaient absolument inouïs, des lacs noirs aux pupilles si dilatées que Malko pensa qu'elle se droguait.

– *Dobredin*, fit-elle d'une voix grave aux intonations métalliques. Je peux m'asseoir avec vous?

Sans attendre la réponse, elle défit le crochet qui retenait sa houppelande et, d'un léger mouvement des épaules, la fit tomber à terre. Aussitôt le yéti s'en empara et la plia sur ses genoux... Malko avait l'impression d'être soudain relié à une ligne haute tension. Ce qu'il découvrait était encore plus extraordinaire que le visage admirable de la Kirghize. Celle-ci arborait pourtant une tenue qui, sur une autre qu'elle, aurait été le comble de la modestie : un chemisier de soie jaune fermé par un col officier, un caleçon en fausse panthère disparaissant dans de courtes et souples bottes noires.

Seulement la soie jaune était tendue par des seins qui semblaient rapportés tant ils étaient importants, pointus et fermes. Leurs contours se dessinaient jusqu'au moindre détail. Au Kirghiztan, on devait ignorer l'existence des soutiens-gorge... Sa croupe était tout aussi généreuse et le caleçon semblait peint dessus. Entre les deux, il y avait une taille de guêpe enserrée dans une grosse ceinture de cuir dont la boucle représentait une panthère bondissante.

Si elle était sortie dans la rue sans sa houppelande, Zakra aurait provoqué une émeute. Une véritable héroïne de bande dessinée. Elle croisa les jambes et ses cuisses en parurent encore plus fuselées. Dans n'importe quel pays au monde, Zakra aurait été plébiscitée reine de beauté. La serveuse s'approcha et la jeune Kirghize détailla sa commande, arborant une expression pleine de sensualité gourmande.

Cette fille devait être un piège diabolique. Lorsqu'un homme l'avait touchée, il ne devait jamais pouvoir l'oublier.

La serveuse revint avec une assiette de gâteaux et Zakra se mit à manger voracement, sans se préoccuper des deux hommes. Le Tchétchène s'était installé en retrait, la houppelande sur les genoux, devant un modeste café... Quand elle eut liquidé les gâteaux, elle posa sur Malko un regard trouble et profond.

– Que faites-vous à Budapest?

– Des affaires, répliqua-t-il avec un sourire désarmant. Mais je ne viens pas de loin, seulement de Vienne.

Un éclair d'intérêt passa dans les yeux noirs et c'est en allemand qu'elle continua.

– Vous êtes allemand ou autrichien?

Ce fut au tour de Malko d'être surpris.

– Où avez-vous appris l'allemand?

– Ma mère était allemande de la Volga, dit-elle simplement. Elle a été déportée et forcée d'épouser un Kirghize, sous Staline. Mais elle n'avait pas oublié sa langue, et me l'a apprise.

Elle parlait avec un curieux accent, mêlant quelques mots russes à sa conversation. Ignorant Tibor, elle fixait Malko avec assurance et une sorte d'intérêt animal, semblant fascinée par ses yeux dorés. Lui avait du mal à garder son regard sur son visage. Il lui semblait que les pointes de ses seins poussaient encore plus la soie jaune. Même le buste très droit, sa poitrine tenait comme si elle avait été artificielle...

Malko dut faire un effort surhumain pour annoncer, après avoir ostensiblement regardé sa montre :

– Je dois aller travailler. J'espère que je vous reverrai.

Elle sourit sans répondre. Tibor se leva vivement.

– Je vous donne les papiers dans la voiture.

Ils échangèrent quelques mots dehors et le Hongrois assura :

– Je vais transmettre votre « message ».

Même sans la CIA, Malko aurait tué père et mère pour la revoir.

*
**

– Demain cinq heures au bar du *Gellért*.

Malko eut brutalement l'impression d'avoir l'estomac rempli de papillons. Il avait attendu une heure l'appel de Tibor Zala dans sa chambre du *Hilton*.

– Que vous a-t-elle dit? demanda-t-il.

Le Hongrois rit.

– C'est plutôt moi qui lui ait dit que vous étiez fou

d'elle! Que vous m'aviez demandé d'arranger un rendez-vous si elle était d'accord.

– Elle n'a pas été choquée?

– Pas du tout, mais il va falloir faire attention. Karim Nazarbaiev est plus jaloux que je ne le croyais. Le Tchétchène qui l'escorte lui fait des rapports complets.

– Comment va-t-elle faire dans ce cas?

– Elle va le semer, ricana Tibor Zala. D'après ce qu'elle m'a dit, elle veut quitter pour de bon la mafia en trouvant quelqu'un de l'Ouest qui l'épouse.

– Dans ce cas, objecta Malko, elle n'osera jamais parler de moi à Nazarbaiev. Je me demande si ce rendez-vous va m'apporter quelque chose.

– Espérons, éluda le Hongrois. Mais c'est le seul moyen d'entrer dans le cercle des intimes de Karim Nazarbaiev. Si vous l'attaquez de front, vous vous heurterez à un mur. Mais soyez quand même prudent. Il paraît qu'il a dit au Tchétchène de lui rapporter les couilles de tous ceux qu'il verrait tourner autour de Zakra.

CHAPITRE IV

Une pluie fine et tenace noyait Budapest, ralentissant encore la circulation. Les voitures se traînaient sur le superbe pont métallique Szabadsag, juste en face du *Gellért*. Malko avait trouvé sans problème une place sur le trottoir, en face du vieil hôtel, vestige majestueux du siècle des Habsbourg, avec ses thermes sur sa façade nord. Il pénétra dans le hall et eut l'impression d'entrer au château de Marienbad. Le même charme rococo, la même ambiance feutrée. Il repéra tout de suite le bar, à droite de l'entrée. Minuscule : la taille d'un compartiment de wagon-lit! Deux tables rondes, une banquette au fond, en face du comptoir où officiait un barman, l'œil glué à une télé suspendue au plafond. Malko s'installa et dut lui réclamer par trois fois une vodka avant qu'il ne s'arrache à la contemplation d'un match de foot.

Cinq heures vingt. Pas de Zakra.

Il en était à sa seconde vodka lorsqu'elle surgit enfin. Toujours enveloppée dans sa houppelande, mais les longs cheveux roux cascadant sur ses épaules, comme un nuage de feu.

– Ne restons pas ici, lança-t-elle à Malko sans même s'asseoir.

Il paya et ils se retrouvèrent dans le hall solennel.

– Où est votre voiture? demanda-t-elle.

– Devant à droite, une Mercedes 190 bleue.

– Allez en avant, je vous y rejoins.

Elle traversa le hall en biais, passant par le salon de thé afin de ne pas sortir avec lui. Les choses paraissaient plus compliquées que prévu.

Zakra déboula juste après lui et se laissa tomber sur le siège.

– Démarrez. Prenez à droite vers la Citadelle, par Bartók Béla.

Tandis qu'il prenait de la vitesse, elle ouvrit sa houppelande et s'en débarrassa. Cette fois, c'était un pull noir en fine laine qui sculptait une poitrine qui parut à Malko encore plus extraordinaire que la veille. Les caleçons étaient noirs eux aussi et hyper-moulants. Elle donnait l'impression de s'être trempée dans un bain de parfum. Tandis qu'ils roulaient vers le sommet du Mont Gellért, elle se retourna plusieurs fois.

– Que se passe-t-il? demanda Malko.

Elle lui adressa un sourire carnassier.

– J'ai dit que j'allais aux thermes. Puis, je suis passée par l'intérieur de l'hôtel. Mais Grosny est comme un chien de chasse, il me flaire partout...

– Qui est Grosny?

– Celui qui était avec moi, hier.

– Je vois, fit Malko.

Ils montèrent presque jusqu'à la Citadelle jadis construite par les Autrichiens pour contrôler Budapest. La vue était inouïe. Les lumières de Buda et de Pest, séparés par la trouée sombre du Danube.

Zakra, visiblement peu sensible à la poésie des lieux, désigna à Malko un parking vide dont le parapet dominait un à-pic de plus de cent mètres.

– Ici, c'est bon.

Il coupa son moteur et il n'y eut plus que le bruit de la pluie sur les vitres. Vu le temps, ils ne risquaient pas beaucoup de rencontres...

Zakra semblait plus détendue. Avec un sourire qui agrandissait encore sa bouche, elle demanda d'une voix égale :

– Vous avez dit à Tibor que vous aviez envie de me revoir. Pourquoi?

Impossible de déchiffrer ses prunelles d'un noir liquide. L'odeur de son parfum était presque oppressante et le spectacle de sa poitrine soulevant le pull avec régularité hypnotisait Malko. La CIA était à des millions d'années-lumière. Il posa une main sur la cuisse fuselée, très haut et dit simplement :

– Devinez.

Elle ne répondit pas. S'enhardissant, il quitta sa cuisse, lui effleurant les seins. De nouveau, les crocs blancs apparurent au milieu du fruit rouge et, du revers de la main, comme pour s'amuser, elle caressa rapidement le haut des cuisses de Malko. Leurs visages étaient très proches l'un de l'autre.

Cette fois, Malko s'attarda à la pointe d'un sein. Et, brutalement, il eut droit à un baiser féroce, glouton, qui le cloua à son siège. Il crut que Zakra allait l'étouffer avec sa langue.

A son tour, il décida de profiter de ses charmes, l'explorant du bout des doigts. A chaque endroit sensible, elle était agitée d'un brusque soubresaut, qui l'éloignait presque de lui. Leur baiser-ventouse se prolongeait. Quand il glissa une main entre ses cuisses, Zakra poussa un gémissement sauvage et ses jambes s'ouvrirent si violemment qu'elle heurta la portière droite et le levier de vitesse à gauche. Malko revint à la charge, et cette fois, elle balaya sa main avec un feulement d'animal blessé.

– Excuse-moi, fit-elle aussitôt, je suis trop excitée. J'ai trop envie de toi. Mais, comme ça, juste un peu, je ne peux pas.

Elle haletait, ses seins se soulevaient à toute vitesse, elle avait un regard de folle.

Les glaces s'étaient couvertes de buée et Malko ne distinguait plus l'extérieur. Une seule idée galopait dans sa tête : baiser cette somptueuse femelle qui s'agitait dans ses bras. Il reprit son massage, malgré sa supplication. La tête rejetée en arrière, les doigts crochés dans son siège, elle bondissait sur place avec des grognements rauques. Décollant chaque fois au point que sa tête heurtait le pavillon de la voiture!

Un vrai rodéo. Mais elle ne cherchait plus à écarter les doigts de Malko qui pianotaient diaboliquement sur son point le plus sensible.

– Ah!

Un grondement de fauve. Elle mordait sa main, il pouvait distinguer tous les muscles de sa mâchoire crispés, tétanisés. Il accéléra son mouvement tournant et tout à coup, elle se mit à faire des bonds prodigieux, désordonnés. En dépit de la main qu'elle se mordait, un cri violent, animal, jaillit de sa gorge. Ses cuisses se refermèrent comme un étau et elle resta haletante, muette et satisfaite.

Malko aurait sodomisé une chèvre, tant il était excité. Mais Zakra, le regard noyé, cuvait son orgasme, sans plus se soucier de lui.

Vexé, il n'avait même plus envie de la caresser. Elle tourna la tête vers lui avec un sourire complice.

– Tu n'aurais pas dû! Maintenant, je ne suis plus bonne à rien.

Elle secoua lentement la tête.

– Non, pas cette fois, je n'ai pas le temps.

Il rengaina sa rage. Zakra se conduisait comme un homme égoïste. Le ventre en paix, elle voyait Malko d'un œil différent, sans vouloir remarquer son érection tenace.

*
**

La Mercedes poussiéreuse s'arrêta dans la rue Ostrom juste en face de l'*Eden*. Pavel Sakharov en descendit et s'étira. Presque deux mille kilomètres de route depuis Athènes, et, en Yougoslavie, ils s'étaient fait prendre dans une embuscade. Mais, si son corps était fatigué, son cerveau était parfaitement clair... Son chauffeur demeura au volant et lui se dirigea vers la porte de l'*Eden*, escorté de ses deux gardes du corps, anciens lutteurs du Grand Cirque de Moscou. Massifs, puissants, se déplaçant silencieusement sur des bottes souples.

L'un d'eux dut frapper plusieurs minutes avant qu'un portier galonné à la tunique ouverte vienne aux nouvelles.

– Vous voyez bien que c'est fermé, lança-t-il d'un ton hargneux. Ça ouvre à dix heures.

Un des deux gardes avait déjà le pied dans la porte et le repoussait sans véritable violence, mais avec tant de force que le portier alla heurter un des deux jeux vidéo de l'entrée. Pavel Sakharov referma la porte derrière eux. Ses yeux bleus très clairs sans expression se posèrent sur le portier.

– Karim est là? demanda-t-il.

La pomme d'Adam de l'homme monta et descendit rapidement.

– Oui, je crois.

– Mène-nous jusqu'à lui.

– Il faut que je vous annonce.

Pavel Sakharov fit un léger signe de tête. Un des deux gardes avança, prit le portier à la gorge et le souleva du sol.

– Ce n'est pas la peine de le déranger, dit-il d'une voix douce. On va lui faire la surprise.

Le portier prit rapidement sa décision : il sentit que ces trois hommes étaient encore plus dangereux que son patron. Dès que ses pieds touchèrent à nouveau le sol, il tira sur sa veste et les précéda dans la grande salle déserte. Un peu plus loin, il fit pivoter une grande glace, découvrant un couloir peint en noir. Après le coude, il y avait une porte rouge, massive, avec une poignée de cuivre.

– C'est là, dit-il.

Pavel Sakharov le remercia d'un sourire glacial, puis tourna la poignée et poussa la porte. Le battant dévoila une petite pièce aux murs couverts de photos de filles en tenue légère. Face au trio, un bureau encombré où un homme en manches de chemise était en train de faire des comptes. Derrière lui, un énorme et antique coffre-fort gris. Au bruit de la porte, Karim Nazarbaiev leva la tête. Pendant une fraction de seconde, ses yeux flottèrent dans leurs orbites puis se stabilisèrent, comme épinglés par des aiguilles invisibles. Encore quelques fractions de seconde et un sourire faussement chaleureux se plaqua sur le visage du mafioso kirghize.

– Pavel!

– Pas de nom, lança le Russe avec un sourire d'iceberg.

L'injonction avait claqué comme un coup de fouet. Sakharov faisait irrésistiblement penser à un officier SS. Une tête de serpent froid. Le front dégarni, les yeux bleus très pâles, le buste droit. Pas rassurant.

Karim Nazarbaiev contourna son bureau et l'étreignit pourtant, ignorant les deux hommes qui s'étaient appuyés à la porte.

– Reprends ta place, conseilla Pavel Sakharov, je ne resterai pas longtemps. Je passais par hasard par Budapest, j'ai voulu te saluer et prendre des nouvelles de nos affaires.

Le mafioso kirghize s'était réinstallé à son bureau et Pavel Sakharov s'assit familièrement sur le bord, jouant avec un cendrier.

– Tout s'est-il bien passé pour notre petite affaire? demanda-t-il d'un ton léger.

Le regard de Karim Nazarbaiev flotta une fraction de seconde, puis les coins de sa bouche s'abaissèrent. C'était le moment difficile. Il avait eu beau s'y préparer, les mots sortaient mal.

– Non, avoua-t-il piteusement. J'attendais que tu sois rentré de voyage pour te le dire. Il y a eu un problème.

– Lequel?

La voix de Pavel Sakharov était coupante comme un rasoir.

– Je ne sais pas vraiment, répondit Karim Nazarbaiev. Comme prévu, j'avais envoyé un de mes hommes – le plus sûr – remettre à ton contact ce que tu m'avais donné. Tout avait été arrangé à travers le réseau iranien d'ici et cela paraissait bien calé.

– Et alors? demanda Pavel Sakharov, sans élever la voix.

Le mafioso kirghize n'arrivait pas à affronter le regard de son interlocuteur.

– J'ignore ce qui s'est passé, avoua-t-il. Mes trois hommes ont été liquidés par ceux avec qui ils avaient rendez-vous. C'est la police hongroise qui les a découverts le soir même. Je ne comprends pas.

Il se tut, avalant sa salive avec difficulté. Pavel Sakharov l'observait comme un cobra sur le point de déguster un lapin particulièrement tendre. Il se délectait. Habitué de longue date aux interrogatoires, il « sentait » le trouble de son interlocuteur.

– Et l'échantillon? demanda-t-il d'une voix égale. Tu l'as récupéré?

Incapable de répondre, Karim Nazarbaiev secoua la tête négativement :

– Pourquoi?

– La police était déjà là, balbutia-t-il.

– Qu'est-il devenu?

Pavel Sakharov s'était instinctivement penché en avant. On entrait dans la zone rouge. Même dans ses pires cauchemars, il n'avait pas pensé que la catastrophe puisse s'étendre jusque-là! Karim Nazarbaiev sentit sa tension et mit un bon moment à répondre avec une fausse assurance.

– Stephan a dû être enterré avec. Ou le truc est tombé par terre et personne n'y a prêté attention. Ou les Iraniens l'ont piqué.

– Ils n'avaient pas à le « piquer », releva Pavel

Sakharov, puisqu'on le leur donnait. Tu n'as quand même pas cherché à le leur vendre?

– Tu es fou! se récria Karim Nazarbaiev.

Les pupilles de Pavel Sakharov s'étaient rétrécies. Il essayait mentalement d'imaginer ce qui avait pu arriver à l'échantillon de plutonium 239. Bien sûr, il avait pu rester dans les vêtements du Russe. Mais si quelqu'un d'intelligent était tombé dessus, c'était la catastrophe...

La sueur perlait au front du mafioso. Un des gardes du corps de Sakharov glissa le long du mur comme une araignée et vint s'appuyer au coffre-fort. L'atmosphère était à couper au couteau. Pavel Sakharov se rendit compte qu'il ne tirerait rien de plus du trafiquant kirghize. Le pire, c'est que ce dernier ne réalisait même pas l'ampleur des dégâts. Il hocha la tête et fit avec tristesse :

– Je t'avais fait confiance, Karim.

Nazarbaiev écarta les mains en un geste d'impuissance et croassa :

– Je ne sais pas ce qui est arrivé. Ces Arabes sont cinglés!

Pavel Sakharov laissa s'échapper l'air de ses poumons avec une lenteur voulue, puis se pencha à toucher le visage de l'autre et lâcha d'une voix basse et calme :

– Tu mens, Karim! Je vais te dire, moi, ce qui s'est passé. Au lieu de transmettre simplement ce que je t'avais confié, tu as voulu te livrer à une de tes escroqueries minables en essayant de leur vendre du « Red Mercury ». Comme c'étaient des gens sérieux, ils l'ont très mal pris et ils me l'ont fait savoir. Par ce message.

– Un message. Quel message? demanda le Kirghize brutalement affolé.

Pavel Sakharov eut un sourire cruel :

– Ton Stephan et les deux autres.

– C'est faux, affirma le Kirghize.

Pavel Sakharov tendit la main paume en-dessus.

– Donne-moi la clef de ton coffre.

Karim Nazarbaiev n'essaya même pas de résister. C'est le garde du corps qui fit pivoter la lourde porte du coffre. Pavel Sakharov examina le contenu d'un coup d'œil et son regard tomba sur une mallette métallique rangée sur l'étagère inférieure. Il la sortit et l'ouvrit. Elle contenait des sachets de poudre rougeâtres serrés les uns contre les autres.

Karim Nazarbaiev devint blanc comme de la craie et baissa les yeux, cherchant à ouvrir le tiroir de son bureau. Pavel Sakharov le laissa faire puis, quand ses doigts furent bien engagés dans l'ouverture, d'un coup de genou brutal, il referma le tiroir... Le mafioso kirghize poussa un hurlement et devint encore plus livide.

Pavel Sakharov rouvrit le tiroir complètement et aperçut un gros pistolet automatique noir, posé à plat, qu'il sortit en le tenant par le canon. Le Kirghize frottait ses doigts endoloris avec une grimace de douleur.

– C'est ça que tu voulais attraper? demanda Pavel Sakharov d'un ton glacial.

L'autre, dépassé, ne répondit même pas.

– Karim, dit le Russe après un bref silence, tu devrais me dire la vérité. Nous sommes de vieux amis et tout le monde peut commettre des erreurs, non?

Karim Nazarbaiev prit son courage à deux mains. A cette heure-là, il savait qu'aucun de ses gardes tchétchènes ne se trouvait dans les parages. Il ne pouvait compter que sur lui-même.

– Ecoute, c'est vrai, j'ai fait une connerie, se confessa-t-il d'un ton larmoyant. En plus de ton truc, j'ai voulu leur proposer le « Red Mercury ». Moi, je ne suis pas un savant, il y a des gens qui disent que c'est très utile. Mais j'avais bien dit à Stephan de lui donner d'abord l'échantillon. Ensuite, s'ils étaient intéressés...

Pavel Sakharov le fixa longuement, plein de mépris, les yeux encore plus pâles.

– Karim, c'est très mal de charger les morts, cela porte malheur.

Karim Nazarbaiev arriva à affronter son regard glacial et comprit dans ses os que cette dernière phrase n'était pas dite à la légère.

***

Protégée du monde extérieur par les vitres couvertes de buée, Zakra embrassait Malko avec fureur, une main posée entre ses jambes, massant délicatement son érection douloureuse.

– Demain, promit-elle. Je m'arrangerai.

Il n'eut pas le temps de répondre.

La portière de son côté s'ouvrit brutalement, laissant entrer une rafale d'air glacé. Il eut l'impression qu'un ours lui arrachait l'épaule et il bascula dehors, tombant sur le gravier du parking. Son regard accrocha une silhouette massive penchée sur lui, de petits yeux noirs en amande, un mufle féroce et une main énorme levée pour lui assener une manchette mortelle.

Grosny le Tchétchène les avait retrouvés.

CHAPITRE V

Le cri de Zakra semblait venir du fond des âges. Il vrilla les tympans de Malko et arrêta la masse prête à le piétiner. Dans un réflexe de survie, Malko roula sur lui-même, tentant d'échapper à son adversaire. Dix secondes plus tard, deux bras se refermaient autour de lui comme des pinces de métal, l'étouffant à moitié. Il se sentit soulevé du sol et vit approcher le parapet dominant le vide d'une bonne centaine de mètres. Il avait beau s'arc-bouter, se défendre, son adversaire semblait insensible aux coups.

Brutalement, Zakra, échevelée, enragée, surgit devant eux, repoussant la masse des deux corps vers l'intérieur du terre-plein. En même temps, elle lançait des ordres d'une voix gutturale au Tchétchène, comme un dompteur essaie de calmer un fauve. Cela dura d'interminables secondes puis Malko sentit qu'il redescendait et que ses pieds reprenaient contact avec le sol. Le carcan qui l'empêchait de respirer se desserra à son tour...

Enfin, le Tchétchène écouta. Il fallut encore des paroles apaisantes de Zakra pour qu'il se détende complètement. Elle se tourna ensuite vers Malko et demanda sèchement :

– Tu as des dollars?

– Oui.

– Donnes-m'en cent.

Il s'exécuta et Zakra fourra les billets dans la main

du Tchétchène qui alla docilement se mettre au volant; il faisait froid et il pleuvait mais Malko ne sentait rien, tout au plaisir d'être vivant. Zakra était furieuse.

– C'est vraiment une bête! grommela-t-elle. Il m'a vue monter dans ta voiture et nous a suivis à pied jusqu'ici! Tu te rends compte!

Malko se rendait compte. L'avenir immédiat était dégagé, mais pas le futur. Zakra alla prendre sa houppelande et se drapa dedans.

– Nos projets semblent compromis, remarqua Malko.

Elle posa sur lui un regard inexpressif et dit d'une voix égale :

– Je ne sais pas encore... Il ne parlera pas tout de suite, mais Karim va le cuisiner et il est trop con pour éviter les pièges. Karim risque de vouloir se venger de toi. Si tu veux, on peut essayer quelque chose ici.

– Quoi?

– Je lui dis de ressortir de la voiture, que j'ai perdu quelque chose, là près du parapet. Quand il sera en position, tu le pousses.

Malko ne répondit pas : il ne se voyait pas commettre un meurtre de sang-froid. Même sur un yéti... Zakra sentit sa réticence et lui adressa un regard teinté de mépris :

– Si tu étais passé par où je suis passée, tu ferais comme moi. *Nitchevo,* n'en parlons plus; et puis, tu as peut-être raison : si on le ratait, il deviendrait *vraiment* méchant.

Ils regagnèrent la voiture de Malko et elle ordonna au Tchétchène de descendre les lacets menant au *Gellért*. Arrivés en face de l'hôtel, Grosny descendit sans un mot et fila vers la voiture de la Kirghize. Celle-ci, comme si rien ne s'était passé, lança :

– Tu veux toujours me revoir?

– Bien sûr, dit Malko.

– Bien, dit-elle. Tu habites au *Hilton*. Quelle chambre?

– 516.

– Je t'appellerai. Très vite. Cette fois, nous aurons le temps...

Elle se pencha pour l'embrasser et il sentit à nouveau ses seins lourds s'écraser contre son torse. Elle s'éloigna d'un pas vif, balançant au vent les pans de sa houppelande.

Malko la regarda rejoindre sa voiture, perplexe. Le contact était établi, mais il était de moins en moins sûr que cela fasse avancer sa mission.

*
**

Karim Nazarbaiev n'arrivait pas à parler tant les mots se bousculaient dans sa bouche. Il lâchait tout : son ignominie, les ordres qu'il avait donnés au malheureux Stephan, pour gagner des dollars afin d'acheter encore d'autres boîtes de nuit... Pavel Sakharov l'écoutait, glacé intérieurement. S'il n'y avait pas eu la disparition du plutonium, tout cela n'aurait pas été bien grave. Personne n'avait réclamé le corps de Stephan Sevchenko et il n'y avait plus qu'à prier les Saintes Icônes pour que les quelques grammes de plutonium soient perdus corps et bien.

Et à recommencer l'opération. Le temps pressait...

Il se redressa, abandonnant le bureau où il était assis.

– Tu m'as causé beaucoup de tort, Karim, fit-il d'une voix égale, mais je te pardonne, parce que tu es un brave garçon.

Eperdu de reconnaissance, Karim Nazarbaiev leva le regard sur le Russe, ce qui l'empêcha de voir un de ses gardes du corps sortir de sous sa chemise ample un long poignard. Lorsqu'il s'enfonça dans sa poitrine, juste au-dessous du sternum, c'était trop tard. Avec une force herculéenne, le tueur ouvrit le torse en biais, presque jusqu'à l'aine, sectionnant l'estomac, plusieurs vaisseaux importants, tranchant les intestins, déchirant le péritoine.

Une marée de sang inonda aussitôt la chemise et le pantalon du mafioso kirghize. Il ne put même pas s'arracher à son siège et n'eut que de faibles tressaillements, foudroyé par l'hémorragie massive. Pavel Sakharov le contemplait encore d'un air dégoûté lorsque la porte s'ouvrit brusquement.

Zakra pénétra dans la pièce comme une tornade et s'arrêta net. Son regard balaya le coffre ouvert, puis l'homme en train de mourir, pour se poser enfin sur le visage froid et indifférent de Pavel Sakharov. Instantanément, elle mesura le danger qu'il pouvait représenter. Ce n'était pas un petit voyou comme Karim. Elle reconnaissait l'espèce de supériorité des « Organes », ceux qui ont eu pouvoir de vie et de mort sur les peuples de l'Union soviétique pendant si longtemps. Malgré la soudaineté de son arrivée, le Russe n'avait pas eu un geste de surprise ou d'affolement.

Posément, comme s'il n'y avait rien d'anormal, Zakra entreprit de déboutonner sa houppelande, la laissant tomber à terre. Malgré les circonstances et son flegme habituel, Pavel Sakharov ne put s'empêcher d'être fasciné par la beauté de la jeune femme. Cette paire de seins qui semblaient rapportés tant ils étaient fermes et pointus, moulés par un pull noir, les longues cuisses fuselées, la taille mince et surtout ce visage où se mélangeaient la dureté minérale et une sensualité animale.

– Tiens, remarqua d'un ton glacial la nouvelle venue. Quelqu'un a enfin réglé son compte à ce gros porc.

Comme personne ne disait mot, elle contourna le bureau et plongea vers le coffre. Pavel Sakharov la vit y prendre une poignée de passeports, les trier rapidement et en extraire un de la liasse, qu'elle mit dans sa poche.

– C'est le mien, lança-t-elle.

Un des gorilles de Pavel Sakharov voulut le lui

reprendre. Elle fit un pas en arrière et, d'un geste gracieux, se pencha comme pour arranger sa chaussure. Quand elle se redressa, elle tenait à l'horizontale un poignard pris dans sa botte, dont la pointe se piqua juste à la hauteur du cœur du Russe.

– De l'air! fit-elle.

Pavel Sakharov lança un ordre bref et l'homme recula. Zakra eut un sourire de tigresse repue et s'approcha de lui à le toucher. Il plongea dans ses prunelles à la lueur un peu folle et admira le sourire carnassier. Il n'avait jamais vu une femelle aussi excitante.

– Alors, tu es le nouveau patron? demanda la jeune Kirghize d'une voix douce. Bienvenue à l'*Eden*. Je m'appelle Zakra et j'espère que tu me baiseras mieux que ce gros lard. J'avais l'impression d'avoir une vilaine saucisse qui s'agitait sur moi. Si tu sais me prendre, je peux être très douce.

Elle lui prit la main et l'entraîna vers la porte.

– Ce soir, dit-elle, nous allons boire du champagne et de la vodka, manger beaucoup de caviar et baiser comme si on allait mourir.

Devant la réticence visible du Russe, elle s'arrêta net.

– Je ne te plais pas?

– Si, admit-il à contrecœur.

– Alors, partons d'ici! Ça sent la charogne, lança-t-elle.

Il la suivit dans le couloir sombre, se disant qu'une créature de cet acabit qui connaissait bien les affaires du mafioso kirghize pouvait lui être très utile.

***

Pavel Sakharov était allongé les yeux ouverts, dans l'immense lit où avait jadis dormi Karim Nazarbaiev. Zakra, les cheveux défaits, nue, belle comme un fantasme à côté de lui. La soirée s'était passée exactement comme elle l'avait prévu. C'est lui qui avait demandé grâce, alors qu'elle le dévorait comme une louve. Elle faisait l'amour avec violence et habileté, ponctuant ses étreintes de cris aigus d'une voix soudain cristalline quand il la faisait jouir.

Maintenant, il fallait passer aux affaires sérieuses. Une question obsédait Pavel Sakharov : où se trouvait l'échantillon de plutonium 239? S'il était tombé entre de mauvaises mains, il allait très vite le savoir. Premier point : reprendre contact avec son acheteur et lui faire savoir que l'opération continuait et qu'il la dirigeait personnellement.

Il était beaucoup trop dangereux de téléphoner de Budapest. Il fallait donc utiliser la procédure qui avait déjà servi une fois; passant par Karim Nazarbaiev dont le cadavre, discrètement emporté dans une couverture par deux de ses Tchétchènes, reposait maintenant au fond du Danube, lesté d'un poids de fonte qui l'empêcherait de remonter pour quelques siècles. Son fauteuil inondé de sang avait été brûlé, comme la moquette arrachée de son bureau. Les affaires continuaient. Zakra lui avait expliqué en quoi consistaient les activités de Nazarbaiev. La passation de pouvoirs s'était faite sans heurt. Zakra avait convoqué le bras droit de Nazarbaiev, un certain Gregor, et lui avait expliqué que le mafioso kirghize avait escroqué Pavel qui était venu se venger. Ce dernier, afin de récupérer son bien, allait gérer les affaires de Karim Nazarbaiev pendant un certain temps.

Elle-même ferait la liaison entre le nouveau chef et les exécutants. Personne n'avait posé aucune question. Désormais, c'était « Pavel » qui commandait.

Ce dernier avait décidé de demeurer à Budapest jusqu'à la fin de l'opération. C'était infiniment plus facile pour les communications, et personne ne viendrait le chercher là. La présence de Zakra à qui il avait décidé de faire relativement confiance lui évitait les contacts intempestifs. En plus, ce n'était pas désagréable de l'avoir dans son lit.

– A quoi penses-tu?

Pavel Sakharov sursauta : la voix chaude et calme l'avait surpris. Zakra le regardait, appuyée sur un coude, merveilleusement belle.

– J'ai besoin de toi, fit-il simplement. Pour joindre ceux qui ont liquidé Stephan et les deux Tchétchènes. Tu crois que c'est possible?

– Je vais essayer, promit Zakra.

– C'est très important et très urgent, insista-t-il. Si tu réussis, je ne t'oublierai pas.

Elle sourit, blasée. Pavel était un salaud froid comme un serpent, infiniment plus dangereux que Karim. Mais, pour l'instant, elle avait intérêt à collaborer.

– Compte sur moi, dit-elle.

*
**

Un vent glacial balayait Váci utça, la rue piétonnière la plus élégante de Budapest, qui serpentait de Vamaz Korut à la place Vörösmarty, alignant les boutiques de mode et les galeries marchandes. Sur toute la longueur de la voie, des changeurs clandestins, tous arabes, battaient la semelle par petits groupes, guettant les touristes inexpérimentés. En réalité, il y avait peu de différence entre le change officiel et le leur; mais ils se rattrapaient en écoulant des billets démonétisés.

Un des uniques secteurs que la pègre hongroise et les mafiosi russes leur laissaient encore. Ali le Pasdaran arrondissait ainsi ses fins de mois. Abrité du vent à l'entrée de la galerie Taverna Udvar, il vit soudain une silhouette massive surgir de la foule.

Un Tchétchène.

Les mains dans les poches de son blouson rose, massif, il s'arrêta en face du passage, examinant les changeurs. Son regard se posa sur Ali qui sentit ses intestins se nouer. C'était Grosny, le chef des hommes de main de Karim Nazarbaiev... Après ce qui s'était passé, ce n'était pas bon signe. Le Tchétchène avançait dans sa direction. Instinctivement, Ali recula dans le passage, se rendant compte immédiatement de son erreur : c'était un cul-de-sac.

D'un coup de sifflet strident, il essaya de retenir les autres chargeurs, qui s'égaillaient comme une volée de moineaux.

Affolé, il vit le Tchétchène se rapprocher, tenant presque tout le couloir. Il dégringola dans la galerie marchande, essayant de se noyer dans la foule. Tout le Milieu de Budapest savait que les Tchétchènes avaient juré de venger leurs deux copains assassinés.

Ali regarda par-dessus son épaule : Grosny ne décrochait pas. Il finit par se réfugier dans une boutique de vêtements tenue par une fille à la poitrine imposante. Le Tchétchène arriva sur ses talons.

– J'ai un message pour toi ! dit-il en mauvais hongrois. Tu remontes et tu vas à la cabine téléphonique. En face du Fontana. Tout de suite.

Ali regarda autour de lui, encore plus paniqué : sûrement un piège pour le faire sortir. Le Tchétchène allongea le bras et serra celui d'Ali dans ce qui parut à l'Iranien un étau d'acier.

– Viens, répéta Grosny.

Il le poussa devant lui.

Lorsqu'ils arrivèrent à la cabine, le Tchétchène y poussa sa victime et resta devant pour qu'Ali ne soit pas tenté de s'échapper. Quelques instants plus tard, le téléphone sonna et Grosny fit signe à Ali de répondre.

***

Malko était dans sa chambre, contemplant au-delà du cloître sur lequel était bâti le *Hilton,* au-delà du Danube, Pest noyée dans une brume humide. Deux jours à tourner en rond. Pas de nouvelles de Tibor Zala, et encore moins de la Kirghize.

Sa mission était en train de tourner court. Il avait

décidé d'attendre encore vingt-quatre heures avant de relancer Tibor, seul capable éventuellement de reprendre le contact. Le téléphone l'arracha à ses pensées moroses. Il regarda longuement l'appareil avant de décrocher, pour conjurer le sort.

– Tu ne m'attendais plus?

La voix de Zakra était chaude et câline.

– Mais si, affirma Malko.

– Tout va bien, annonça-t-elle. Tu as toujours envie de me voir?

– Bien sûr.

– Alors prends un papier et note. Tu vas dans le quartier Obuda, au nord. Tu traverses sur le pont Margit et tu prends à gauche la voie sur berge jusqu'au bout. Quand tu en sors, tu continues dans Nepfurdö, vers le pont Arpad. Tu vas croiser la rue Révész. Au coin de Nepfurdö, il y a une grande usine désaffectée. Arrête ta voiture en face de l'entrée dans Révész. Je t'attendrai là dans une heure.

*
**

Le nord de Pest, en bordure du Danube, était particulièrement déprimant. Un quartier de HLM gigantesques alignées comme des dominos, entrecoupé de rues entières bordées d'usines dont beaucoup ne tournaient plus depuis longtemps. La zone industrielle était sinistrée, comme le communisme. Malko avait suivi strictement les instructions de Zakra. Il s'arrêta en face d'une énorme usine en briques jadis rouges, maintenant noircies par la pollution. En face, une centrale électrique crachait des flots de fumée nauséabonde dans le ciel gris. Pas un chat. Il tâta machinalement la crosse de son pistolet extra-plat glissé sous son siège, une balle dans le canon. A la réflexion, le rendez-vous donné par la jeune Kirghize n'était pas vraiment rassurant. Il ne l'avait vue que deux fois et ce n'était pas la fougue sexuelle qu'elle avait témoignée qui en faisait une amie d'enfance... Par contre, le dénommé Grosny pouvait avoir parlé. Il regarda la porte de l'usine qui semblait condamnée. Le battant en ferraille rouillée s'écarta soudain. Zakra se tenait dans l'ouverture. Somptueuse. Sa longue houppelande ouverte sur une robe prête à éclater sous la pression de ses seins, avec des bottes et des bas noirs. Sans bouger, elle fit signe à Malko de la rejoindre.

CHAPITRE VI

La main sur la poignée de sa portière, Malko hésita une fraction de seconde. Cette femme superbe qui lui faisait signe de la rejoindre dans ce décor sinistre, cela sentait le piège à plein nez. Une fois entré dans cette usine déserte, il était livré à lui-même... Il revit Grosny, le Tchétchène. Si deux ou trois comme lui l'attendaient à l'intérieur, il n'en ressortirait pas. Et puis, il se décida d'un coup, glissant son pistolet extra-plat entre sa ceinture et sa chemise, à la hauteur de sa colonne vertébrale.

En trois enjambées, il eut traversé la rue. Zakra s'effaça pour le laisser passer, repoussant la porte qui claqua dans son dos avec un inquiétant bruit de métal. Malko découvrit un immense hall désert, à part quelques amas de ferraille, où régnait un froid polaire.

– Viens, dit Zakra. Je n'ai pas beaucoup de temps.

Etrange endroit pour un rendez-vous amoureux... Au fond du hall, elle s'engagea dans un escalier de fer en colimaçon, au ras du sol. Tout était sale, rouillé, déjeté. La bise glaciale pénétrait par les innombrables carreaux cassés. En bas, c'était pareil. Zakra s'arrêta devant une porte métallique peinte en gris et sortit une clef de sa poche. Dès qu'elle l'ouvrit, Malko reçut en plein visage une bouffée de chaleur.

Ici, c'était un autre univers. Ils suivirent un couloir repeint à neuf desservant des bureaux ultra-modernes mais vides. Dans l'un d'eux, des cartons de téléviseurs et de magnétoscopes Akai et Samsung s'empilaient jusqu'au plafond. Zakra ouvrit une autre porte, sur une salle d'agrès de près de vingt mètres de long, aux murs blanc cassé, presque trop chauffée, avec des tas d'instruments de torture pour le sport en chambre. Une glace tenait tout un panneau. Zakra s'arrêta à côté d'un grand tapis de mousse et se débarrassa de sa houppelande. Le silence était absolu. Elle s'approcha de Malko et se frotta à lui.

– Ici nous sommes tranquilles, affirma-t-elle.

– C'est un endroit étrange, remarqua-t-il.

– Karim l'a acheté il y a six mois, expliqua-t-elle. Cela sert à des tas de choses.

Sa bouche se colla sur la sienne. Un baiser brûlant qui déclencha la frénésie sexuelle de la jeune Kirghize. Malko eut à peine le temps de réaliser que Zakra était déjà nue. Elle adressa à Malko un sourire désarmant.

– Moi, j'aime faire l'amour nue.

Comme Malko entreprenait à son tour de se déshabiller, un véritable cyclone s'abattit sur lui. En un clin d'œil, il ne lui restait même pas sa montre. Le pistolet extra-plat gisait avec le reste de ses affaires éparpillées sur le tapis. Zakra n'avait même pas semblé le remarquer. Dans le milieu où elle vivait, tout le monde devait être armé.

Elle embrassait de tout son corps, de tous ses muscles, avec une violence d'animal sevré. Brusquement, elle abandonna la bouche de Malko pour son sexe qu'elle engloutit en un éclair. Malko se retrouva sur le dos, sur la mousse, cette goule somptueuse accrochée à lui, avec des doigts partout, une tornade tropicale en chambre. Sa bouche explorait tous les recoins les plus secrets, revenait à son activité initiale, repartait. Zakra tournait, rampait, se lovait comme un serpent, enfonçait tout à coup une langue durcie et vibrionnante là où il fallait, puis léchait Malko comme un animal.

Dans la grande glace, Malko, entre deux rafales,

admirait la courbe de sa croupe superbe, la masse de ses seins orgueilleux. Et puis, elle se mit à quatre pattes sur la mousse, la croupe saillante, et se retourna, les yeux presque vitreux de désir. Quand il s'enfonça en elle, elle hurla de plaisir, sa croupe se dressa encore plus, remuant frénétiquement comme pour se débarrasser du membre qui la transperçait. Mais quand Malko, involontairement, sortit de la fournaise, elle poussa un cri atroce comme si on l'avait martyrisée.

Il revint sur elle, maintenant cette fois ses hanches à deux mains. Elle avait pris le matelas à pleines dents pour ne pas hurler et regardait dans la glace, les yeux révulsés, Malko la prit par-derrière. Celui-ci avait l'impression de chevaucher un étalon. Il accéléra, sentant la sève monter de ses reins, elle fut agitée de spasmes frénétiques qui la soulevaient du sol.

Et quand elle jouit, ce fut le même hurlement que dans la voiture, en beaucoup plus fort... Après un dernier soubresaut, elle demeura aplatie sur la couche de mousse, Malko encore fiché en elle. Jusqu'à ce qu'elle s'ébroue et lui lance :

– J'ai tout de suite eu envie de toi, l'autre jour au *Gerbaud.* Tes yeux... Viens, maintenant j'ai à faire.

Elle se rhabilla aussi vite qu'elle s'était déshabillée. Malko commençait à comprendre pourquoi elle l'avait emmené dans cet endroit désert. Dans n'importe quel hôtel normal, ce genre de coït aurait déclenché une alerte d'incendie...

– Ce que c'est bon, soupira Zakra. C'est mon salaud de père qui m'a donné le goût des hommes. Quand j'avais quinze ans, il m'a violée. Je dormais, il faisait très chaud. J'ai cru qu'il venait me dire bonjour, mais il s'est couché sur mon dos de tout son long, comme pour jouer. Je n'ai pas eu le temps d'avoir peur, il m'avait déjà planté sa grosse verge au milieu des fesses...

« Plus tard, à l'oreille, il m'a demandé pardon, il m'a dit que j'avais une croupe créée par Satan, pour perdre les hommes.

« Mais trois jours plus tard, il est revenu. Peu à peu, j'en ai pris l'habitude. Après j'ai eu beaucoup d'hommes. Je les aime forts et bien membrés. Un de mes premiers amours travaillait dans un cirque comme athlète. Un jour, je me suis amusée à le faire jouir dans ma bouche pendant qu'il portait cinq hommes sur ses épaules, à l'entraînement. J'ai cru qu'il allait mourir de plaisir.

Tout en parlant, elle s'était remaquillée. Quel personnage ! A côté d'elle, la sulfureuse Mandy Brown, c'était sœur Theresa. Elle se retourna et demanda avec un sourire provocant :

– Maintenant que tu connais ma vie, veux-tu m'épouser ?

Malko scruta longuement les prunelles noires pour voir si Zakra plaisantait. Aussitôt, elle plongea la main dans sa poche, en sortit un passeport rouge ex-soviétique et le brandit devant Malko.

– Je suis de nouveau un être humain, annonça-t-elle triomphalement. J'ai récupéré mon passeport. Il y a eu des changements : le patron de Karim est arrivé et l'a viré. Maintenant, je fais partie de l'Organisation. Je ne crains plus personne.

– Bravo, fit Malko, mais...

La Kirghize le coupa.

– C'est bien, mais pas suffisant. Je peux être expulsée de Hongrie en dix minutes, je ne veux plus vivre dans la peur. Avec ce chiffon de papier, je n'irai nulle part. Tu es autrichien, non ? Epouse-moi. Je ne t'ennuierai pas. Je te donne dix mille dollars et le droit de te servir de moi. Dès qu'il le faudra, nous divorcerons. A propos, tu n'es pas marié ?

– Non, avoua Malko.

Zakra eut un sourire triomphant.

– Donc il n'y a pas de problèmes ! Tu diras à tes amis

que c'est de la blague. Juste du business. Et ensuite, je me débrouillerai toute seule.

Malko se voyait en train d'expliquer à Alexandra les subtilités du mariage blanc. Elle lui aurait arraché les yeux et les aurait gobés avant qu'il ait terminé sa phrase. Très chatte, Zakra vint se couler contre lui.

– Tu n'as pas envie de continuer à baiser avec moi?

– Je vais réfléchir, promit Malko.

– Réfléchis vite, trancha Zakra. Maintenant tu m'attends ici, j'ai quelque chose à faire en haut. Je reviens et tu me donneras ta réponse.

Elle tourna les talons et disparut dans le couloir.

*
**

Cyrus et Ali attendaient dans une vieille Mercedes 300 stationnée à l'entrée de la rue Révész. Chacun un MP5 sur les genoux, dissimulé par un journal. Modérément rassurés. Le quartier ne leur disait rien et encore moins cette usine abandonnée. Ils s'attendaient à chaque seconde à voir surgir une meute de Tchétchènes qui ne feraient qu'une bouchée d'eux. Le grincement de la porte de l'usine les fit sursauter. L'apparition de Zakra acheva de les déstabiliser. Un peu déhanchée, les seins pointant orgueilleusement sous la robe rouge, les cuisses moulées de noir, la lourde ceinture pendant sur le ventre, les cheveux défaits, c'était la réincarnation des Houris gardant le paradis d'Allah.

Elle leur adressa un sourire dévastateur et pivota lentement sur elle-même, comme pour leur montrer qu'elle n'avait pas d'arme. Puis, d'un signe elle leur demanda de la rejoindre.

Les deux Iraniens se consultèrent du regard, inquiets, mais ils avaient des instructions impératives. Leur arme collée au corps, ils gagnèrent en courant l'usine désaffectée. Zakra avait reculé et, d'un coup d'œil, ils purent se rendre compte que le grand hall était vide, ce qui fit baisser leur tension. La Kirghize les contemplait d'un air ironique.

– Vous avez peur? lança-t-elle.

– Pourquoi on aurait peur? demanda Cyrus, déjà agressif.

Zakra allongea la main, relevant la manche de l'Iranien et découvrant la Rollex qu'il portait au poignet gauche.

– A cause de ça, dit-elle. J'étais avec Stephan quand il l'a achetée. Maintenant, je connais les salauds qui l'ont tué.

Ali et Cyrus se figèrent, regardant machinalement autour d'eux, brusquement très nerveux.

– *Nitchevo*, continua la jeune Kirghize, aujourd'hui, j'ai seulement un message à vous transmettre.

***

Malko grimpait à pas de loup l'escalier rouillé menant du sous-sol au rez-de-chaussée, pistolet au poing. Sa tête effleura le niveau du hall et il aperçut trois paires de jambes. Celles de Zakra et deux blue-jeans. Le haut des corps était masqué par une poutrelle et il était trop loin pour entendre ce qui se disait.

Il grimpa les dernières marches et se mit à progresser, dissimulé par des piliers qui ne tenaient plus que par leur rouille. Il était si attentif à ne pas se montrer qu'il n'aperçut pas une tige d'acier tordue, attachée à un bout de ferraille. Quand il la heurta, elle fit un boucan du diable.

Il s'arrêta, tous les muscles bandés, entendit un cri bref :

– *Inja*! (1)

Aussitôt, le bruit saccadé d'une rafale d'arme automatique déchira le silence. Des projectiles ricochèrent dans tous les coins et Malko, prêt à riposter, essaya de

(1) Ici.

se fondre dans son pilier. Apparemment, les interlocuteurs de la pulpeuse Kirghize étaient nerveux. Il risqua un œil et aperçut fugitivement un profil avec une tignasse noire bouclée. Un Moyen-Oriental.

Le fracas des détonations continuait à se répercuter dans l'énorme structure métallique. Le chargeur vide du MP5 tomba à terre, aussitôt remplacé par un autre. Ali, les jambes écartées, son pistolet-mitrailleur braqué, scrutait le hall.

– Qu'est-ce que c'est que ce boucan? lança-t-il, menaçant. Il y a quelqu'un.

Zakra éclata d'un rire méprisant.

– Il n'y a que des rats ici. En plus de vous. Partez maintenant. Dans deux jours, nous voulons une réponse. Ici, à la même heure.

Les deux Iraniens lui jetèrent des regards noirs, rêvant à ce qu'ils aimeraient lui faire subir, puis battirent en retraite. Lorsque leur voiture se fut éloignée, Zakra fonça vers le fond du hall, les traits crispés de fureur. Malko s'écarta de son pilier, couvert de rouille. Ayant prudemment remis son pistolet en place.

– Je t'avais dit de ne pas bouger! lança-t-elle, écumant de fureur, presque menaçante.

– Je m'ennuyais.

Ils s'affrontèrent du regard, puis celui de la Kirghize s'adoucit brusquement.

– Ecoute, *goloubtchik,* (1) dit-elle, je me doute que tu es dans le *nastaiashii biznes*, sinon, tu ne te promènerais pas avec ça.

Elle avait glissé un bras autour de la taille de Malko, atteignant la crosse de son pistolet. Les yeux dans les siens, elle continua :

– Je me fous de ce que tu fais, mais, toi, tu ne te mêles pas de *mes* affaires. Je t'ai amené ici parce que

(1) Petit pigeon.

j'avais envie de baiser avec toi et j'ai profité de ce rendez-vous. Je ne veux pas qu'on nous voie trop ensemble.

– Et Grosny? demanda Mako.

– Grosny, je lui ai dit que j'avais eu envie de baiser avec toi, coupa-t-elle. Il s'en fout. Maintenant, est-ce que tu as réfléchi à ma proposition?

Malko avait compris que s'il éludait le problème il perdrait ce contact précieux. Il avait devant lui une Mandy Brown bis en beaucoup plus féroce, avec un potentiel encore plus grand.

– Si tu montres un peu de douceur, je veux bien t'épouser, dit-il, et même te présenter à ma famille.

Elle le regarda, les yeux écarquillés.

– Quoi?

Malko lui offrit son sourire le plus angélique.

– Cela sera vite fait. Juste un tour au cimetière...

Elle l'enlaça en riant. Adorant visiblement cette forme d'humour. Son corps était vraiment incroyable. Une créature de bande dessinée.

– Tu vas me déposer, fit-elle. Ensuite, on ne se verra pas pendant deux jours. J'ai des tas de choses à faire. Je t'appellerai à l'hôtel dès que je serai libre.

***

Alan Spencer se frotta l'estomac avec une grimace de douleur. Décidément, le foie gras grillé et les oignons frits ne lui convenaient pas et l'Américain flirtait en permanence avec l'ulcère. Dehors, la place Marcus ruisselait de soleil. Ce qui ne déridait pas le chef de station de la CIA.

– Nous sommes au point mort, avoua-t-il. Impossible même de savoir avec certitude où se trouve Ishan Kambiz. On croit qu'il est à Damas, mais les Syriens prétendent le contraire. Je vois que de votre côté ce n'est pas brillant non plus.

– J'ai quand même récolté une demande en mariage, ironisa Malko, qui avait rendu compte à l'Américain.

– On dit que Karim Nazarbaiev a été liquidé par ses amis, avança le chef de station. C'est Tibor qui m'a annoncé cela. Mais là non plus, pas de preuves.

Le silence retomba, lourd, troublé par les violonistes du *Mátyás Pince*.

– Ce qui est bizarre, remarqua Malko, c'est que ces mafiosi ne sont pas du genre à vendre du plutonium. Mais je me demande ce que Zakra fabriquait avec les deux Iraniens d'aujourd'hui. Nous avons peut-être un moyen d'avancer de ce côté-là. Vous êtes en bons termes avec la police hongroise?

– Excellents. Pourquoi?

– Après avoir raccompagné Zakra, je suis revenu à l'usine désaffectée. J'ai pu y pénétrer par la cour donnant dans Nepfurdö. Et j'ai récupéré quelques-uns des projectiles qui ont été tirés sur moi.

Malko sortit de sa poche quatre petits morceaux de métal tordu, et les posa sur le bureau.

– Deux sont à peu près en bon état. Pourriez-vous les faire comparer à ceux qu'on a trouvés dans la tête des deux Tchétchènes assassinés rue Lendvay?

*
**

C'est un messager courtois et éperdu de respect qui attendait dans le hall somptueux du duplex d'Ishan Kambiz. Ce dernier achevait une sieste active en compagnie de Linda. Le jeune barbu dont le rêve était de ressembler au Prophète ne savait plus où donner du regard devant ces panneaux de laque ornés de femmes nues, ces meubles dorés, ces commodes tourmentées. Le décor luxueux créé par Claude Dalle, mélange de simplicité et de raffinement, rehaussé de panneaux de laque rouge sombre, coupait le souffle du jeune Hezbollah.

A cause de l'épais tapis, le jeune barbu n'entendit pas

venir le maître de maison, nu-pieds, enveloppé dans un peignoir d'éponge qui dissimulait mal une protubérance suspecte au-dessus de la cordelière.

L'envoyé de Téhéran détourna vivement les yeux, empourpré. Allah avait des voies bien étranges. Lorsqu'il était gardien à la sinistre prison d'Evin, les gens comme Ishan Kambiz étaient tous les jours flagellés à mort.

– Que veux-tu? demanda sèchement l'Iranien, furieux d'avoir été dérangé.

– Au nom de Dieu le Miséricordieux, commença l'envoyé d'une voix imperceptible, nouée par le respect, voilà le message que je dois vous transmettre.

Ishan Kambiz écouta jusqu'au bout, partagé entre des sentiments contradictoires. C'était la réponse de son vendeur, enfin. Normalement, il aurait dû sauter dans le premier avion, fou de joie. Seulement, il y avait un fait nouveau. Un ami sûr de la Policia Federale – le FBI brésilien – lui avait appris que les Américains s'intéressaient beaucoup à lui, diffusant des avis de recherche dans tous les azimuts. Même avec de faux passeports, c'était risqué de quitter le Brésil en ce moment. D'un autre côté, il ne pouvait pas faire le mort. C'était trop vital.

– Dis-leur que je ne peux pas me déplacer en ce moment, annonça-t-il. Il faut qu'on vienne me voir.

Avant toute transaction sérieuse, il était essentiel de vérifier que la marchandise proposée par les Russes était bien du plutonium 239 et non une saloperie quelconque sans valeur. Il salua d'un signe de tête, laissant le messager abattu. Un aller-retour Brasilia-Rio dans la journée, ce n'était pas la joie. Même pour la plus grande gloire d'Allah.

*
**

Pavel Sakharov attendait le retour de Zakra, en tirant des bouffées hâtives d'un petit cigare, allongé sur un lit de camp, installé dans un des bureaux de l'usine désaffectée. Il se montrait le moins possible à l'*Eden*. Inutile d'attirer les commentaires. Zakra menait la boîte et les filles d'une main de fer, et, pour le reste, les équipes du racket tournaient toutes seules. Sakharov trouvait cela minable, en pensant à l'enjeu de son affaire à lui. Jusqu'au début de 1991, il avait mené une carrière sans histoire au KGB, grimpant les échelons jusqu'à ses étoiles de général. Affecté à la Troisième Direction, il était directeur adjoint du contre-espionnage au sein des Forces Armées de l'Armée rouge. Autrement dit « super commissaire politique » Le putsch et les bouleversements subséquents avaient profondément modifié son existence... D'abord, la Troisième Direction avait été dissoute. Pavel Sakharov, qui avait su se tenir à l'écart, et conservait des amis dans tous les camps, avait pu se faire affecter au MSB (1) ex-second Directorate, devenu Service de Sécurité intérieure de la CEI. Sous la houlette de Victor Baranikov, un homme de Boris Eltsine.

Le hasard avait voulu, que dès septembre 1991, Pavel Sakharov soit affecté à la sous-direction chargée de la protection du nucléaire.

Il ne lui avait pas fallu longtemps pour comprendre qu'il était assis sur un tas d'or. Méticuleusement, il avait exploré le sujet jusqu'à ce que le hasard lui fasse retrouver un ancien ami. Grâce à son poste, il savait avec une précision relative où se trouvaient les stocks de plutonium 239 militaire, beaucoup plus faciles d'accès que les armes nucléaires déjà fabriquées.

Le reste était une question d'organisation. Dieu merci, Pavel avait gardé de nombreux amis dans l'ex-second Directorate, qui ne demandaient qu'à l'aider moyennant une poignée de dollars.

En janvier 1992, le MSB était devenu le MBRF –

(1) Ministère de la Sécurité d'Etat.

Ministère de la Sécurité de Russie, mais cela n'avait rien changé à ses plans.

Il se moquait éperdument que l'Iran balance des bombes nucléaires sur ses voisins. Secrètement, même, il souhaitait que cela arrive, et voir en représailles les barbus griller comme des poulets. Il haïssait les Iraniens depuis que plusieurs de ses amis du KGB avaient été massacrés par le Hezbollah de Beyrouth.

Pour mettre au point son projet, le général Pavel Sakharov avait longuement étudié le problème. Le jour venu, il ne lui avait pas fallu plus de dix minutes pour faire disparaître, grâce à son ordinateur, les stocks de plutonium 239 qu'il souhaitait commercialiser... Les autorités de la CEI et même les contrôleurs internationaux n'y verraient que du feu. Sur cent tonnes de plutonium, personne ne retrouverait cent kilos volatilisés. Seulement, cet édifice fragile reposait sur la vitesse. Américains et Israéliens faisaient le siège de Boris Eltsine pour qu'il reprenne un contrôle plus strict des unités du KGB qui veillaient sur les matières fissibles.

Des bruits de bottes troublèrent sa réflexion. Zakra pénétra dans le bureau, sa chevelure flamboyante au vent. Elle jeta un coup d'œil amusé au Makarov posé sur les papiers, chien relevé. Pavel Sakharov était un homme prudent. Même au fond de cette usine il se méfiait.

– J'ai la réponse! annonça-t-elle. Ton ami dit qu'il ne peut pas se déplacer. Il faut aller le voir.

– Quoi!

La Kirghize haussa les épaules.

– C'est ce qu'ils ont dit, moi je ne sais rien de plus.

Il ne l'avait pas mise dans la confidence. Sans insister, elle quitta le sous-sol.

Pavel se remit à tirer sur son cigarillo, perturbé. Depuis le matin, il avait un nouvel échantillon de plutonium 239, amené d'Ukraine par un courrier et qu'il conservait avec lui. Il n'allait quand même pas l'envoyer par la poste au Brésil. Et encore moins le livrer lui-même. A la seconde où qui que ce soit dans la communauté de Russie l'associerait à Ishan Kambiz, les ennuis commenceraient. De gros ennuis.

Il eut soudain un flash. Il venait de trouver la solution. Presque sans risques.

*
**

Zakra n'en croyait pas ses yeux. Personne ne lui avait jamais fait de cadeau. Enfin, jamais de vrai cadeau, sans contrepartie.

– C'est pour moi? demanda-t-elle.

– Oui.

Spontanément, elle se jeta dans les bras de Pavel Sakharov, après avoir passé autour de son cou le collier de perles d'or qu'il venait de sortir de son écrin.

Elle se regarda devant la glace. Le collier descendait jusqu'à la naissance de ses seins splendides.

Pavel l'observait, un peu moins glacial que d'habitude.

– Tu vas me rendre un service, dit-il.

– Tout ce que tu veux.

– Tu vas aller voir un de mes amis. A Rio. Au Brésil.

– Rio?

Elle avait vu des cartes postales du Brésil, mais jamais de sa vie n'aurait songé à y aller. Cela paraissait trop beau. Pavel Sakharov continua.

– Tu vas lui remettre une lettre de ma part.

Zakra le fixa, médusée.

– Une lettre! Mais tu ne peux pas l'envoyer par la poste?

– Non, c'est une lettre très importante, très urgente et très secrète.

Cela paraissait fou à la jeune Kirghize de parcourir la moitié du monde pour remettre une simple lettre, mais si ça pouvait lui faire plaisir.

– Tu vas donner ton passeport à Grosny pour qu'il s'occupe du visa. Cela va coûter un peu d'argent, expliqua Pavel.

*
**

– C'est la même arme que celle qui a tué un des Tchétchènes ! annonça Alan Spencer. Le laboratoire de l'ORFK (1) est formel.

Le chef de station de la CIA en faisait des bonds de joie. Enfin, après des jours d'angoisse, on repartait. Malko doucha un peu son enthousiasme, en remarquant :

– Je n'ai pas vraiment vu ces deux Iraniens, je pourrais à la rigueur en reconnaître un. Et à moins de questionner directement Zakra, je ne vois pas comment les identifier. Sauf s'ils me tirent dessus à nouveau. Ce qui est peu probable.

– Il va falloir mettre une surveillance en place autour de Zakra et de ses amis. Je vais demander à la police hongroise, sans leur révéler ce que nous savons.

– C'est risqué, remarqua Malko, il y a maintenant une bonne chance que la filière du plutonium se réactive, mais nous ne savons pas comment. Je vais plutôt tenter de tirer les vers du nez de Zakra. Elle a vraiment très envie de se marier...

*
**

Zakra contemplait avec un ravissement enfantin ses billets d'avion, sa liasse de dollars et son passeport avec un visa brésilien qui prenait tout une page. Pavel Sakharov, assis en face d'elle, plongea ses yeux bleu pâle dans les siens.

– Si on te demande quelque chose à l'entrée du

(1) Police criminelle.

Brésil, recommanda-t-il, tu viens passer le Carnaval chez des amis.

– Et ensuite?

Il lui montra l'enveloppe de ses billets d'avion où était noté un numéro de téléphone.

– Quand tu es à ton hôtel, au *Caesar Park*, tu appelles ce numéro. Tu dis que tu viens de Budapest. On te donnera des instructions. C'est compris?

– Oui.

– Encore une chose, ajouta-t-il. Tu as vu ce qui est arrivé à Karim? Si tu parles à qui que ce soit de ce voyage, il t'arrivera la même chose.

La jeune Kirghize, en dépit de son endurcissement, sentit passer une coulée glaciale le long de son dos. Elle revit le poignard qui avait découpé son ancien amant. L'homme qui se tenait en face d'elle était froid comme un iceberg, inexpressif. Ses yeux la fixaient comme deux objectifs de caméra et elle se dit qu'il l'égorgerait sans ciller, même après lui avoir fait l'amour.

– Je ne dirai rien à personne, promit-elle.

Elle quitta la pièce, sachant déjà qu'elle allait être obligée de mentir. Il fallait trouver une explication pour son fiancé. Sinon, il risquait de ne pas attendre son retour. Et cela, elle ne le voulait à aucun prix. Même si elle devait risquer sa vie.

CHAPITRE VII

– Il y a du nouveau. Venez vite.

La voix du chef de station de la CIA à Budapest tremblait d'excitation. Malko était retourné planquer rue Révész, sans rien voir de suspect autour de l'usine désaffectée. Tibor Zala était injoignable, toujours sur répondeur.

Cinq minutes plus tard, il parvenait à trouver une place au pied de l'obélisque célébrant l'héroïsme de l'Armée rouge, place Szabadsag. Alan Spencer l'accueillit avec un large sourire.

– Votre fiancée, Miss Zakra Grosnev, part pour Rio de Janeiro, annonça l'Américain.

– Comment le savez-vous?

– Vérification de routine. J'ai demandé au BRFK de me communiquer toutes les demandes de sortie du territoire hongrois présentées par des étrangers. Zakra Grosnev est résidente hongroise, avec un passeport soviétique. Elle a déposé une demande de visa de sortie et de rentrée sur le territoire, avec comme destination le Brésil. J'ai vérifié auprès du consulat brésilien.

– Elle part seule?

– Oui.

– Etrange... Et si c'était en relation avec notre affaire? Vous ne m'avez pas dit que Ishan Kambiz possède un appartement au Brésil?

– C'est vrai, mais...

– Il faut la suivre, trancha Malko. Mais ça ne va pas être facile, elle me connaît.

– J'ai sa date de départ et son vol. Vous partirez la veille, c'est-à-dire demain, via Paris par Air France, et vous la repiquerez à l'arrivée. Si vous avez raison, elle va vous mener directement à Ishan. Je vais tout vous préparer.

***

Malko avait à peine rejoint le *Hilton* que le téléphone sonna. La voix de Zakra était inhabituellement caressante. Elle chuchotait presque au téléphone.

– J'ai des problèmes, avoua-t-elle d'emblée. Karim est revenu et il est plus jaloux que jamais. Il me boucle et il veut m'emmener en Ukraine. Avant je voudrais te voir.

– A l'usine de Révész utça?

– Non. Tu connais Váci utça? La rue piétonnière? Je vais aller y faire du shopping. Il y a une galerie marchande en sous-sol, Taverna Udvar. J'y serai vers trois heures. Attends-moi à l'intérieur. Mais on ne pourra pas faire grand-chose...

Malko raccrocha, perplexe. Zakra lui mentait. Le Brésil ce n'était pas l'Ukraine. Il voulait vérifier un point important.

La ligne directe du rezident du KGB sonna au moins vingt fois avant qu'on ne décroche.

– Ambassade de Russie. Premier conseiller.

– Le caviar était délicieux, annonça Malko sans préambule après avoir identifié la voix de Serguei Oulanov. C'est moi qui vous invite aujourd'hui. Même endroit, même heure.

Imperceptible hésitation, puis un grand éclat de rire heureux.

– J'avais un déjeuner, mais *nitchevo*! C'était pourtant une Hongroise superbe, chaude comme l'enfer.

Malko alla flâner dans les rues de la vieille ville

jusqu'au déjeuner. Cela bougeait enfin. Plusieurs éléments commençaient à s'emboîter. D'abord, grâce à l'identification des projectiles, Malko savait que Zakra avait rencontré les assassins de l'homme sur qui on avait trouvé l'échantillon de plutonium. Maintenant, la même Zakra filait au Brésil où se trouvait peut-être l'acheteur du plutonium 239. Et enfin, elle mentait à Malko, prétendant aller en Ukraine.

Il pleuvait de nouveau sur Budapest. Lorsque Malko arriva au *Margitkert*, le Russe était toujours fidèle à son Johnnie Walker... Ils se retrouvèrent comme de lieux camarades, dégustèrent un osciètre parfait et Malko entra dans le vif du sujet.

– J'ai besoin d'informations précises sur Karim Nazarbaiev, demanda-t-il. Je suis prêt à payer.

Serguei Oulanov joua longuement avec une boulette de pain avant de laisser tomber d'une voix très légèrement pâteuse, le sourire complice :

– Je vais me mouiller pour toi. Parce que tu n'es pas un *niekulturny*. Tu ne prends pas Tolstoi pour une marque de voiture. Je connais un type qui sait beaucoup de choses. Ferencz Korvin, un Hongrois, ancien policier du MVA (1). Il travaillait pour mon prédécesseur et nous a rendu de grands services. Aussi, au changement de régime, nous avons demandé aux Hongrois de le laisser en paix.

– Ils voulaient le faire passer en jugement?

Le rezident du KGB sourit, amusé.

– Non. Politiquement, c'était impossible. Mais quelques-uns des flics de la nouvelle équipe voulaient le liquider discrètement.

– Où est-il, maintenant?

– Ici, à Budapest, continua le Russe. Il a un taxi-radio. Je vais le prévenir et lui dire qu'il peut te parler. Va vers six heures au 27 de l'avenue Andrássy. C'est au troisième étage. Tu prends l'escalier principal jusqu'au

(1) Police politique communiste.

second, ensuite tu contournes une galerie extérieure sur la gauche et tu montes un petit escalier. C'est la première porte sur la droite. Si tu veux qu'il soit coopératif, donne-lui tout de suite cent dollars. Mais, quoi qu'il te dise, ne dépasse pas mille. Il ne faut pas gâcher le métier. Et merci pour le caviar...

Zakra dépassait les autres clientes d'une bonne tête. Même sans cela, ses éclatants cheveux roux la faisaient repérer au milieu de la foule comme un phare en pleine nuit. Elle était en train d'examiner des dentelles quand Malko la rejoignit. Son regard croisa le sien avec la glace et elle retroussa sa lèvre supérieure dans son sourire carnassier. Pour une fois, elle ne portait pas sa houppelande mais une sorte de canadienne mauve déformée par la masse de sa lourde poitrine.

– Viens par ici, dit-elle.

Il la suivit jusqu'à une galerie de peinture voisine absolument déserte. A l'entrée, une fille blonde en uniforme bleu leur jeta un coup d'œil indifférent. La galerie était en L, avec au fond une sorte de rotonde de la taille d'un grand placard. Zakra y alla directement et s'adossa au mur sous un tableau abstrait. Elle attira Malko contre elle et dit en souriant :

– On est bien là...

Elle avait sûrement étudié les lieux. Son ventre s'appuya à lui et elle darda sa langue brusquement, dans un de ses baisers tornade. Lorsqu'elle se détacha, ce fut pour annoncer :

– Je pars après-demain à Kiev avec Karim, mais je serai de retour dans huit jours. Il reste là-bas. Tu es toujours d'accord pour m'épouser?

– Bien sûr! dit Malko.

Zakra émit un soupir rauque et lui mordilla l'oreille.

– Je crois que je suis tombée amoureuse de toi...

Un ange passa, décoré des Médailles d'Or de l'Hypocrisie et du Mensonge réunis... Malko ne voulut pas être en reste.

– Tu vas me manquer! soupira-t-il.

Comme si cette phrase avait été un signal, la tornade se déchaîna. Zakra fit sauter d'un coup toutes les pressions de sa canadienne mauve et, collée à Malko comme un timbre-poste, replongea dans son hystérie habituelle, plus silencieuse. Ils oscillaient dans la minuscule rotonde comme des ivrognes. Le pantalon hypercollant qu'elle portait interdisait toute privauté sérieuse mais Zakra, avec sa violence coutumière, arracha pratiquement le zip de Malko. Quand ses doigts se refermèrent autour de sa virilité, elle eut un feulement rauque de lionne saisissant sa proie. Comme un pélican plongeant sur un poisson, elle se laissa tomber devant lui, l'engoulant d'une seule traite. Sans souci du lieu. Elle se mit à l'aspirer avec la vitesse et la régularité d'un derrick, le malaxant furieusement en même temps. A ce rythme, Malko ne résista pas longtemps. Il crut qu'elle allait décoller du sol en avalant sa semence. Zakra se redressa, la bouche humide, les prunelles dilatées.

– Tu penseras à moi?

C'était presque un ordre.

– Sûrement, dit Malko.

– Tu seras encore à Budapest, à mon retour?

– Oui.

– Je veux savoir où te retrouver si tu es obligé de partir, dit-elle. Donne-moi ton adresse en Autriche et ton nom.

Il avait prévu cette éventualité. Sur un morceau de papier, il griffonna : *Malko Linz, 45 Rupertstrasse, Wien. Tel 6/54398V.* Une planque de la CIA et le téléphone aboutissait dans un des bureaux de la Company, sur un agent dûment prévenu.

– Je te revoie quand? demanda-t-il.

– Je t'appelle dans une semaine.

De nouveau, elle se serra contre lui de tout son corps.

– Je penserai à toi, murmura-t-elle.

Quand ils passèrent devant l'hôtesse en bleu, celle-ci leur jeta un drôle de coup d'œil.

*
**

Le 27 de l'avenue Andrássy était un immeuble néo-gothique qui avait dû être majestueux à la fin du siècle dernier. Aujourd'hui, avec sa pâtisserie vieillotte au rez-de-chaussée et sa façade noire de suie, il ne payait pas de mine. Malko pénétra sous un porche monumental et emprunta une cage d'escalier en fer forgé rouillé tout droit sortie d'un décor de Fellini. La peinture n'avait pas été refaite depuis cinquante ans et s'en allait par plaques, les marches pourries cédaient sous les pas, les plafonds écaillés étaient maculés de taches d'humidité. Quelques boîtes aux lettres éventrées pendaient sur le mur du fond. Cinquante ans de communisme étaient passés par là.

L'ascenseur était fermé à clef : probablement pour économiser l'électricité. Malko monta à pied les deux étages, trouva sur sa gauche la galerie extérieure, qu'il contourna, plongeant ensuite dans un trou noir ! Pas de minuterie, pas une lumière. Il avança à tâtons, avec l'impression d'être un spéléologue... et finit par découvrir un autre escalier. Arrivé au palier du troisième, il sentit les contours d'une porte sur sa droite et frappa au battant. Il entendit des pas lourds de l'autre côté et la porte s'ouvrit sur une pièce à peine plus éclairée que le couloir.

Une masse impressionnante se tenait dans l'ouverture : un mastodonte. Mélange de « Hell's Angels » et de lutteur de foire. Une casquette crasseuse d'officier de marine rejetée en arrière, une frange de cheveux gras tombant presque jusqu'aux yeux et une barbe broussailleuse incrustée de débris de nourriture. Un gilet de corps à larges mailles permettait d'admirer divers tatouages et une panse qui ressemblait à un tonneau de bière, soutenue avec peine par un large ceinturon. Dans la main droite, l'inconnu tenait un démonte-pneus de camion, long de trente centimètres. Accueillant.

– Vous êtes Ferencz? demanda Malko.

Il avait parlé russe, comme convenu.

– *Da*, fit l'ex-policier. Korvin Ferencz.

A la hongroise, il donnait le nom avant le prénom.

Il s'effaça pour laisser entrer son visiteur qui ne put éviter de frôler le ventre énorme. Ferencz Korvin troqua alors le démonte-pneus contre une boîte de bière et s'assit dans un fauteuil défoncé. La pièce ne comportait qu'une fenêtre occultée par un rideau noir, un lit de camp, une ficelle tendue entre deux murs où pendaient des vêtements et un réchaud. L'odeur aurait fait fuir un putois. Malko trouva un tabouret auquel il restait encore trois pieds, tira un billet de cent dollars de sa poche et le posa sur le lit. Ferencz Korvin ne broncha pas.

– Tu ne travailles pas pour les flics? grommela-t-il. Pour ces enculés de l'ORFV?

– Non, assura Malko.

Les petits yeux injectés de sang le fixaient avec un mélange de méchanceté et de détresse. Brusquement, l'ancien policier releva son tricot de corps dévoilant des cicatrices rosâtres et bien rondes sur son torse blafard.

– Ces salauds m'avait déjà fusillé contre un mur en 56, gronda-t-il. J'avais vingt ans. Ils allaient me balancer sous les chenilles d'un char parce que je bougeais encore quand...

Quand les gens du KGB lui avaient sauvé la vie. Ce sont des expériences qu'on n'oublie pas. Mais Ferencz, pour être fusillé à vingt ans, ne devait pas sortir du couvent... En voyant ses mains, on les imaginait immanquablement serrées autour d'un cou. Il respirait lourdement, regardant Malko par en dessous. Des boîtes de conserves vides s'amoncelaient dans un coin.

Une vie pas très drôle. Malko n'avait pas envie de faire de vieux os dans ce taudis.

– Je veux des informations sur Karim Nazarbaiev, dit-il.

Une lueur de surprise passa dans les petits yeux de Ferencz Korvin.

– Karim Nazarbaiev? répéta-t-il.

– Oui, insista Malko. Ce qu'il fait, avec qui il travaille. Il doit aller en Ukraine, paraît-il. Qu'est-ce qu'il fait comme affaires? Comment l'approcher par une filière sûre?

Ferencz Korvin le fixa plusieurs secondes, incrédule, puis éclata tout d'un coup d'un rire énorme.

– En Ukraine! explosa-t-il. Il ne risque pas d'aller en Ukraine. A Belgrade peut-être.

– Pourquoi à Belgrade?

Le Hongrois se pencha vers lui, ce qui comprima sa panse et déclencha un hoquet nauséabond.

– Parce que le Danube coule vers Belgrade, dit-il sur le ton d'une confidence primesautière, et que Karim Nazarbaiev est au fond du Danube.

– Comment le savez-vous?

– C'est moi qui l'y ai mis.

– Vous l'avez tué?

L'ancien policier secoua ses bajoues.

– Non, j'ai juste fait le ménage. Comme j'ai une bagnole et que je ferme ma gueule, on me charge de ces petits trucs. En tout cas, il y avait plein de saletés dans son bureau. Le type qui l'a ouvert en deux connaissait son boulot.

Ferencz parlait en expert.

– Quand est-il mort?

Korvin se leva et alla prendre un petit carnet poisseux qu'il feuilleta, posant finalement son index sur une page.

– Voilà! Mardi dernier.

Le jour du flirt brûlant de Malko avec la pulpeuse Kirghize... Voilà pourquoi elle était si tranquille ensuite. Ferencz Korvin le regardait comme un chien qui attend sa pâtée. Un second billet de cent dollars changea de main. Il fallait encourager la délation.

– Qui l'a tué? demanda Malko.

Ferencz Korvin prit l'air choqué.

– Ah, j'en sais rien! Moi, je suis juste venu nettoyer.

Malko sentit que sur ce point il ne dirait rien. Pourtant quelque chose l'intriguait.

– C'est un règlement de comptes? insista-t-il. Karim dirigeait une affaire. Qui l'a remplacé?

Hésitation. Cent dollars de plus.

– Un type qu'on connaît pas, finit par lâcher le Hongrois. On sait juste son prénom : Pavel. Il est arrivé le jour où...

Pas besoin de faire un dessin. Le dénommé Pavel avait liquidé Karim. Malko commençait à se faire une idée plus exacte de la situation.

– A quoi ressemble-t-il? demanda-t-il.

Ferencz Korvin repoussa sa casquette en arrière, maussade.

– Je l'ai pas vu. Mais il paraît que c'est un grand blond costaud. Bon, faut que j'aille travailler.

Il se leva, ses épaules touchaient presque les murs... Malko, sur le pas de la porte, posa encore une question.

– Les trois hommes qui ont été assassinés dans Lendvay utça, qui a fait le coup?

– Des putains d'Arabes! grommela l'ex-policier. Toute la bande qui traîne au *Sémiramis*.

Malko se retrouva dans le noir, plutôt satisfait. Avec ces révélations, il avait de quoi affronter Zakra. La belle Kirghize se révélait aussi dangereuse qu'une mygale.

*
**

Il pleuvait sur Rio. A travers la baie vitrée, Ishan Kambiz contemplait les eaux grises de la baie d'Ipanema. Le Carnaval commençait le surlendemain et, comme toujours, le temps était exécrable. Depuis une heure, il savait que Pavel Sakharov lui envoyait un messager, sans plus de détail, qui descendrait à l'hôtel *Caesar Park*. Pas loin de chez lui.

Une bonne idée. Sur place, il disposait de techniciens pour vérifier la qualité du plutonium 239. Si c'en était vraiment. Dans ce cas, il réussirait le plus beau coup de sa vie. Non seulement il deviendrait colossalement riche, mais il aurait droit à la reconnaissance éternelle des ayatollahs. L'idée que cela risquait de coûter la vie à des centaines de milliers d'innocents le laissait complètement indifférent. Son seul problème était de conserver à cette affaire le caractère le plus secret.

Au moindre faux pas, Ishan Kambiz aurait contre lui tous les « Chiens de Guerre » du monde avec des moyens illimités. Ce n'étaient pas quelques Gardiens de la Révolution qui pourraient le protéger.

*
**

L'aéroport de Roissy 2 grouillait d'animation; des dizaines de longs courriers d'Air France étaient en partance, dont le Recife-Rio-São Paulo. L'enregistrement automatique et la proximité des avions évitaient la cohue. Malko était arrivé dans l'après-midi, pour ne pas prendre à Budapest le même vol que Zakra. Après une longue réunion de travail place Szabadsag. En ce moment, Chris Jones et Milton Brabeck, ses « gorilles » préférés, se trouvaient quelque part entre Washington et Rio de Janeiro. Tous les desk « Amérique Latine » de la CIA étaient alertés. En particulier Brasilia.

Des photos de Zakra avaient été prises à Budapest

par des gens de la station, et diffusées aussitôt. Ses bagages examinés subrepticement, grâce aux Hongrois, n'avaient rien révélé, en dépit du passage à un compteur Geiger. Malko se demandait si finalement il ne faisait pas fausse route. Avant de partir, il avait eu le temps de découvrir le restaurant *Semiramis*, derrière le Parlement qui ressemblait à Westminster, juste en haut de la rue Alkotmány. Un local minuscule où traînaient quelques Arabes. Ce serait pour le retour, s'il y avait un retour... Personne n'avait pu lui procurer une photo récente d'Ishan Kambiz. Sur celle que la CIA lui avait remise, l'Iranien ressemblait vaguement à Farouk, avec une couronne de cheveux noirs.

– Les passagers du vol pour Rio, embarquement immédiat, annonça le haut-parleur.

Malko aperçut la flamboyante chevelure rousse de sa « fiancée » et la laissa passer devant. Grâce aux amis de la CIA, on leur avait attribué en première des sièges voisins... Mais cela, elle l'ignorait encore.

Il attendit qu'elle ait disparu dans la passerelle pour entrer à son tour, salué par les hôtesses. La cabine des premières était à moitié vide. Il posa son attaché-case et s'assit à côté de Zakra qui regardait par le hublot. Sa présence lui fit tourner la tête et elle se trouva nez à nez avec lui. Il vit distinctement ses pupilles s'agrandir et sa mâchoire tomber. Muette de stupéfaction.

Malko se pencha vers elle et l'embrassa gentiment.

– Tu t'es trompée d'avion! remarqua-t-il d'un ton léger. Avec celui-ci, tu n'arriveras jamais à Kiev.

La jeune Kirghize s'ébroua, avala sa salive et parvint à dire :

– Mais qu'est-ce que tu fais là?

– Je ne pouvais plus me passer de toi, dit suavement Malko. Puisque nous allons nous marier, nous partons en voyage de noces.

Pour la première fois depuis leur rencontre, Malko vit la dure Kirghize déboussolée. Elle le regardait comme si c'était un fantôme. Lorsque l'hôtesse passa avec une bouteille de Moët, elle prit une coupe et l'avala d'un coup avant de demander d'une voix étranglée :

– Où vas-tu?

– Comme toi, à Rio.

– A Rio! Mais c'est impossible.

Il y avait quelque chose de plus que du refus dans le cri. Son regard vacillait. Malko réalisa soudain qu'elle exprimait un sentiment nouveau : la peur. Pourquoi?

– Tu vas retrouver un homme? demanda-t-il.

Son regard, vrillé dans le sien, ne quittait pas les prunelles sombres. Elle se troubla.

– Oui. Non. Enfin, je ne peux pas te dire.

Sortie de son milieu naturel, elle ressemblait à une petite fille en dépit de sa tête de salope et de ses seins de bronze. Le 747 était en train de monter rapidement et ils se turent quelques instants, à cause du grondement des réacteurs. Malko avait décidé, plutôt que de la suivre en catimini, de l'attaquer directement. Il estimait avoir de bonnes chances de la « retourner ». Mais il lui manquait encore des éléments. Elle paraissait avoir repris son sang-froid. Presque pathétique, elle se tourna vers Malko et dit d'une voix posée :

– Ecoute, je t'ai menti, c'est vrai, parce que c'est du business. Karim m'a chargée de faire quelque chose pour lui. Mais je ne dois en parler à personne.

– De la drogue?

– Non, fit-elle. Je ne peux pas te le dire. Comment as-tu su que j'étais dans cet avion? Et pourquoi es-tu venu? Je croyais que tu avais du travail à Budapest.

– Pour le moment, je n'ai rien à faire. Et puisque je dois t'épouser, je voulais savoir ce que tu allais faire au Brésil.

Elle le regarda, soudain décontenancée.

– Qui es-tu? Tu es dans le *nastaiashii biznes* toi aussi?

Elle semblait sincèrement intriguée.

Malko sauta sur l'occasion et dit mystérieusement :

– Oui, c'est un peu ça.

– Tu travailles pour qui?

– Cela dépend, dit-il. Je suis un intermédiaire.

Elle se retrouvait en terrain connu, bien que quelque chose lui échappe. Soudain, elle dit, comme pour changer de conversation :

– J'ai téléphoné au numéro que tu m'as donné. On m'a dit que tu étais en voyage.

– Tu connais un certain Ishan Kambiz? demanda-t-il à brûle-pourpoint.

Une incompréhension totale envahit les traits de la jeune femme.

– Ishan quoi?

Là, elle ne mentait pas. Apparemment, Malko s'était trompé. L'énorme dispositif mis en place à Rio pour sa protection risquait de ne servir à rien. Il en serait quitte pour un beau voyage fatigant. Mais que diable allait-elle faire là-bas? De nouveau, la crainte crispait ses traits.

– Il faut que tu me promettes quelque chose, dit-elle d'une voix inhabituellement très dure.

– Quoi?

– A Rio, il faut faire comme si tu ne me connaissais pas... Sinon, ce serait très grave pour moi. En sortant de l'avion, nous partirons séparément. Je vais te dire à quel hôtel je suis. Le *Caesar Park*. Nous pourrons nous voir en cachette. Tu es d'accord?

Elle allait au-devant des vœux de Malko...

– D'accord, fit ce dernier.

On apportait le dîner. Tandis qu'il étalait le caviar sur son toast, il se demandait encore qui Zakra allait retrouver au Brésil. Elle continuait à lui mentir. Karim était mort, donc quelqu'un d'autre l'avait envoyée pour une mission bien précise. Probablement le mystérieux Pavel.

Le repas terminé, Zakra réclama à l'hôtesse deux Cointreau « on ice », un pour elle, un pour Malko. Ensuite ils allongèrent leurs deux fauteuils où ils étaient comme dans des lits. Le transport aérien s'était bien amélioré depuis le temps où il fallait une semaine en DC3 dans des sièges de toile pour aller d'Europe en Asie. Le ronronnement des réacteurs du 747 d'Air France était à peine perceptible; avec les lumières tamisées, les couvertures, ils avaient l'impression de se trouver dans un hôtel de luxe et non à 10 000 mètres d'altitude en train de traverser l'Atlantique sud.

Il tourna la tête vers la jeune Kirghize et remarqua soudain un objet nouveau sur elle : un collier fait de boules d'or qui descendait jusqu'à la vallée de ses seins.

– Tu as un beau collier, remarqua-t-il.

– C'est un cadeau, dit-elle, sans commentaires.

Machinalement, il soupesa les boules dorées. Il mit quelques secondes à analyser la sensation étrange qu'il éprouvait. Le collier lui chauffait doucement les doigts. D'abord, il crut qu'il s'agissait de la chaleur naturelle de Zakra. Celle-ci avait fermé les yeux. Le pouls à 120, il se força à en faire autant et attendit; la jeune femme s'endormit d'un coup, épuisée par ces émotions et le champagne.

Il attendit une dizaine de minutes puis, lorsque Zakra fut endormie, il posa à nouveau la main sur le collier niché au creux de ses seins et effleura plusieurs boules dorées à la suite. Quelques instants plus tard, il savait pourquoi la Kirghize allait à Rio.

CHAPITRE VIII

Zakra transportait autour de son cou des billes de plutonium 239 recouvertes de peinture dorée, mélangées à de véritables perles d'or. Les premières, comme celle sur laquelle Malko avait posé les doigts, dégageaient une légère chaleur.

Il n'y avait plus qu'à découvrir à qui Zakra allait remettre son collier. Euphorique, il s'endormit, bercé par le ronronnement des réacteurs.

C'est un soleil éblouissant qui le réveilla. Le 747 était en train de tourner autour du *Pão de Açúcar* (1) pour prendre sa piste à l'aéroport du Galeao. Rio était telle qu'il l'avait laissée des années plus tôt. Les *morros* (2) émergeaient des gratte-ciel bleus, comme de gros champignons verts, les plages noires de monde bordées d'un vrai mur de béton... L'Atlantique était grisâtre, avec de grosses vagues qui chassaient les baigneurs. Zakra avait ouvert les yeux.

– Nous ne nous parlons plus à partir de maintenant, dit-elle. A quel hôtel vas-tu aller?

– Le même que toi. Je m'arrangerai pour te contacter.

– Non! corrigea-t-elle. Laisse-moi seulement le

(1) Le Pain de sucre.
(2) Collines boisées.

numéro de ta chambre dans ma case. Mais je t'en prie, ne te manifeste pas.

Malko avait la ferme intention de ne pas se faire semer. Zakra évaporée dans une ville de douze millions d'habitants, il aurait fait vingt-cinq mille kilomètres pour rien.

Dès que l'appareil se fut immobilisé, Malko sortit le premier afin d'éviter toute mauvaise surprise. A peine était-il dans la salle des bagages qu'il vit surgir une silhouette familière : Chris Jones, en chemisette découvrant ses avant-bras comme des jambons de Virginie, les yeux dissimulés par des lunettes noires, avec un énorme coup de soleil sur le nez.

A côté de lui, trottinait un petit bonhomme trapu, aux traits vaguement négroïdes, avec d'énormes lunettes d'écaille.

– Bienvenue en enfer! annonça le gorille de la CIA. Aujourd'hui, il ne fait que 40° mais on espère faire mieux cet après-midi... Je vous présente le lieutenant Prudente Freitas de la policia federale. Il est venu de Brasilia spécialement pour nous aider.

Le policier brésilien serra chaleureusement la main de Malko et prit son ticket de bagage.

– Milton attend dehors avec une tire, précisa Chris.

Malko suivit Chris Jones, fendant la foule qui attendait les passagers. Milton Brabeck était au volant d'une Golf verdâtre et cabossée, l'air épuisé. Une climatisation asthmatique soufflait un air vaguement refroidi dans un boucan d'enfer.

– Racontez-moi comment c'est la neige, lança-t-il à Malko. On va crever ici. Quant à la bouffe... Même la cantine de Langley est meilleure. Heureusement qu'il y a de la bière...

Malko regarda leur tenue d'été, pantalons et chemisettes, intrigué.

– Vous êtes armés?

Avec un large sourire, Milton souleva légèrement le

bas de son pantalon, découvrant un « ankle-holster » auquel était accroché un petit « 38 » deux pouces.

– Chris a le même, expliqua-t-il. En cas de conversation plus sérieuse, nous avons des outils dans le coffre. Ici, ça passe. A part les nouveau-nés, tout le monde est armé. Alors qu'est-ce qu'on fait?

Malko aperçut une superbe photo couleur de Zakra posée devant le volant. Ses cheveux étaient encore plus cuivrés qu'au naturel.

– On suit cette dame, fit Malko.

– Vu son allure, ça ne va pas être difficile, remarqua Milton. Ça m'aurait étonné de vous voir débarquer avec sœur Theresa.

Vingt minutes plus tard, la crinière rousse de Zakra la Kirghize apparut dans le hall.

Chris Jones siffla entre ses dents.

– Putain! Je regrette d'avoir viré pédé.

La Kirghize se dirigeait vers les taxis. La Golf était derrière. Le policier brésilien les rejoignit, au moment où ils démarraient derrière Zakra.

– Personne ne lui a parlé! annonça-t-il.

Ils filèrent le long de l'avenida Brasil, dans une sinistre banlieue essentiellement occupée par des marchands de voitures et des entrepôts. Prudente Freitas assura Malko de sa complète collaboration. Le FBI avait demandé à la police fédérale de les aider sur une importante affaire de contrebande d'armes, sans donner trop de détails. Comme le Brésil n'avait rien à refuser aux USA... Toujours suivant le taxi, ils s'engouffrèrent dans l'interminable tunnel Antonio Reboucas, évitant le centre, qui les amena au bord du Lagoa, juste derrière Copacabana.

La plage la plus prestigieuse de Rio avait bien changé!

Les trottoirs étaient envahis par les éventaires et une faune inquiétante rôdait. Le vieux *Copacabana Palace* à la façade jaunâtre et décrépie ne payait pas de mine. Ipanema, la plage suivante, était nettement mieux et le

Caesar Park tout à fait convenable : une tour moderne pleine de Japonais en bordure de l'avenida Vieira Souto. Le policier brésilien fila aussitôt à la réception et lorsque Malko et les gorilles arrivèrent, tout était arrangé. Ils avaient les chambres 1804 et 1306. Zakra, elle, était encore en train de discuter au desk.

– Je monte, dit Malko, ne la lâchez pas.

Dehors, la chaleur était accablante, à faire fondre le goudron. Arrivé dans sa chambre, Malko toucha la grande baie vitrée : brûlante. La plage grouillait de monde. Quelques minutes plus tard, on frappa deux coups à la porte et Milton Brabeck entra.

– Elle est au 1103, annonça-t-il. Le négro a demandé si on mettait son téléphone sur écoute.

Malko faillit dire oui, puis se ravisa. Inutile que les Brésiliens en apprennent trop. Le dispositif était en place. Prudente et Milton, dans le hall, Chris Jones, dehors au volant de la Golf. Malko pouvait prendre une douche.

***

Ishan Kambiz prit la communication sur son téléphone portable, à demi plongé dans la petite piscine installée sur la partie supérieure de son duplex, abritée du vent par des panneaux de verre. Une voix de femme agréable qui parlait mal anglais.

– On m'a dit de vous téléphoner. Je viens de Budapest, annonça-t-elle. Je suis au *Caesar Park*.

L'Iranien se sentit à la fois soulagé et agacé. Une femme! Pourquoi avoir envoyé une femme? De plus, il fallait toujours se méfier d'un piège.

– Très bien, fit-il d'une voix neutre.

– Qu'est-ce que je fais? demanda anxieusement la messagère de Pavel.

Elle semblait décontenancée, ce qui l'inquiéta. Décidément, ces Russes n'étaient pas des professionnels... Avant tout, il devait vérifier que tout était clair.

– A quelle chambre êtes-vous? demanda-t-il.

– 1103.

– Très bien, allez à la piscine de l'hôtel entre deux et trois heures. On vous appellera au téléphone.

Il raccrocha pour qu'elle ne puisse pas poser de questions gênantes et s'activa pour mettre son dispositif en place.

***

– Elle est à la piscine, au 23e, annonça Chris Jones au téléphone à Malko.

– Je vous rejoins, dit ce dernier.

Le *Caesar Park* possédait une petite piscine au dernier étage, à côté du restaurant *Tiberius*. Il y retrouva Chris et Milton attablés à l'ombre devant un Johnnie Walker, et Zakra allongée sur une chaise longue, à mourir de beauté dans un bikini blanc tout neuf qui explosait sous la masse de ses seins, couvée des yeux par tous les mâles présents et même quelques femelles. Au *Tiberius* contigu à la piscine, une foule bruyante dégustait la *fejouada* du samedi. Chris Jones bâilla.

– J'ai faim!

– Vous allez faire connaissance avec le plat national, annonça Malko. C'est le plat du jour. Venez.

Dociles, les deux gorilles le suivirent et s'arrêtèrent, tétanisés, en face des chaudrons où mijotaient les différents composants du plat traditionnel brésilien.

– *My God!* Ça se mange? interrogea Milton Brabeck, devant le chaudron de haricots noirs cuisant dans leur jus, à l'odeur rébarbative.

C'était une vraie *fejouada*. Avec des tripes de porc, des jarrets, des oreilles, du museau, de la queue, des saucisses et même un peu de viande. Les noms des ingrédients détaillés complaisamment sur des étiquettes en portugais et en anglais.

– On va pas bouffer des saloperies pareilles! fit

plaintivement Chris Jones. Si un mec de la DFA (1) passait par là, il se trouverait mal.

– Les Brésiliens raffolent de la *fejouada,* assura Malko. Ils en mangent une fois par semaine.

– Moi, je veux pas crever, fit courageusement Milton Brabeck.

Il chargea son assiette de beurre, de pain et prit trois yoghourts, le cœur soulevé par le fumet qui s'échappait des marmites, et rejoignit Malko déjà assis à sa table. A cinq mètres de Zakra, toujours allongée sur le ventre, les yeux dissimulés derrière de grosses lunettes noires. Elle ébaucha un vague sourire dans sa direction avant d'aspirer une paille plongeant dans un verre à whisky plein de Cointreau et de glaçons. Rien ne se passa pendant une demi-heure, puis un haut-parleur grésilla, annonçant :

– *Room 1103, telephone please.*

L'annonce fut répétée plusieurs fois avant que Zakra ne se lève et ne file vers le bar, en ondulant de sa croupe incendiaire. Elle prit le téléphone en main, écouta quelques secondes et raccrocha pour revenir ensuite à son bronzage.

Un Brésilien empâté croulant sous les chaînes en or vint s'allonger à côté d'elle, mais elle lui tourna ostensiblement le dos. Lui avait-on donné un rendez-vous? Malko grillait d'envie de lui parler mais c'était trop risqué. Chris et Milton transpiraient comme des malheureux. Avec l'effet de serre des baies vitrées, la température devait avoisiner les 40°. Malko autorisa les deux gorilles à aller se rafraîchir dans leur chambre, restant pour garder un contact visuel. Un peu plus tard, Zakra ôta ses lunettes et alla faire trempette. Visiblement, elle ne savait pas nager, d'après la gaucherie de ses mouvements...

Quand elle ressortit, encore plus sexy avec son minuscule deux-pièces collé à ses courbes, elle expédia une

(1) Drug and food administration.

œillade assassine à Malko avant de se draper dans un peignoir de bain et de quitter la piscine. Le collier d'or et de plutonium 239 toujours autour du cou.

***

Ishan Kambiz écouta avec attention le rapport de l'Iranien qu'il avait envoyé surveiller le coup de téléphone. Celui-ci avait comme objectif principal d'identifier l'envoyée de Pavel Sakharov. C'était fait et cela le surprenait. Surtout, parce que celle-ci ressemblait plus à une call-girl de haute volée qu'à une trafiquante. La description qu'on lui en avait faite lui mettait l'eau à la bouche; à côté, Linda, sa petite Brésilienne, lui semblait tout d'un coup fade. En tout cas, personne ne l'avait abordée, sauf des dragueurs professionnels, pendant les deux heures où elle avait été observée à son insu.

– Hashemi, demanda-t-il, fais-lui porter son costume à l'hôtel et dis-lui qu'on viendra la chercher vers onze heures pour le bal.

C'était une occasion parfaite. Ce soir-là, il y avait à *la Scala*, à Leblon, le « Grand bal gay ». Au milieu de la foule des travestis c'était l'endroit rêvé pour une rencontre discrète. D'autant qu'il avait réservé une *camarote* (1) au premier étage de *la Scala*, dominant la foule des invités ordinaires, et dont l'accès était strictement réglementé.

Dans quelques heures, il allait savoir si l'histoire du plutonium 239 était une nouvelle arnaque ou une affaire sérieuse. La pulpeuse envoyée de Pavel Sakharov le faisait saliver. Rien ne lui interdisait de joindre l'agréable à l'utile.

(1) Loge.

***

Le téléphone sonna dans la chambre de Malko. C'était la voix câline de sa « fiancée ».

– Je suis dans ma chambre, annonça-t-elle, viens me voir, je n'ai pas envie de bouger pour le moment, il fait trop chaud et puis, j'ai des choses à te dire.

Le risque était limité. Il prévint les deux gorilles en planque dans le hall et descendit au onzième étage. La clef était sur la porte de la chambre 1103, mais il frappa. Zakra lui ouvrit, uniquement drapée dans un paréo noué très bas sur la taille, ses seins lourds entièrement nus avec, déjà, la marque du soleil. La Kirghize traversa la chambre, balançant ses hanches au rythme lancinant d'une samba sortant de la télé Akai. Elle se retourna, dansant sur place. Ses yeux brillaient d'une joie enfantine.

– Je veux vivre ici! annonça-t-elle. C'est formidable, les hommes vous mangent des yeux, il y a la mer, du soleil, des fringues inouïes.

Son collier se balançait entre ses seins, la rendant encore plus désirable.

– Quels sont tes projets plus rapprochés? demanda Malko. Tu veux dîner avec moi ce soir?

Son sourire s'effaça.

– Non, ce soir, je dois voir quelqu'un. Du business. On m'a téléphoné tout à l'heure. Mais je pense qu'à partir de demain, je serai plus libre.

– Un Brésilien ne te lâchera pas comme ça, remarqua Malko.

Zakra ne l'écoutait plus, regardant sur l'écran de la télé une Noire, presque aussi belle qu'elle, dégoulinante d'érotisme, en train de se déhancher au rythme de *E Carnaval*, le succès du Carnaval 92... Elle se mit à l'imiter, rythmant les « boum-boum-boum » des tambours, mettant peu à peu son ventre en contact avec Malko. Elle apprenait très vite... Il allait lui arracher son paréo quand on frappa à la porte. Zakra, sans cesser de danser, alla ouvrir tandis que Malko, prudent, filait dans la salle de bains. Zakra vint l'y chercher, un grand carton dans les bras. Elle ouvrit l'enveloppe qui y était scotchée et leva la tête vers Malko.

– Je suis invitée à un bal! annonça-t-elle. Au bal des pédés! Ça va être super. Et ça, c'est le costume. Quel dommage que tu ne puisses pas venir...

– Je te verrai de loin, promit Malko, mi-figue, mi-raisin.

Zakra se rembrunit.

– Je t'en prie, ne me cause pas de problèmes! Je préfère que tu ne viennes pas... Si tu veux, je te retrouverai ici en rentrant.

Un rayon de soleil illumina la chambre et Zakra poussa un cri de joie.

– Le temps se lève, je vais aller à la plage! Alors, à ce soir.

Elle trépignait comme une petite fille. Malko décida de s'éclipser. Pour organiser sa soirée.

***

L'ascenseur s'arrêta avec une secousse au treizième et Chris Jones y entra le premier, précédant un Milton rougissant comme une première communiante. Une demi-douzaine de Noires occupaient la cabine, toutes plus splendides les unes que les autres, vêtues uniquement de minuscules maillots pailletés, maquillées avec des faux cils d'un kilomètre. Elles tenaient presque toute la place... Elles mesuraient toutes plus de 1,80 m. C'était la première fois que les deux gorilles pouvaient regarder une femme dans les yeux sans se baisser. Elles parlaient très fort en portugais, remuant sans cesse des croupes cambrées et dures. En voyant les deux hommes, elles se mirent à roucouler, leur jetant des œillades de lance-flammes.

Des danseuses d'une école de samba...

Milton Brabeck se retrouva coincé entre un fessier quasiment nu et une hanche pulpeuse dont la propriétaire s'amusait à lui donner de petits coups. Il fut soulagé de voir les portes s'ouvrir au rez-de-chaussée. Elles s'éloignèrent en ondulant, altières et salopes à la fois, faisant rêver tous ceux qu'elles croisaient...

– *Holy, shit!* Quelles filles! soupira Chris Jones en retrouvant Malko. Il y en a une qui a mis son cul dur comme du marbre au creux de ma pogne. On aurait été seuls...

Le soleil de Rio faisait fondre comme neige au soleil son vieux fond de puritanisme. Malko dut se retenir pour ne pas pouffer.

– Chris, je me demande si vous n'êtes pas en proie à des instincts contre nature. Le soleil tropical ne vous vaut rien...

– Pourquoi? fit le gorille stupéfait.

– Parce que ce sont des hommes. Des travestis, spécialité brésilienne. Ces fesses que vous touchiez, c'était moitié silicone, moitié hormones... Mais je dois reconnaître qu'à première vue, c'est tentant.

– *My God!*

Chris regardait ses mains, comme si les stigmates du Christ allaient y apparaître. Milton Brabeck ricana.

– Quand je vais dire à Langley que tu as voulu te faire un mec...

Chris l'aurait tué. Heureusement que les pulpeux androgynes avaient disparu. Les trois hommes traversèrent l'avenue Vieira Souto pour gagner la plage grouillante de monde. Ce ne fut pas difficile de repérer la chevelure fauve de Zakra. La jeune femme s'était installée près du bord dans une chaise longue, cernée par tous les célibataires du coin qui se rapprochaient d'elle en rampant sur le sable comme des limaces.

Malko et les deux gorilles prirent une position stratégique un peu plus loin. Chris et Milton frileusement sous un parasol, tellement couverts de crème solaire qu'on aurait dit des Indiens sur le sentier de la guerre.

Chris fixait désormais d'un œil suspicieux toutes les filles qui se promenaient avec leurs maillots brésiliens, se composant d'un minuscule triangle devant et d'une ficelle dans les fesses. Provocantes comme des diablesses avec leurs croupes bien cambrées. On finissait par ne voir que cela. Personne ne se baignait, tant la mer était sale et dangereuse. Les égouts se déversaient juste en face de la plage la plus chic de Rio... Malko, avant de s'installer, avait chargé Prudente Freitas de leur procurer des places pour le bal des travestis.

Il touchait au but. Si le correspondant de Zakra était Ishan Kambiz, c'était gagné...

– Elle bouge! annonça Milton Brabeck.

Zakra, lasse de cuire, partait se tremper les pieds dans les vagues.

Quelques minutes plus tard, ils furent rejoints par le policier brésilien, en maillot, un pistolet discrètement dissimulé dans sa serviette roulée. Comme beaucoup de simples touristes d'ailleurs.

Rio était devenue une ville dangereuse, où on pouvait vous tuer pour un dollar ou une montre Swatch.

*
**

Bernardo Malcher n'était pas né sous une bonne étoile. Alors qu'il n'avait encore que quatre ans, son père, cambrioleur notoire, avait été abattu par un « Escadron de la Mort ». On avait retrouvé son corps criblé de balles sur une décharge publique du *morro* Babylonia, déjà bien entamé par les vautours. A la suite de cet incident regrettable, la mère de Bernardo avait sauté sur une occasion rare en ces temps de chômage. Une place de pute à plein temps dans le district de Minas Gerais, en pleine expansion.

Probablement pour ne pas peiner ses quatre enfants, elle avait quitté le *morro* Babylonia sans crier gare, après avoir vendu tout ce qui valait quelques cruzeiros dans leur cabane en bois.

Le sort avait continué à s'acharner sur la famille Malcher. L'aîné de Bernardo, Gustavo, avait eu la tête écrasée à coups de pierre par un des *narcos* régnant sur le *morro,* pour avoir voulu lui voler 5 000 cruzeiros (1). Il fallait décourager la malhonnêteté... Son second frère, Leonel, spécialisé dans le pillage des boutiques de Leblon, avait pris une décharge de riot-gun qui ne lui avait laissé que la moitié de la tête, à la suite d'une expédition punitive de commerçants excédés.

Bernardo, alors âgé de douze ans, s'était hâté de vendre sa sœur, qui n'en avait que dix, à un pourvoyeur des chantiers de la Transamazonienne qui lui en avait donné 100 000 cruzeiros (2).

Grâce à cette rentrée inespérée, il avait loué une cabane et monté un gang d'enfants. Ils mendiaient dans les restaurants de Copacabana et, le reste du temps, détroussaient les touristes. Activité lucrative et peu dangereuse qui permettait, de plus, de vivre au grand air, l'essentiel de l'activité se déroulant sur les différentes plages de Rio.

Depuis un moment, Bernardo, allongé sur le sable, guignait sa proie. Un superbe collier d'or au cou d'une belle fille à la peau blanche, certainement arrivée depuis peu, vu son imprudence. Les habitués portaient tout juste des sandales... Autour de lui, ses « hommes » attendaient ses instructions. La fille se leva, partant vers les vagues, s'éloignant un peu de la foule. Bernardo en fit autant, rameutant son gang d'un signe discret.

*
**

Malko ne quittait pas des yeux Zakra, facile à repérer entre sa chevelure de feu et son deux-pièces vert phosphorescent.

Une bande de gamins venait de surgir, tournant

(1) 3 dollars.
(2) 60 dollars.

autour d'elle, lui offrant des colifichets, des journaux, mendiant gentiment. L'un d'eux lui prit la main, faisant mine de l'entraîner dans l'eau. Malko observait ce manège charmant lorsqu'un gamin d'une douzaine d'années bondit soudain comme un singe et arracha le collier du cou de sa propriétaire.

Celui qui l'entraînait vers l'eau lui tira violemment le bras, la faisant tomber à terre, tandis qu'un troisième lui décochait un coup de pied dans la tempe destiné à l'assommer.

Une seconde plus tard, les gosses détalaient comme de petits vautours. Malko avait déjà sauté sur ses pieds, alertant Chris et Milton.

– Le collier ! hurla-t-il pour dominer le grondement des vagues.

CHAPITRE IX

Chris et Milton avaient assisté à l'attaque, eux aussi. Ils se ruèrent en avant pour couper la retraite des petits voyous... Zakra s'était relevée et, de ses longues jambes, galopait derrière le groupe. Se voyant près d'être rattrapé, un des gosses se retourna, un couteau à la main. Il attaqua aussitôt, tentant d'éventrer la jeune femme.

Les baigneurs contemplaient cette scène quotidienne de la vie brésilienne, impavides. Pourquoi risquer un coup de couteau pour quelque chose qui ne vous appartient pas? En plus, ces charmants bambins avaient parfois des armes à feu. Un mois plus tôt, à Copacabana, ils avaient exterminé sur place une famille qui refusait de se laisser dépouiller.

Un coup de feu claqua soudain. Prudente Freitas se manifestait à son tour, coupant la route aux fuyards. Ceux-ci refluèrent à travers la foule des parasols, faisant des moulinets avec leurs couteaux. Venant se jeter droit dans les bras de Chris et de Milton.

Le chef, celui qui avait volé le collier, fonça sur Milton, poignard à l'horizontale. Le gorille l'attendit de pied ferme. C'était la première fois de sa longue carrière qu'un enfant l'attaquait... Lorsque le bambin voulut l'ouvrir comme une boîte de conserve, il plongea en avant, les poignets croisés, stoppant le poignard, et lui tordit le bras. Emporté par son élan, le gosse vola par-dessus l'épaule de Milton et retomba quelques mètres plus loin, au milieu d'une famille brésilienne en train de pique-niquer.

Bernardo Malcher n'eut pas le temps de se relever. Enveloppé, mais encore costaud, le chef de famille arracha du sable le parasol qui abritait leurs agapes et en planta la tige de toutes ses forces dans le ventre du garçonnet. Aussitôt, les autres se ruèrent à la curée à coups de pied, de poing, de tout ce qui leur tombait sous la main. Une femme se mit à lui lacérer le visage avec une fourchette, lui crevant un œil au passage. En quelques minutes, Bernardo Malcher fut déchiqueté vivant. Un marchand de brochettes accouru à la rescousse donna le coup de grâce en enfonçant une broche d'acier dans la poitrine du gosse. Tous se vengeaient de la peur permanente que faisaient régner ces bandes de voyous.

Chris Jones fit fuir le gamin en train d'essayer d'étriper Zakra. Voyant le sort réservé à son chef, il n'insista pas et fila comme un trait vers l'avenue Vieira Souto.

Prudente Freitas essayait de calmer les énergumènes lyncheurs. Rejoint par Malko, il remarqua tristement :

– L'année dernière, on a tué plus de sept cents gosses à Rio : des « Escadrons de la Mort » ou des commerçants qui en avaient assez d'être rançonnés.

Zakra arriva, encore choquée, sous la protection des deux gorilles. En la voyant, l'homme qui avait planté le parasol dans le ventre du gamin récupéra le collier dans ses doigts crispés et vint l'offrir à la jeune Kirghize, avec un sourire dégoulinant, vite rappelé à l'ordre par sa femme. Zakra le remercia et remit le collier autour de son cou avant de s'éloigner vers le *Caesar Park* escortée de Malko et des deux gorilles. Mentalement, Malko s'essuyait le front. A un poil près, toute l'opération complexe qu'il pilotait échouait à cause d'un petit voyou brésilien.

*
**

Ishan Kambiz avait l'impression qu'on lui enfonçait une tige de fer rougie dans les intestins. D'une main tremblante, il se versa une grande rasade de Gaston de Lagrange XO et se força à l'avaler par petites gorgées. L'alcool le détendait un peu. Said, un de ceux qui surveillaient Zakra, venait de revenir, lui relatant l'incident de la plage. Pour l'Iranien, c'était clair : l'envoyée de Pavel avait autour d'elle un dispositif de sécurité efficace et puissant. Des gens qu'elle connaissait. Et pas des Brésiliens.

Ce qui signifiait que l'opération « Darius » avait été pénétrée par un grand service – probablement les Américains – et qu'il était en danger de mort.

Seulement, il était impossible de renoncer au rendez-vous de *la Scala*. Si vraiment cette femme avait apporté un échantillon de plutonium, il devait le savoir. Mais, de toute façon, ses plans étaient bouleversés.

– Said, ces trois types qui ont arrêté les voleurs, ils ressemblent à quoi?

– Ce sont des professionnels. Ils n'ont pas eu peur du couteau. Il y avait un policier avec eux, un Brésilien, mais avec un revolver.

C'était de pire en pire! Ishan Kambiz bénéficiait pourtant de nombreux soutiens au sein du gouvernement brésilien. On lui avait même laissé utiliser de « vrai-faux » passeports brésiliens, dans certaines circonstances, pour des voyages en Iran. Il se promit de contacter le chef de la police fédérale à qui il avait fait de multiples cadeaux. Par lui, il allait en savoir plus sur ces inconnus qui veillaient sur l'envoyée de Pavel. Qui étaient-ils?

Des Américains?

Des Israéliens?

Ou, tout simplement, des concurrents?

Dans tous les cas, il devait redoubler de prudence.

Une fois l'échantillon de plutonium récupéré, il n'allait pas faire de vieux os à Rio. Il n'y avait plus que le point de passage obligé : le grand Bal des Travestis. Là, c'était le risque maximum. Il se tourna vers Said.

– Ce soir, tu viendras avec Hashemi et Mohsein. Vous aurez peut-être à intervenir. En attendant, va relayer Hashemi et ne lâche pas cette fille.

*
**

Une foule fellinienne se pressait dans le hall du *Caesar Park,* tous ceux ou celles qui s'apprêtaient à partir au Bal des Travestis. Zakra ne s'était pas encore montrée. Malko regarda du coin de l'œil Milton et Chris. Avec leurs cheveux coupés très court, leur chemisette blanche et leur pantalon gris contenant à peine leur puissante carrure, ils ressemblaient à ce qu'ils étaient : des gorilles. Dans l'environnement glauque du Bal, ils allaient se faire remarquer comme des mouches dans un verre de lait... Ce qui n'était pas vraiment l'idéal. Mais que faire? Il était trop tard pour trouver un déguisement...

Soudain, trois hommes débarquèrent de l'ascenseur, parlant très fort, et s'assirent non loin d'eux. Des Américains, d'après l'accent. Des « gays ». Dans une tenue surréaliste : les cheveux presque aussi courts que Chris et Milton, avec à peine une pointe de maquillage sur les yeux, uniquement vêtus d'un box-short et de chaussures, un nœud papillon autour du cou, à même la peau!

Cela donna une idée à Malko. Il se pencha sur Chris Jones.

– Chris, annonça-t-il, je vais vous demander un sacrifice. Vous êtes trop voyants, tels que vous êtes. En vous habillant comme ceux-là, vous passerez inaperçus. Je vais vous trouver des nœuds papillons.

Chris Jones faillit tomber de sa banquette.

– Vous plaisantez!

– Non, fit Malko.

Pour couper court à toute velléité de résistance, il ajouta :

– C'est un ordre.

– C'est pas possible, gémit Milton Brabeck, et notre artillerie?

– Là-bas, vous n'en aurez pas besoin, souligna Malko, c'est plein de flics brésiliens. Inutile de déclencher un massacre. Remontez dans vos chambres, je vais vous chercher ce qu'il faut.

***

Chris Jones, son nœud papillon autour du cou, avait l'air épanoui d'une carmélite déguisée en meneuse de revue. Evidemment, dans cette tenue, personne au monde n'aurait pu deviner qu'il s'agissait d'agents de la CIA... Et dans la folie ambiante ils passaient totalement inaperçus. Sauf des trois « gays » voisins toujours assis dans le hall. L'un d'eux se leva et ondula jusqu'aux gorilles avec un sourire concupiscent pour leurs pectoraux.

– Vous nous avez copiés! lança-t-il d'une voix haut perchée, mais vous avez raison. Quels beaux muscles. Vous êtes de Venice (1)?

Chris Jones pâlit sous le regard brûlant du jeune homme et murmura entre ses dents :

– S'il me touche, je le tue...

– Il faut vous joindre à nous, continua un autre gay. Après le bal, nous avons une petite sauterie avec des copines brésiliennes. Ça va être très gai.

Il rit, ravi de son jeu de mots.

– Vous allez élire Miss Sida? grommela Milton Brabeck, traumatisé.

– Oh! Comme vous êtes méchants! lança le gay. Il ne

(1) Célèbre plage de Californie célèbre pour ses salles de body-building.

faut pas se moquer de ces choses-là. Ça peut nous arriver à tous.

Un éclair de flash coupa la réponse de Chris. Un photographe venait de prendre le groupe. Avec un rugissement étranglé, Chris Jones se rua sur lui et lui arracha son appareil. Le photographe, un Brésilien, battit en retraite en couinant, se réfugiant derrière la réception. Malko calma le gorille.

– *Quiet!* C'est pour l'usage local. Ne faites pas de scandale.

– Mais, vous vous rendez compte! Si c'est imprimé dans un magazine, protesta le gorille, et que ça tombe sur le service de sécurité de Langley, je suis viré. Quant aux copains...

– Je certifierai que vous étiez en service commandé, affirma Malko. Et que vous agissiez sous mes ordres. Attention, la voilà.

Nouveau choc : un personnage incroyable venait de sortir de l'ascenseur. Moitié religieuse, moitié pute. Le beau visage de Zakra était encadré par une coiffe ovale blanche et noire, un ensemble qui couvrait ses épaules d'une chape amidonnée, un peu comme une tenue de scaphandrier. Jusqu'à la hauteur des seins, dissimulés par le tissu raide. On lui aurait donné le bon Dieu sans confession, y compris avec le gros crucifix qui pendait sur sa poitrine et en dépit du regard de braise et de la grosse bouche rouge qui détonaient un peu...

A partir de la taille, cela se gâtait. Zakra portait un pantalon collant lacé de haut en bas laissant apparaître de chaque côté une large bande de peau nue, permettant de s'assurer qu'elle ne portait rien d'autre dessous... Le pantalon en stretch moulait sa croupe incendiaire à faire pâlir d'envie tous les travestis du monde. Juchée sur des escarpins de quinze centimètres, elle dépassait tout le monde d'une tête... Elle traversa le hall d'une démarche balancée, altière, suivie par les regards de tous les mâles.

Au passage, Malko remarqua le collier d'or sous le crucifix.

Il la vit s'engouffrer dans une Cadillac aux vitres noires qui démarra aussitôt. Les gens partaient tous et ils en firent autant. Seul problème, il ne connaissait pas Ishan Kambiz, à part un mauvais portrait robot composé à partir de vieilles photos.

Une foule dense cernait *la Scala,* Avenida Afranio de Melo Franco, applaudissant à l'arrivée des travestis. Chris et Milton osaient à peine sortir de la voiture, muets de honte. Il fallut que Malko les pousse dehors.

*
**

Un superbe barbu à la pilosité fournie s'inclina profondément devant les arrivants, faisant tournoyer la traîne de sa robe de mariée avec des mimiques de jeune vierge.

Sur une table, deux travestis dansaient au son de *E Carnaval*, en guêpière et bas noirs, exhibant des croupes superbes, en face d'un Noir à la peau semée de paillettes d'or, uniquement vêtu d'un minuscule slip en panthère dilaté par une superbe érection. Une écœurante odeur de vomi flottait autour du bar où se pressait une foule de sexe indéterminé dans les tenues les plus abracadabrantes. Quelques vieux pédés promenaient leur spleen au milieu du vacarme, indifférents à tout. La salle se composait d'un parterre avec un podium où des orchestres se relayaient et d'un premier étage en galerie où se tenaient les invités de marque. La piste de danse s'emplissait peu à peu de « femmes » toutes plus sexy les unes que les autres.

Le « boum-boum-boum » de la samba tapait dans les têtes, rythmant leurs évolutions. Beaucoup plus proche du tam-tam africain que de Brahms. De temps à autre, un travesti désireux de se faire remarquer montait sur une table et commençait son exhibition...

Chris et Milton étaient parfaitement dans l'ambiance

avec leurs nœuds papillon. Malko, en chemisette et pantalon, ne se remarquait pas trop. Milton avisa une splendide créature à la croupe callipyge qui dansait à trois mètres de lui, en lui décochant des œillades à faire bander un ayatollah.

– C'est pas possible, ce n'est pas un mec! glissa-t-il à l'oreille de Malko. Vous avez vu ce cul et ces seins...

– *C'est* un homme, corrigea Malko. Les seins, c'est le silicone, les fesses, les piqûres d'hormone. Quant à son appareil génital, il le coince entre ses fesses grâce à du sparadrap. Si vous voulez vous en rendre compte vous-même, allez voir...

A côté, un travelo était en train de se peindre le torse en direct, se dépouillant peu à peu de ses vêtements. Un Noir athlétique s'approcha de Chris Jones et lui proposa de l'initier à la samba... Dépité par un refus outré, il se contenta d'une danse du ventre en face de lui, à la mimique plus que démonstrative. Le gorille ne savait plus où se mettre. Plus l'alcool circulait, plus la température montait. Les « créatures » effectuaient un va-et-vient continuel entre les toilettes et la salle pour aller se remaquiller, la chaleur faisant fondre leur fond de teint.

Malko se leva et commença à explorer tous les boxes du fond. Lorsqu'il revint, un quart d'heure plus tard, il était certain d'une chose : Zakra ne se trouvait pas là. Donc, elle était au premier étage dont on ne voyait que le balcon. Avec celui qu'elle devait rencontrer. Ce dernier avait bien monté son coup. Si Malko ne parvenait pas à les voir ensemble, son voyage n'aurait pas servi à grand-chose. Car Zakra repartirait certainement sans le collier. Seulement, les places du haut à mille dollars étaient jalousement gardées.

***

Assis au fond de sa *camarote,* Ishan Kambiz se leva pour accueillir Zakra. Bien que ses hommes la lui aient décrite, il eut un choc au creux de l'épigastre. Son déguisement lui donnait un attrait sulfureux incroyable et le contraste entre la sage coiffe religieuse et les seins énormes qui pointaient sous l'amidon aurait fait bander un mort... Lorsqu'elle passa devant lui pour s'asseoir, il se dit qu'il n'avait jamais vu un cul comme cela. Il ne put s'empêcher de la frôler « par inadvertance » et elle se retourna avec un sourire complice.

Oubliant tous ses problèmes, il se jura qu'il ne terminerait pas la nuit sans l'avoir eue. Linda, la petite Brésilienne, se mit à faire la gueule dans son coin, sans illusions. Elle ne pouvait pas lutter. Paternel, Ishan Kambiz posa une main déjà possessive sur la cuisse moulée de stretch de Zakra.

– Vous avez fait bon voyage? demanda-t-il. Comment va mon ami Pavel?

– Très bien, dit la Kirghize. Il m'a donné ceci.

Elle lui tendit une enveloppe cachetée. A l'intérieur, il n'y avait qu'un bristol blanc avec deux mots : *le collier*. Il leva les yeux, vit les perles dorées et comprit immédiatement. Le collier il le récupérerait plus tard, il avait toute la nuit.

– Merci, dit-il. Maintenant, amusons-nous. Une *capirinha*?

Un peu étonnée de voir sa mission se terminer aussi vite, Zakra accepta.

Elle but deux *capirinha* coup sur coup. Mélange de cachaça – alcool de canne à sucre –, de citron pressé et de sucre, c'était redoutable.

Les yeux de la Kirghize commencèrent à briller sous la coiffe de carmélite. La vue de sa hanche nue révélée par le laçage faisait monter la pression artérielle de l'Iranien. Ne lui ôtant cependant pas toute prudence.

– Vous n'avez rencontré personne depuis votre arrivée? demanda-t-il.

– Non, fit-elle les yeux dans ses yeux, je ne connais personne à Rio. A part vous. Et encore, je ne sais pas votre nom.

– Ishan, dit-il, c'est un nom arabe.

Il se leva du profond canapé où ils étaient vautrés, un peu triste. Cette fille lui mentait. Il n'était donc pas question de la laisser repartir. Il ne pourrait en profiter que cette nuit.

– Venez, dit-il, on va regarder la faune d'en bas.

Elle le suivit jusqu'à la rambarde recouverte de velours rouge dominant la piste et les tables. Cela valait la peine. Le barbu en robe de mariée dansait comme un fou au bras d'un grand Noir, les jambes gainées d'un collant à résilles, moulant des attributs sexuels impressionnants. Une belle nuit de noces en perspective... Discrètement, Ishan glissa la main sous le tissu amidonné, emprisonnant un sein tiède dont le contact envoya une giclée d'adrénaline dans ses artères. Zakra, fascinée par les travestis, ne sembla pas s'en apercevoir. On leur apporta de nouvelles *capirinha* et, un peu plus tard, elle tourna vers lui ses yeux noirs pleins d'une expression trouble.

– Ce sont vraiment des hommes avec des corps comme ça?

– Ils ne sont pas plus beaux que vous, murmura l'Iranien.

Sa main flatta sa croupe et Zakra se cambra comme une chatte lorsqu'il suivit la courbe de ses reins. Dans la pénombre, on pouvait faire n'importe quoi. A côté, un couple de travestis s'embrassait à bouche que veux-tu. Ils disparurent ensuite dans une *camarote* pour des choses plus sérieuses.

Hashemi, le secrétaire d'Ishan Kambiz, vint chuchoter quelque chose à son oreille, désignant un groupe en contrebas, près de l'orchestre. L'Iranien suivit son regard et aperçut trois hommes. Deux, torse nu, qui ressemblaient à toutes les folles du coin et un troisième, habillé normalement d'une chemise et d'un pantalon.

– Ce sont les trois types de la plage, murmura-t-il.

L'Iranien sentit son estomac se contracter. Ses pires craintes se réalisaient. La fille qu'il tenait dans ses bras avait amené avec elle l'équipe d'un grand service. Des Américains ou des Israéliens. Ceux-là ne lui feraient pas de cadeau. Il avait encore une longueur d'avance et il fallait en profiter... Il photographia l'homme blond et ses deux acolytes, puis recula dans l'ombre.

– Viens, fit-il à Zakra, on va se reposer un peu.

Dans l'intimité des *camarotes*, tout le monde commençait à flirter. A peine assis, il posa tranquillement la main sur l'entrejambe de Zakra et l'y laissa, déclenchant un feulement de la jeune femme. Il regarda le visage de salope encadré par la coiffe religieuse et faillit exploser immédiatement. Zakra se passa la langue sur ses lèvres, lentement, les yeux dans les siens. La *capirinha* était en train de faire son effet. Le petit homme à moitié chauve ne l'excitait pas particulièrement, mais l'atmosphère trouble de cette fête très spéciale faisait bouillir son sang dans ses veines. Elle avait envie d'un sexe au fond de son ventre. N'importe lequel.

Elle avait gardé dans ses prunelles la vision d'un grand Noir très beau qui dansait tout seul au milieu de la piste. Un athlète. Zakra ferma les yeux, imaginant la taille de son sexe. Elle en avait presque mal au ventre. Tout à coup, elle se tourna vers Ishan Kambiz.

– J'ai envie de danser, lança-t-elle. Je reviens.

Avant qu'il ait pu l'en empêcher, elle filait vers un des deux escaliers menant au rez-de-chaussée.

S'étouffant de rage, Ishan Kambiz jeta à Hashemi :

– Ramène-la !

Lui ne voulait pas se montrer en bas.

Zakra avait déjà atteint la piste. Le Noir y ondulait toujours sur place, faisant tourner ses hanches d'une façon obscène. La jeune Kirghize vint se planter en face de lui et se mit, elle aussi, à mimer l'amour. Le Noir lui adressa un vague sourire, sans plus. Elle n'en revenait pas. N'importe quel homme l'aurait violée sur place...

Exaspérée, moite de désir, elle s'approcha et colla son ventre au gros sexe comprimé par la tenue argentée.

Pendant quelques secondes, elle se sentit fondre. Puis,

elle croisa le regard de son danseur, plein d'incompréhension d'abord, puis de dégoût! Il la repoussa et, dignement, alla monter sur une table pour continuer à danser seul.

Zakra en avait les larmes aux yeux. Vexée comme un pou, elle quitta la piste.

*
**

Malko avait observé toute la scène. Lorsque Zakra se dirigea vers le fond de *la Scala*, il plongea dans la foule et la rattrapa juste avant qu'elle ne franchisse le barrage défendant le premier étage.

– Zakra!

Elle se retourna, marqua un temps d'arrêt, avec une ébauche de sourire. Elle planait totalement. Malko la rejoignit et lui prit la main. L'entraînant vers l'escalier. Les cerbères avaient repéré Zakra et savaient qu'il s'agissait d'une des invités de l'Iranien. Ils n'osèrent pas leur bloquer le passage et s'écartèrent de mauvaise grâce.

Arrivé en haut, Malko lâcha la main de Zakra et s'effaça dans la pénombre, la laissant continuer seule.

*
**

Ishan Kambiz embrassait à pleine bouche Linda, dépoitraillée, trop heureuse du départ de sa rivale, lorsque le fidèle Hashemi agrippa l'épaule de l'Iranien.

– Tu l'as ramenée? demanda ce dernier.

– Le type blond. Il est monté avec cette fille. Il est dans le coin.

Zakra arrivait. Elle se laissa tomber sur le divan, indifférente. Juste derrière elle, Ishan Kambiz aperçut l'homme blond repéré en bas, en train de l'observer, puis ce dernier plongea dans la foule.

– Suis-le, intima l'Iranien.

Zakra boudait. Elle regarda autour d'elle. Dans la *camarote* voisine, un travelo avait glissé à genoux et, dans l'ombre de la table, administrait une fellation consciencieuse à un gros Brésilien impassible, les yeux vitreux de plaisir. Au cours de ce bal, beaucoup de Brésiliens « normaux » venaient assouvir leurs fantasmes pour quelques heures. Ils n'auraient jamais osé aller avec les travestis de l'avenida Atlantica sur Copacabana, mais ici, ils avaient l'impression que c'était différent.

Pourtant, sous les maquillages, les barbes poussaient à mesure que la nuit avançait, impitoyables.

Hashemi revint quelques minutes tard, dépité.

– Il est redescendu.

– Retrouvez-le et tuez-le, dit calmement en farsi l'Iranien. Nous partons.

Hashemi ne broncha pas. il avait prévu quelque chose de semblable et pris ses précautions.

A *la Scala*, les rixes étaient fréquentes. Il fallait gagner du temps.

L'Iranien glissa à l'oreille de Zakra :

– Viens, on rentre à la maison.

CHAPITRE X

Malko, en bordure de la piste de danse où les travestis se déchaînaient, remuant leurs croupes artificielles, surveillait les deux escaliers menant aux *camarotes* du premier étage. Il avait eu le temps de photographier mentalement le compagnon de Zakra, qui effectivement ressemblait à la vieille photo d'Ishan Kambiz. Il était certain que tous deux allaient s'esquiver rapidement. A côté de lui, une table menaçait de s'écrouler sous le poids d'un quatuor de « créatures » en pleine samba. Milton Brabeck et Chris Jones veillaient près de la sortie, assistés de Prudente Freitas.

Effectivement, quelques instants plus tard, Malko vit surgir de l'escalier près de la sortie une cornette un peu de travers. Derrière venait le petit gros moustachu et chauve, en smoking avec jabot de dentelle. Il arrivait tout juste à l'épaule de Zakra. Malko s'apprêta à foncer à travers la foule pour le suivre, quand un violent coup d'épaule le déséquilibra. Un brun aux cheveux frisés venait de le bousculer, et, au lieu de s'excuser, revenait sur lui, le visage mauvais, marmonnant des injures en portugais. D'une bourrade, il fit reculer Malko vers l'orchestre.

Milton et Chris étaient loin dans la foule et ne pouvaient le voir. Autour de lui, les gens continuaient à danser, insouciants. Tous les regards étaient attirés par un superbe travesti de plus d'un mètre quatre-vingts, sanglé dans une guêpière phosphorescente, avec de longs bas noirs et une croupe inouïe qu'il balançait de façon obscène en chantonnant *E Carnaval.* L'orchestre se démenait, à faire exploser ses cuivres. Quelqu'un lui donna un coup de poing dans les reins qui le projeta contre le bord de l'estrade de l'orchestre. Malko se retourna pour se trouver nez à nez avec un Noir très maigre, en short nylon rouge, la peau huilée, le cheveu calamistré. Il avait les bras le long du corps et Malko vit immédiatement le poignard qu'il tenait serré dans la main droite. Une nouvelle bourrade le projeta en avant, directement sur le poignard que le Noir avait relevé à l'horizontale. Au dernier moment Malko parvint à dévier sa trajectoire et il s'écrasa sur une table. *E Carnaval!* hurlaient les travestis autour de lui tandis qu'on essayait de l'assassiner. Trois hommes l'avaient embarqué dans une fausse rixe qui passait totalement inaperçue dans le tohu-bohu ambiant. De toute la force de ses poumons il hurla :

– Chris! Milton!

Juste au moment d'un solo de trompette... Ses trois assassins approchaient, en arc de cercle. Malko fit le tour de l'estrade pour leur échapper et tomba presque dans les bras d'un des gays en nœud papillon rencontrés dans le hall du *Caesar Park.* Le jeune homme referma ses bras sur lui avec un éclat de rire.

– Alors, où sont vos superbes amis?

L'œil vitreux et les pectoraux avantageux, il était bien allumé. Malko sauta sur l'occasion.

– Là-bas, fit-il, désignant la sortie, et j'ai besoin d'eux, vous ne pouvez pas aller les récupérer?

– Ils boudent? demanda l'autre.

– Non, avoua Malko, j'ai un problème avec ces trois voyous.

De la tête il désigna les trois Brésiliens menaçants qui se distinguaient nettement des inoffensifs travestis.

– OK, *buddy*! fit le gay, j'y vais, il y a de drôles de gens ici.

Il s'éloigna, contournant la piste. Les trois Brésiliens arrivaient. Malko vit le grand maigre se détendre et fit un bond de côté. Le couteau déchira sa chemise, se plantant dans le bois de l'estrade. Maintenant, les assassins n'essayaient même plus de donner le change. Rien ne les empêcherait plus de le tuer. Malko réussit à parer un nouveau coup. Puis, pour gagner du temps, il se hissa sur l'estrade à côté de l'orchestre. De cette position élevée, il aperçut le gay au moment où il prenait Chris Jones par le bras. Puis quelqu'un l'attrapa par une cheville.

Il se raccrocha au rideau, mais son adversaire tirait de tout son poids. Les gens riaient dans la salle, croyant à un jeu d'ivrognes. Il se vit sur un des deux grands écrans de télé suspendus de chaque côté de l'orchestre, retransmettant le spectacle en direct. Il se maudissait de ne pas avoir pris une arme. Brutalement, le rideau de scène se déchira, et il tomba lourdement d'une hauteur de plus de deux mètres, atterrissant sur un groupe de travestis qui s'écartèrent avec des couinements amusés. Il était en train de se relever lorsqu'un violent coup de pied à la tempe le fit retomber. Aussitôt, le grand Brésilien maigre se laissa tomber à genoux sur sa poitrine et le saisit à la gorge de la main gauche. Malko parvint à lui bloquer le poignet droit et à écarter le poignard, mais du coin de l'œil, il aperçut un second agresseur, un rasoir à la main, qui s'approchait de côté. Une seconde plus tard, il eut l'impression qu'un train à grande vitesse venait de le percuter.

L'homme à cheval sur sa poitrine parut soudain doté d'ailes et s'envola pour retomber sur la piste au milieu des danseurs qu'il bouscula comme des quilles. Le rasoir du second n'atteignit jamais le ventre de Malko. D'un formidable coup de pied qui mettait Milton Brabeck au rang de Pelé, l'Américain lui détacha pratiquement la tête du tronc. Il s'effondra en arrière comme une masse et demeura les bras en croix sur la moquette crasseuse.

Le troisième agresseur avait encore des velléités de nuire. Il fonça, le poignard en avant. D'un coup de coude, Chris Jones dévia sa trajectoire et la lame s'enfonça jusqu'à la garde dans le ventre du barbu déguisé en mariée.

Le malheureux poussa un cri sourd et se plia en deux pendant qu'un flot de sang inondait sa belle robe. Hébété, le tueur essaya de s'enfuir mais ce fut la curée. Les copains du travesti se ruèrent sur lui et le firent tomber sur le sol, le frappant à coups de sac à main et de talons aiguilles. Un escarpin propulsé par quatre-vingt-cinq kilos de muscles devenait une arme redoutable. Des gardes de la sécurité arrivèrent enfin et dispersèrent brutalement les travestis, sauvant la vie du tueur. On emporta le « marié » livide, en train de se vider de son sang, au son lancinant de *E Carnaval.*

– Où sont passés Zakra et l'Iranien? demanda Malko à peine relevé.

– Partis! Dans la Cadillac, lui apprit Milton Brabeck.

Ils se frayèrent un chemin vers la sortie, retrouvant Prudente, le policier fédéral, à côté de sa voiture banalisée. Bloqué dans le parking, il n'avait pas pu suivre la Cadillac. Ils foncèrent au *Caesar Park*, mais bien entendu, Zakra ne s'y trouvait pas. Malko fut balayé par une vague de découragement. Tant d'efforts pour échouer à la dernière minute. Comment retrouver la Kirghize dans une ville de douze millions d'habitants en pleine hystérie du Carnaval? Les administrations ne marchaient pas pendant huit jours, tout s'arrêtait à Rio, sauf les défilés des écoles de samba...

Malko s'aperçut que sa chemise était déchirée, tachée de sang et qu'il avait une grande estafilade au flanc.

– Ici on tue les gens pour vingt dollars, expliqua le policier brésilien. Ces tueurs-là ont été recrutés sur place. On leur désigne la cible et on paie. Cela suffit. Ils ne posent pas de questions. Vingt dollars c'est trente mille cruzeiros, de quoi boire de la bière pendant tout le Carnaval.

Malko se fit servir une vodka au bar du *Caesar Park*. Zakra était en danger de mort. L'agression dont il avait été l'objet prouvait qu'ils avaient été repérés par Ishan Kambiz. A moins qu'elle n'ait joué double jeu et dénoncé Malko. Dans les deux cas, il fallait la retrouver et mettre Kambiz hors-jeu, afin qu'elle ne puisse alerter le vendeur, vraisemblablement le mystérieux Pavel. Car l'enjeu final de cette traque, c'était le vendeur de plutonium 239.

– Allons inspecter sa chambre, proposa-t-il, une fois remis de ses émotions.

Prudente se fit ouvrir la porte sans difficulté par une femme de chambre. La fouille fut vite faite. Ils allaient repartir lorsque Malko se pencha et ramassa dans la corbeille à papiers une pochette de billets Air France. Un numéro était griffonné dessus. Il le montra au policier brésilien.

– Ça peut être un numéro de Rio?

– Oui, fit ce dernier. Mais c'est facile à vérifier. Il n'y a qu'à appeler.

Malko l'arrêta à temps. Si c'était celui d'Ishan Kambiz, un appel bizarre l'alerterait aussitôt et il aurait cent fois le temps de leur échapper.

– Pouvez-vous découvrir le nom et l'adresse de l'abonné? demanda-t-il.

Le policier fédéral semblait perplexe.

– Je peux essayer, dit-il, mais c'est le Carnaval. J'ai peur que personne ne réponde aux Renseignements.

– Et par la police?

– Ils sont tous dans les rues. Je vais tenter le coup par la police fédérale de Brasilia.

Ils s'assirent, tandis qu'il commençait à composer le 102. Au bout de vingt minutes, le numéro n'avait toujours pas répondu. Malko rongeait son frein. La CIA tenue en échec par le Carnaval, ce n'était pas triste. Mais cette folie rituelle embrasait tout Rio. De toutes les radios, de toutes les télés, sortait le même air lancinant, *E Carnaval*, la rengaine de l'année sur fond de tam-tam. Sur l'écran de la télé Akai de la chambre, une nana se déhanchait en gros plan, comme désarticulée, faisant trembler ses seins, frémir son ventre, hurlant elle aussi *E Carnaval*.

*
**

Ishan Kambiz, les yeux vitreux de désir, contemplait Zakra en train d'onduler avec langueur sur le podium supportant une magnifique table de salle à manger en os incrusté d'or, créée spécialement par Claude Dalle pour le milliardaire iranien, une *capirinha* à la main. Ce devait être la septième et la Kirghize ne savait plus vraiment comment elle s'appelait. Elle ne s'était même pas aperçue que l'Iranien l'avait délestée de son collier. L'alcool lui chauffait les ovaires et elle pensait avec un dépit mêlé de désir au superbe Noir homosexuel qui l'avait repoussée. Cette musique si éloignée de ce qu'elle connaissait la rendait folle. Sans compter la ligne de coke que Kambiz lui avait fait aspirer. Celui-ci avait pris ses dispositions : il partait à six heures du matin pour Téhéran, par un itinéraire compliqué. Le collier était dans son attaché-case. Un cadeau pour sa femme si les douaniers lui demandaient quelque chose.

Il s'était débarrassé de Linda et ses gardes veillaient à l'étage inférieur du duplex.

Avant son départ, il avait deux tâches à accomplir. D'abord profiter de Zakra et ensuite la faire parler. Il *devait* savoir qui étaient ceux qui s'attachaient à ses pas. Et surtout, jusqu'à quel point ils avaient pollué l'opération « Darius ». Si c'était trop pourri, il l'abandonnerait. Pour le moment, il décida de se consacrer au premier de ses objectifs : le plus agréable. La silhouette de Zakra le rendait malade de désir.

Il la rejoignit, passa un bras autour de sa taille et commença à « danser » avec elle, c'est-à-dire à se frotter comme un chimpanzé en rut à la jeune Kirghize. En quelques minutes, il avait une érection de cheval qu'il exhiba sans vergogne. Zakra ne s'en aperçut même pas. Elle frétilla à peine quand Ishan défit les cordelières de son pantalon collant. Il n'eut qu'à aider un peu pour qu'il se retrouve par terre en petit tas. Zakra se contenta de pouffer... Vêtue uniquement de sa cornette et de ses escarpins, elle était extraodinairement érotique, avec le triangle noir au creux de son ventre se terminant aux colonnes fuselées des longues cuisses. L'alcool l'insensibilisait partiellement, mais elle hennit quand même d'excitation quand les doigts de l'Iranien s'emparèrent d'elle.

Il l'appuya au mur et ses mains partirent vers les seins gonflés, les emprisonnant en même temps, en triturant les bouts. Il haletait comme un malade et cette caresse déchaîna Zakra. De nouveau elle avait de la lave en fusion dans le ventre. Ishan Kambiz gronda. D'un violent coup de genou, il ouvrit le compas des longues cuisses et n'eut qu'à donner un grand coup de reins pour s'enfoncer verticalement dans le sexe ouvert. Etant donnée sa petite taille, c'était la position idéale. Tenant Zakra par les hanches, il se mit à la poignarder avec fureur. Zakra, pénétrée brutalement, hurla à la mort! Son plaisir était si violent qu'elle commença à trembler, à gigoter dans tous les sens. Tellement, qu'elle échappa à l'Iranien. Elle fit quelques pas en titubant et s'effondra, agenouillée sur le grand canapé.

Cette vision fit sauter les plombs d'Ishan Kambiz. Il se rua derrière elle, se colla à la croupe qui le faisait fantasmer, puis écartant des deux mains les globes enflés, se posa contre l'entrée des reins de la jeune Kirghize. Celle-ci bondit sous le contact, ses terminaisons nerveuses à vif, reculant d'un réflexe, faisant pénétrer de quelques millimètres le sexe qui se préparait à la vriller. Ishan Kambiz, soufflant comme un phoque, poussa de tout son poids et vit son membre disparaître d'un coup, accompagné par le hurlement rauque de

Zakra. Il commençait à aller et venir lorsque la semence monta de ses reins, comme une vague de fond. Fébrilement, il eut le temps de s'agiter un peu avant d'exploser, restant collé à la jeune femme comme un chien à sa chienne. Il aurait voulu que cela ne cesse jamais.

Zakra, foudroyée par un orgasme ravageur, ne bougeait pas. Elle arracha ses ongles de la soie du divan pour se débarrasser enfin de sa cornette.

– C'est chaud, ce truc-là, fit-elle d'une voix pâteuse.

Ishan Kambiz s'arracha à elle, dégrisé. Il fallait passer aux affaires sérieuses.

– Je vais appeler Hashemi pour qu'il nous apporte à boire, dit-il.

– Moi, je ne bois plus, protesta Zakra, j'ai la tête qui tourne. Ou alors, juste un Cointreau, avec trois glaçons.

– Alors, on va se baigner.

Il la poussa dans la piscine. Il avait bien l'intention d'assouvir encore sa fringale sexuelle sur elle, mais d'abord il fallait soulager son angoisse. Zakra remontait à la surface quand il la ceintura par-derrière. Mal à l'aise à cause de ses escarpins et ne sachant pas nager, elle voulut lui échapper. De nouveau, avec un grand rire, l'Iranien la fit replonger. Ils jouèrent ainsi pendant plusieurs minutes, se rapprochant peu à peu de la partie la plus profonde. Zakra commençait à s'énerver. La dernière fois où elle remonta, ayant avalé un peu d'eau chlorée, elle lança brutalement :

– Arrête, j'en ai marre!

Deux mains pesèrent sur ses épaules par-derrière. Elle tourna la tête et, à travers les gouttes d'eau, aperçut le regard froid d'Hashemi. Il appuya et sa tête passa de nouveau sous l'eau. Affolée, elle se débattit en vain, suffoquant peu à peu. Elle était au bord de la syncope lorsqu'elle put enfin respirer. Crachant de l'eau, presque asphyxiée, elle trouva en face d'elle Ishan Kambiz, froid comme un iceberg.

– Salope! lança l'Iranien, tu vas parler ou on va te noyer.

Zakra cracha encore un peu d'eau et protesta.

– Parler! Qu'est-ce que vous racontez? Parler de quoi?

L'Iranien fit un geste discret et Hashemi appuya sur la tête de la jeune femme. Lorsqu'il la laissa remonter, crachant et toussant, Kambiz précisa :

– Qui est l'homme blond qui t'a accompagnée à Rio? Pour qui travaille-t-il?

Comme elle ne répondait pas assez vite, elle replongea. Cette fois, Hashemi la retira de l'eau in extremis... Ils durent attendre plusieurs minutes pour qu'elle retrouve son souffle. Le regard noyé, la voix cassée, Zakra supplia :

– Arrêtez! Vous vous trompez. Je n'ai rien fait de mal.

– Qui est-ce?

– Mon fiancé, finit-elle par lancer entre deux quintes de toux.

Ishan Kambiz n'en revenait pas.

– Qu'est-ce que tu racontes?

Accrochée au bord de la piscine, la Kirghize vida son sac. Habituée à la violence, elle sentait que ces deux-là étaient capables de la tuer. Aussi, avec des bribes de phrases, elle leur expliqua comment Malko était entré dans sa vie. L'Iranien l'écoutait, glacé jusqu'au fond des os. C'était encore pire que ce qu'il avait imaginé.

– Comment a-t-il su que tu venais au Brésil? Tu le lui as dit? demanda-t-il d'une voix douce.

Zakra ne se rendait pas compte que chaque mot qu'elle prononçait était un clou enfoncé dans son cercueil.

– Non, non, protesta-t-elle, j'ignore comment il l'a su. Mais je ne lui ai jamais parlé de vous.

– Ni du collier?

– Du collier? Pourquoi je lui aurais parlé de mon collier? Où est-il?

– Je l'ai rangé, affirma calmement Kambiz. J'avais peur que tu le perdes.

L'ignorance de Zakra concernant le collier lui mettait un peu de baume au cœur. Mais l'homme qui l'avait suivie à Rio, étant donné les moyens dont il disposait, appartenait sûrement à un grand Service. S'il s'était intéressé sur la plage au collier, ce n'était pas par hasard. Tout cela sentait le Mossad. Pour se consoler, Ishan se dit que l'homme blond devait déjà être à la morgue de Rio.

Il s'extirpa un sourire charmeur.

– Excuse-nous, dit-il à Zakra, je me rends compte que tu n'as rien fait de mal, mais j'ai beaucoup d'ennemis. Je dois me méfier. On va se reposer un peu et puis je te ferai ramener à ton hôtel.

En farsi il lança à Hashemi.

– Je m'en sers encore une fois et puis tu t'occuperas d'elle. Dis à Mohsein que nous partons pour l'aéroport à cinq heures et demie.

Galant, Hashemi aida Zakra à sortir de la piscine et alla même jusqu'à l'essuyer avec une grande serviette de bain. Hébétée, la jeune femme se laissa tomber sur le canapé. Ishan Kambiz lui tendit une *capirinha* qu'elle but avidemment pour ôter le goût acre du chlore dans sa bouche. Il la regardait de nouveau avec concupiscence. Elle n'avait plus qu'une idée, quitter cet appartement et dormir.

– Raccompagne-moi, fit-elle d'une voix mourante.

– Oui, oui, fit Kambiz.

Trois minutes plus tard, la tête de Zakra basculait. Assommée par les *capirinhas*, elle dormait.

*
**

Les yeux de Prudente Freitas semblaient s'enfoncer chaque minute un peu plus au fond de leur orbite, par la fatigue. Depuis une heure, il était au téléphone sans discontinuer, patient, cajoleur. De l'appareil sortaient des bribes de samba, mais pas d'informations... Malko ne tenait plus en place. Rhabillés, enfouraillés jusqu'aux yeux, les deux gorilles attendaient qu'on leur désigne un objectif.

Tout à coup, Malko vit un sourire éclairer le visage du policier brésilien qui se mit à noter quelque chose fébrilement avant de raccrocher.

– *Tuto bom!* (1) lança-t-il. Le numéro correspond à un immeuble de Ipanema, 240 avenida Vieira Santo. Un appartement au nom d'une certaine société MBA Engineering.

– On y va, dit Malko.

(1) Tout va bien.

CHAPITRE XI

Le portier galonné de l'Edificio Biarritz, un superbe building à la façade de marbre noir avec un somptueux hall d'entrée de marbre rose, à cinq cent mètres du *Caesar Park*, en bordure de la *praia* de Ipanema, sursauta en voyant quatre hommes pénétrer dans l'immeuble. Instantanément, il sortit son riot-gun de sous son comptoir et le braqua sur les arrivants.

– *Policia Federale!* hurla Prudente Freitas pour couvrir la samba vomie par le combiné Samsung posé sur le bureau du portier.

A cette heure tardive, à Rio, quand un visiteur inconnu se présentait dans ce genre d'immeuble, on tuait d'abord et on lui demandait ensuite ce qu'il désirait...

Brandissant son macaron, le policier avança seul vers le gardien méfiant, qui consentit enfin à baisser son arme.

Freitas demanda ensuite la liste des occupants et la parcourut des yeux. Pas de MBA Engineering... Commença alors un difficile dialogue entre le portier, considérablement imbibé à la *batida*, et le policier. Malko vint à la rescousse et entreprit de décrire l'homme qu'il avait vu en compagnie de Zakra. Une lueur de compréhension passa enfin dans le regard du portier.

– *Ah, sta bom! O senhor Kambiz* (1). Je vais le prévenir...

Il n'avait pas fini sa phrase qu'il se retrouvait le bras tordu dans le dos, le Smith et Wesson de Milton Brabeck flirtant avec ses narines.

Afin d'éviter toute nouvelle tentative, Chris Jones arracha le fil du standard et jeta le téléphone à terre. Devant des arguments aussi convaincants, le portier n'insista pas.

– Quel étage? demanda le policier.

– 17 et 18, mais il ne vous ouvrira pas et il a une porte blindée. En plus, il y a un code pour l'ascenseur.

– Lequel? demanda aimablement Prudente Freitas.

Après un regard à Chris et Milton, le portier lâcha prudemment :

– 1996.

***

– Fous-moi la paix, gronda Zakra, à moitié endormie et furieuse. Tu m'as presque tuée et maintenant tu veux me baiser.

Ishan Kambiz, nu comme un ver, avec une érection toute neuve, s'agitait sur elle, mais la Kirghize faisait la morte. L'Iranien lui pinça un sein et elle poussa un cri, lui décochant un coup de pied qui rata d'un millimètre sa glorieuse érection. La *capirinha* la rendait mauvaise. Elle se leva et se dirigea vers son caleçon lacé, commençant à l'enfiler. Kambiz, cassé en deux de douleur, frustré, devint brutalement ivre de rage. Empoignant son talkie-walkie, il hurla dedans :

– Hashemi, viens!

Comme Zakra achevait de resserrer les lanières de son caleçon, sa poitrine nue pointant moqueusement vers lui, il lui jeta :

(1) Bien sûr! Monsieur Kambiz.

– Tu vas crever, chienne!

Comme il avait parlé farsi, elle ne comprit pas, mais la vue d'Hashemi qui venait d'entrer, un long poignard à la main, un sale sourire sur ses traits cruels, lui fit prendre conscience de la situation. Affolée, elle regarda autour d'elle, puis se précipita vers la rambarde entourant le penthouse. Pas d'escalier de secours. L'avenue Vieira Souto dix-huit étages plus bas. Elle se retourna, Hashemi était derrière elle. Il allongea le bras et la pointe s'enfonça dans sa hanche gauche. Zakra poussa un hurlement.

L'Iranien n'insista pas, la laissant se sauver un peu plus loin. Il s'était amusé un jour au Liban avec un prisonnier israélien, le saignant à mort peu à peu. Ishan Kambiz contemplait la scène, gourmand. Il voulait que cette salope vienne le supplier de jouir dans sa bouche avant de crever.

– Prends ton temps avec cette chienne, conseilla-t-il paternellement.

Le sol de marbre rose coupé de losanges noirs, autre création de Claude Dalle, serait facile à nettoyer. Hashemi avançait en se dandinant, face à Zakra acculée à la rambarde. La jeune Kirghize ne disait rien. Elevée dans la férocité, elle savait que dans ce genre de situation, il ne servait à rien de supplier. Le tout était de choisir sa mort. Le poignard ou le saut dans le vide. La seconde solution était probablement la meilleure.

*
**

Milton Brabeck colla un cornet de carton contre la massive porte d'acajou du dix-septième étage et écouta longuement. Pas un bruit : elle était épaisse et blindée. Il y avait bien une sonnette, mais... Malko regarda le battant. Il ne pouvait plus attendre.

– Vous pouvez l'ouvrir? demanda-t-il.

Chris Jones vint à son tour examiner la porte.

– Sans problème, affirma-t-il.

Il s'accroupit, posant à ses pieds la mallette métallique qu'il avait récupéré dans la voiture. Il en sortit ce qui ressemblait à une boule de mastic de la taille d'une mandarine. Il la sépara en deux, et en appliqua une moitié à la jointure des deux battants, à hauteur de la serrure principale. Le temps d'enfoncer dans le Semtex un petit crayon allumeur et il se retourna.

– Planquez-vous dans l'escalier de service.

Milton Brabeck, Prudente Freitas et Malko obéirent. Chris Jones les rejoignit après avoir activé l'allumeur. Dix secondes, une explosion sourde. Ils bondirent tous les quatre sur le palier envahi par une fumée âcre. L'armature blindée de la porte toute tordue tenait encore, mais les panneaux s'étaient volatilisés. D'un puissant coup d'épaule, Chris Jones fit sauter la structure restante et pénétra à l'intérieur, son Beretta 92 au poing.

Découvrant une luxueuse entrée aux mur de laque rouge, légèrement abîmée par l'explosion. L'appartement semblait immense et on n'entendait aucun bruit. Malko se souvint que le concierge leur avait dit que c'était un duplex.

– En haut, ordonna-t-il en se lançant dans l'escalier latéral aux marches de perpex.

***

Zakra ressemblait à saint Sébastien. Son torse et ses cuisses dégoulinaient de sang. Pas des blessures sérieuses, mais des « piqûres » qui l'affaiblissaient et la faisaient beaucoup souffrir. Installé dans le grand canapé où il l'avait sodomisée, Ishan Kambiz assistait à son agonie.

Hashemi le Hezbollah s'en donnait à cœur joie, revenu au bon temps de la prison d'Evin. Il haïssait ces femmes impudiques qui troublaient le cœur de l'homme et l'empêchaient de penser à Dieu. Certes, Ishan se conduisait souvent comme un mauvais musulman, mais son dévouement à la cause intégriste lui faisait pardonner bien des choses.

L'Iranien s'approcha de Zakra tassée contre la rambarde, se pourléchant d'avance. Il avait décidé de s'attaquer à ses seins.

La jeune Kirghize intercepta son regard et se dit que si elle attendait encore, elle n'aurait plus l'énergie de se hisser par-dessus la rambarde. Réunissant ses dernières forces, elle se souleva sur ses bras, cherchant à basculer de l'autre côté.

– Arrête-la ! hurla aussitôt Ishan Kambiz.

Même à Rio, une femme qui s'écrase sur le trottoir, cela attire l'attention de la police... Au moment même où l'Iranien se précipitait, une sourde explosion secoua l'appartement, faisant trembler les murs et vibrer les fenêtres. De justesse, Hashemi parvint à saisir la cheville de la jeune Kirghize et à la tirer à l'intérieur.

Ishan Kambiz s'était levé, fou d'angoisse. Said et Mohsein se trouvaient dans l'appartement. Si quelque chose survenait, ils interviendraient. De toute façon, la porte était blindée, défendue par un système de sécurité sophistiqué.

– Finis-la, ordonna-t-il, nerveux.

Brusquement, il n'avait plus envie de jouer.

Hashemi saisit Zakra par ses cheveux roux qu'il torsada rapidement autour de son poing gauche, de façon à exposer sa gorge. Une vieille technique des commandos syriens où il avait été formé. Celle qu'on réservait aux prisonniers. Au moment où il allait enfoncer la lame de son poignard dans le cou fragile, un bruit sec tout proche le fit sursauter.

Cette fois, il n'y avait aucun doute : il s'agissait de la détonation d'une arme à feu.

*
**

Une tête crêpue au teint mat se pencha par-dessus la balustrade de l'escalier. Chris Jones entrevit un pistolet-mitrailleur tenu à bout de bras et l'entraînement fit le reste. Avant même d'avoir pu pointer son arme, l'homme reçut un projectile de 9 mm en plein front, qui lui fit littéralement exploser la tête. Rejeté en arrière, il pivota et s'étala sur le dos, foudroyé. Chris Jones avait déjà atteint l'étage supérieur. Juste au moment où un second homme surgissait de la cuisine. Là aussi l'effet de surprise joua à plein. Chris et Milton tirèrent en même temps, pour plus de sûreté et sans s'être concertés. Dans un ultime mouvement de réflexe, le Hezbollah eut le temps d'appuyer sur la détente de son MP5. La rafale partit dans le plafond et les murs, détruisant plusieurs œuvres d'art.

Sans s'occuper de lui, les trois hommes foncèrent vers une grande double porte.

Cette fois, c'est Milton Brabeck qui passa carrément à travers. Le fracas des battants s'écrasant sur le mur fit l'effet d'un coup de tonnerre. Malko photographia la scène. Ishan Kambiz, debout, vêtu d'un maillot de bain et, plus loin, dans un coin, un homme penché sur Zakra, un poignard à la main.

Kambiz cria quelque chose au second qui appuya la pointe de son poignard sur la gorge et cria en mauvais anglais :

– Arrêtez ou je la tue!

C'est là que l'entraînement de Chris et Milton fit merveille. A Fort-Braggs, ils avaient été formés à affronter ce genre de situation. On leur avait appris que la rapidité et la précision étaient la clef du succès. Il ne fallait pas avoir peur pour l'otage mais se concentrer sur l'assassin. Sinon, on perdait tous ses moyens et on donnait à l'adversaire le temps de se ressaisir.

Dans un mouvement coulé et doux, Milton Brabeck leva son Smith et Wesson quatre pouces, une arme légèrement plus précise qu'un pistolet et qu'il contrôlait admirablement. La détonation assourdissante fit vibrer les glaces et le projectile de 357 Magnum toucha Hashemi au-dessus de la bouche. Sa mâchoire supérieure explosa et le projectile, par la simple puissance de son énergie cinétique, provoqua une dislocation de la boîte crânienne. Lorsqu'il dévasta le cerveau, le crâne était déjà en train de s'ouvrir comme une noix de coco pourrie. Zakra, arrosée de débris d'os et de matière cervicale, roula par terre avec un cri d'horreur. Le Hezbollah n'avait pas eu le temps d'enfoncer son poignard de plus de deux ou trois millimètres.

Ishan Kambiz, tétanisé, blanc comme un linge, fixait les nouveaux arrivants. Il avait l'impression que son cœur était devenu de la taille d'une mandarine. Ces deux monstres lui causaient une terreur physique totale.

Il pensa à son attaché-case, ouvert, dans sa chambre. Si seulement il arrivait à le fermer et à en enclencher le mécanisme d'autodestruction en cas de forcement des serrures! C'était le plus important, vital même. Il connaissait les gens des services. Sauf s'il y avait un ordre formel de l'abattre, il pouvait s'en sortir. Avec les gens de son espèce, on essayait toujours de négocier.

Zakra se dégagea du cadavre d'Hashemi qui avait roulé sur elle et se redressa, les yeux fous. Ce qui se passait confirmait sa conviction intime depuis qu'elle avait découvert le pistolet de son « fiancé », que lui aussi était dans le « business ». Il lui restait à régler ses comptes. Elle se pencha vers Hashemi et ramassa le poignard avec lequel il avait voulu l'égorger, lui donnant un coup de pied au passage. Comble de l'ironie, les écoles de samba continuaient à défiler sur l'écran de la grande télé Akai, à grands coups de tam-tam.

– Attention!

Malko avait vu Zakra foncer sans un mot sur Ishan Kambiz. Chris Jones était le plus près. D'un coup d'épaule, fidèle à son habitude, il la déséquilibra et elle chuta dans la piscine. Profitant du désordre, Ishan Kambiz fila comme un lièvre vers sa chambre.

Malko bondit à sa suite. Les deux hommes arrivèrent pratiquement ensemble. Malko aperçut l'attaché-case ouvert sur le lit, une belle bête fauve de chez Asprey. L'Iranien plongeait déjà dessus. Malko comprit immédiatement qu'il n'allait pas y prendre une arme mais simplement le refermer, déclenchant très probablement un mécanisme d'autodestruction. Kambiz attrapa le couvercle et le rabattit violemment, afin d'enclencher les serrures. Il manquait à Malko une fraction de seconde pour l'en empêcher. Alors il fit la seule chose possible.

Lançant son bras en avant, il mit la main à l'intérieur de la mallette pour qu'elle ne puisse pas se refermer.

La douleur lui remonta d'un coup jusqu'à l'épaule, mais l'attaché-case demeura ouvert. De toutes ses forces, Ishan Kambiz essayait d'ôter la main de Malko. Mais Chris Jones était déjà dans son dos. Il souleva l'Iranien et le jeta comme un paquet de linge sale dans un coin de la chambre. Comme l'autre cherchait à se relever, sans un mot, il braqua sur lui son Beretta 92, bras tendu et chien relevé.

Ishan Kambiz comprit le message et demeura tassé dans son coin comme une bête apeurée.

Malko put enfin dégager sa main endolorie. Par précaution, il fit basculer sur le lit tout le contenu de l'attaché-case. Cinq minutes ne s'étaient pas écoulées depuis l'explosion de la porte... Zakra surgit à nouveau, trempée, le regard halluciné, son poignard à la main. Il fallut que Milton Brabeck la ceinture pour l'empêcher d'étriper l'Iranien. Elle ne semblait même plus s'apercevoir du sang qui coulait de ses blessures. Malko s'approcha d'elle.

– Zakra, va te reposer et t'allonger. Milton va s'occuper de toi.

– Je veux ce salaud, dit-elle d'une voix blanche.

– Impossible, répliqua Malko. Fais ce que je te dis.

Milton Brabeck parvint à l'entraîner et, cette fois, brisée, elle se laissa faire sans résistance. Il devait bien y avoir une pharmacie dans cet immense appartement...

Malko se tourna vers l'homme accroupi dans un coin.

– Vous êtes Ishan Kambiz.

L'Iranien ne répondit pas. Pour éviter les pertes de temps, Malko alla regarder les documents contenus dans l'attaché-case. Il y avait trois passeports à des noms différents, dont un brésilien. L'Iranien était au nom de Ishan Kambiz. Malko le brandit dans la direction du prisonnier.

– Je crois que vous devriez collaborer.

Ishan Kambiz se réveilla d'un coup.

– Je suis également citoyen brésilien, dit-il d'une voix aigre. J'ai de nombreux et puissants amis dans ce pays et je vais les faire intervenir. Vous vous êtes introduits chez moi par effraction, vous avez assassiné mon secrétaire et probablement deux de mes collaborateurs et vous me retenez contre mon gré. Ce sont des crimes prévus par la loi fédérale brésilienne.

Prudente Freitas, demeuré en retrait tout le temps de l'assaut, écouta cette diatribe. Ishan Kambiz se tourna vers lui.

– Qui êtes-vous? demanda-t-il en portugais.

Le policier demeura muet. L'affaire devenait trop sensible pour prendre position. Malko vola à son secours.

– C'est notre interprète, dit-il.

Soulagé, le policier demeura coi. Il s'écarta simplement, laissant Ishan Kambiz à la garde de Chris.

Malko l'entraîna dans la pièce voisine.

– Je vais appeler Washington qui se mettra en rapport avec votre hiérarchie, dit-il. Il s'agit d'une affaire d'Etat, qui met en jeu des éléments hyper-secrets. Vous aurez des instructions. Pour le moment, veillez à ce que tout se passe bien. Nous ne voulons pas de mal à Ishan Kambiz. Simplement obtenir de lui quelques éclaircissements.

Le policier brésilien hocha la tête et alla s'installer

dans un coin de la pièce. Malko glissa à Chris Jones :

– Surveillez-le. Qu'il ne téléphone pas, qu'il ne parte pas. S'il le faut, vous l'assommez.

Malko balaya des yeux le décor raffiné imaginé par Claude Dalle : les murs blancs, un secrétaire en palissandre de Makassar, une commode ancienne et le superbe lit à baldaquin.

Il revint vers la chambre. Ishan Kambiz n'avait pas bougé. Malko prit dans le fouillis étalé sur le lit le collier de Zakra et le brandit devant l'Iranien.

– Mr. Kambiz, si vous ne voulez pas que cette visite se termine extrêmement mal pour vous, vous allez tout me dire sur cette affaire de plutonium. Comme j'en sais déjà pas mal, vous avez intérêt à ne pas mentir.

L'Iranien demeura coi. Son cerveau travaillait à la vitesse de la lumière, essayant de déterminer ce que son adversaire connaissait. Le collier, c'était un très mauvais point. Mais après tout, c'était seulement du business. Il n'avait tué personne, sauf à Budapest. Et la CIA n'allait pas faire un plat de trois voyous russes. Il y avait un élément à sauvegarder envers et contre tout. Le nom de son vendeur. Seulement, la Kirghize le connaissait...

– Je ne sais pas de quoi vous parlez, prétendit-il.

– Je vais étudier d'abord vos documents et ensuite nous bavarderons, répliqua Malko.

Il prit le contenu de l'attaché-case et l'emmena dans un bureau voisin. Là-dedans, se trouvaient les secrets du trafic de plutonium 239.

CHAPITRE XII

Le jour se levait très faiblement derrière la pointe de Copacabana, éclairant les buildings bordant l'Atlantique d'une lueur rosâtre. Malko avait du mal à garder les yeux ouverts. Bien que Milton Brabeck lui ait apporté à trois reprises un café à réveiller un mort. Un calme presque oppressant régnait dans l'appartement dévasté d'Ishan Kambiz. Grâce à l'ascenseur à code, ils ne risquaient pas d'être dérangés, en dépit de la porte béante. A tout hasard, Chris et Milton se relayaient dans l'entrée, afin de parer à toute mauvaise surprise, se partageant équitablement le contenu d'une bouteille de Gaston de Lagrange XO empruntée au bar de l'Iranien. Peu à peu les deux gorilles se laissaient gagner par la civilisation. Zakra avait consenti à se reposer, étendue sur le lit de l'Iranien, tandis que ce dernier, immobilisé grâce à de larges bandes de tissu adhésif, somnolait dans un coin de la chambre.

Milton Brabeck avait augmenté la clim pour que l'odeur des trois cadavres, pourtant enveloppés dans des couvertures, ne soit pas trop incommodante. C'était le château de la Belle au Bois dormant. Malko regarda une dernière fois ses notes et les papiers étalés devant lui. Il comprenait maintenant pourquoi l'Iranien avait tout fait pour qu'il ne s'en empare pas. Certes, à part le collier de perles d'or, il n'y avait rien concernant le trafic de plutonium proprement dit. Par contre, l'attaché-case renfermait tous les détails de son organisation financière y compris les codes secrets permettant de virer n'importe quelle somme de compte à compte.

Il y avait dans l'attaché-case les coordonnées de cinq comptes bancaires « off-shore » qui servaient aux opérations clandestines d'Ishan Kambiz. L'un, surtout, intéressait Malko. Le mois précédent, il avait fait l'objet d'un virement en faveur de l'Iranien d'un montant de cent millions de dollars (1)! Une somme colossale dont la provenance – une banque d'Abu Dhabi – était indiquée.

Les autres relevés dont un de la BCCI indiquaient des mouvements très importants. Aucun de ces comptes, bien évidemment, n'était au nom de l'Iranien. Le plus important – celui des cent millions de dollars – portait la dénomination Global Ressources. C'était une société « off-shore » de l'île de Man, où n'apparaissaient que des hommes de paille; cependant, la seule personne autorisée à signer des ordres de virement était Ishan Kambiz dont la signature devait être accompagnée d'un code. Ce dernier se trouvait dans un carnet trouvé dans l'attaché-case avec un numéro correspondant à chaque entité bancaire. A la Banco de Brazil, Ishan Kambiz disposait d'un solde créditeur de 538 623 dollars.

Avant d'aller plus loin, Malko devait évidemment communiquer toutes ces informations à la CIA... Il composa le numéro protégé de Langley le mettant en contact avec la Direction des Opérations et, dès qu'il eut le standard, annonça le code du mois. Trois minutes plus tard, il avait en ligne Stanley Fawcett, directeur adjoint de la CIA. L'homme qui avait lancé toute l'opération contre Ishan Kambiz, quelques semaines plus tôt.

– J'ai des documents à vous transmettre, annonça

(1) Plus de cinq cents millions de francs.

Malko, et un compte rendu important. Il y a des décisions à prendre. Comment faisons-nous?

– Allez à notre consulat, demanda Stanley Fawcett, nous avons deux personnes là-bas et du matériel de transmission protégé.

Prudente Freitas connaissait l'adresse du consulat américain. Avenida Presidente Wilson, dans le centre de Rio. Malko enfourna dans un porte-documents tout son butin, y compris le collier, et descendit, laissant l'appartement à la garde des deux gorilles et du policier fédéral.

Une demi-heure plus tard, Malko fut reçu par un jeune employé de la CIA dont les bureaux occupaient le tiers du consulat. Dûment prévenu par Langley, il installa Malko dans une pièce insonorisée, mettant à sa disposition un chiffreur.

Désormais, Malko pouvait s'exprimer librement. Stanley Fawcett devait attendre près du téléphone car il décrocha à la première sonnerie. Son compte rendu prit près d'une demi-heure. Lorsqu'il fut terminé, le directeur adjoint de la CIA conclut :

– Je vais alerter la Maison Blanche et le State Department. De façon à ce que notre ambassadeur prenne contact rapidement avec le chef de la Policia Federale à Brasilia. Les ordres seront transmis au policier brésilien qui se trouve avec vous.

« Afin de préserver un secret absolu sur cette affaire, vous communiquerez par l'intermédiaire de ce bureau. Le garçon qui vous a reçu, Ted, fera la navette entre le Consulat et l'appartement d'Ishan Kambiz.

– Qu'allons-nous faire de ce dernier?

– Sur ce point, je dois voir avec la Maison Blanche et avec l'attorney général, annonça Stanley Fawcett. Nous pouvons lancer un mandat d'arrêt international contre lui. Il a financé de nombreuses opérations terroristes. Ce type est incroyablement dangereux.

– Vous croyez que les Brésiliens l'extraderont?

Il y eut un soupir résigné à l'autre bout du fil.

– Officiellement, sûrement pas. Mais il y a des arrangements. Il peut être discrètement exfiltré et on l'arrêtera dans les règles à Miami. Les Brésiliens ont vraiment besoin d'argent en ce moment.

« Reposez-vous quelques heures le temps que je fasse analyser ces documents. Dites à Ted de m'expédier le collier pour analyser le plutonium, afin de vérifier qu'il s'agit bien de la même provenance que le premier échantillon.

*
**

Dès que Malko quitta le consulat, la chaleur lui tomba sur les épaules comme un bloc de fonte. Il faisait déjà 38° d'après les tableaux qui parsemaient Ipanema lorsque Malko regagna l'appartement d'Ishan Kambiz. Gâteux de fatigue. Dieu merci une fraîcheur délicieuse régnait dans le duplex, grâce à la clim. Zakra et Ishan Kambiz dormaient toujours, ainsi que Milton et Prudente Freitas. La paupière lourde, Chris se fit relayer par Milton avant d'aller s'effondrer à son tour. La bouteille de Gaston de Lagrange XO était vide, et Chris et Milton, définitivement conquis.

Il n'y avait plus qu'à attendre les instructions de Langley.

– On fait un break, annonça Malko.

– Et l'affreux? demanda goulûment Milton Brabeck.

– On attend des ordres de Langley.

Chapitré, le portier du hall devait annoncer aux visiteurs éventuels que l'Iranien était absent. Quant au téléphone, on ne répondait pas. C'était trop risqué.

Malko trouva un lit et s'étendit dessus tout habillé. Il s'endormit immédiatement.

*
**

– Vous avez touché le bingo!

La voix de Stanley Fawcett frémissait d'excitation. Malko venait de regagner le consulat. Le soleil brûlant inondait Rio, la plage d'Ipanema grouillait de monde, et, dans le centre, la chaleur était encore plus accablante. Pourtant, il était déjà presque six heures du soir.

– C'est-à-dire? demanda ce dernier encore mal réveillé.

– Le compte de l'île de Man d'Ishan Kambiz a été approvisionné par une entité contrôlée par les services spéciaux iraniens. Nous avions déjà repéré des transferts à partir de cette entité au profit de groupuscules terroristes manipulés par le Hezbollah. En particulier certaines sommes versées en contrepartie de la remise des otages de Beyrouth. Un des comptes d'Ishan Kambiz est également utilisé par le groupe Abu Nidal, qui y fait transiter des fonds en provenance de Libye.

– Et le plutonium 239 dans tout cela?

– Je pense que le virement de cent millions de dollars est relatif à notre affaire. Aucune autre transaction ne justifie une somme pareille. Et je crois également que c'est imminent.

– Pourquoi?

Le directeur adjoint de la CIA eut un rire discret.

– Les Iraniens ne sont pas fous. Cet argent rapporte en ce moment environ trente mille dollars *par jour*. Intérêts dont bénéficie Ishan Kambiz. Ils se sont sûrement dessaisis de ce pactole parce que le dénouement de l'affaire était proche.

C'était bien raisonné.

– Quelles sont vos intructions? demanda Malko.

– Faites parler Ishan Kambiz, demanda Stanley Fawcett. Grâce à votre enquête, nous connaissons maintenant les grandes lignes de cette opération, qui confirment mes informations antérieures. Ishan Kambiz a trouvé un vendeur de plutonium 239, en Russie, et se prépare à l'acheter pour le compte de l'Iran. Je veux connaître l'identité du vendeur et la façon dont le plutonium 239 doit être livré.

– Et ensuite, en admettant qu'il parle?

– J'ai déjà commencé à négocier une exfiltration avec les Brésiliens. Un jet privé de la Company viendra le chercher à Rio, avec le feu vert de Brasilia. Mais cela demande de tordre quelques bras.

– A propos, demanda Malko d'une voix suave. Vous ne m'avez pas dit *comment* il fallait faire parler Ishan Kambiz. Vous n'ignorez pas qu'il y a certaines choses que je ne ferai jamais.

Il y eut un silence pesant au bout du fil. Puis Stanley Fawcett dit d'une voix neutre :

– Mr. Milton Brabeck maîtrise parfaitement ce genre de problème. Dites-lui de ma part d'utiliser la méthode « breaking point ». Il sait de quoi il s'agit et l'appliquera sans cruauté inutile. Nous sommes hélas aux prises avec des gens qui ne respectent rien et l'enjeu est trop important pour nous en tenir à un légalisme respectable mais impuissant. Il s'agit de l'équilibre de toute une région du monde et de la vie de centaines de milliers de personnes. Cela dit, je respecte votre éthique. A plus tard.

Il raccrocha, coupant ainsi court à toute discussion. Laissant Malko très mal à l'aise. C'était la guerre et la guerre n'est pas toujours propre. Débat vieux comme le monde.

Malko alla réveiller Chris Jones qui mit plusieurs secondes à reprendre contact avec la réalité. Il alla remplacer Milton Brabeck qui rejoignit Malko. Ce que lui dit ce dernier lui arracha une grimace.

– Qu'est-ce que c'est que la méthode « breaking point »? interrogea Malko.

– On brise les doigts du sujet, expliqua Milton

Brabeck. Evidemment, ce n'est pas très agréable... Mais enfin, on n'en meurt pas.

– Vous êtes prêt à exécuter cet ordre?

Milton Brabeck leva un regard obéissant sur Malko.

– Oui, fit-il.

– Très bien, dit Malko, réveillez Ishan Kambiz et amenez-le ici. On va essayer d'éviter les choses pas très agréables, comme vous dites.

L'Iranien apparut quelques instants plus tard, ses rares cheveux en bataille, grisâtre, mais une lueur furibonde dans ses petits yeux noirs. Il apostropha Malko violemment.

– Vous allez payer très cher vos exactions, lança-t-il. Tout cela est totalement illégal.

Malko le toisa avec froideur.

– Est-ce légal de financer des groupes terroristes ou d'acheter clandestinement du plutonium 239 pour le revendre à une puissance qui désire construire des armes nucléaires d'agression?

– Je ne sais pas de quoi vous parlez, répliqua Ishan Kambiz. Je suis retenu ici contre mon gré et vous m'avez volé des documents confidentiels. Vous ne perdez rien pour attendre.

– Mr. Kambiz, fit Malko, je veux savoir qui vous vend ce plutonium et de quelle façon vous allez en prendre livraison.

– J'ignore de quoi vous parlez.

– Les services secrets iraniens vous ont viré cent millions de dollars, dit Malko. Ce n'est pas pour acheter du plutonium 239?

Kambiz pâlit. La CIA n'avait pas traîné dans l'analyse des documents. C'était une catastrophe qu'ils se soient emparés de son attaché-case. Il serait obligé de changer beaucoup de choses après cela. Devant son silence, Malko annonça :

– Mr. Kambiz, je vais être obligé d'avoir recours à des méthodes déplaisantes pour vous...

Avant qu'Ishan Kambiz puisse répondre, Zakra surgit dans la pièce. En voyant l'Iranien, elle explosa.

– Vous n'avez pas encore tué cette ordure?

Cette interruption fit entrevoir à Malko une possibilité d'éviter la méthode « breaking point ». Abandonnant provisoirement Ishan Kambiz, il entraîna Zakra dans le living-room. La jeune Kirghize avait les yeux injectés de sang et le teint gris. Elle se laissa tomber à côté de lui sur le profond canapé.

– Tu as encore mal? demanda Malko, devant les pansements adhésifs qui parsemaient son corps.

– Je m'en fous, dit-elle. Laisse-le-moi. Chez nous, au Kirghiztan, on règle ses comptes soi-même.

– Qu'est-ce que tu veux faire?

– Le tuer, bien sûr. Hier, si tu n'étais pas arrivé, je me jetais dans le vide, pour leur échapper.

– Il ne faut pas le tuer, fit Malko.

Elle le regarda, soudain pensive.

– Qui es-tu? Pour qui travailles-tu?

– Je te l'expliquerai, promit Malko. mais, toi, dis-moi quelque chose. Qui t'a remis le collier?

– Le collier?

Elle semblait faire un effort pour s'en souvenir. Puis son regard se fixa sur Malko.

– Ça t'intéresse? Eh bien, tu le sauras si tu me donnes un couteau et que tu me laisses seule avec lui.

– Je ne peux pas, protesta Malko.

Zakra se leva et quitta la pièce. A nouveau, la nuit tombait sur Rio. L'attitude de Zakra l'intriguait. La panthère rusée, indépendante, intelligente et ambitieuse s'était muée en une créature instable, obsédée par une vengeance qui ne lui rapporterait rien. L'atavisme kirghize revenait au galop. La jeune femme ne semblait plus accessible au raisonnement. En plus, la plongée dans le monde fou du Carnaval de Rio lui avait visiblement fait sauter les neurones.

Déstabilisée, elle ne trouvait plus ses marques. Ou alors, c'était la mort frôlée qui avait changé son approche des choses. Pour l'instant, Malko n'avait pas le temps de faire de l'introspection. Il fallait faire parler Ishan Kambiz, puisque Zakra se refusait à collaborer.

A regret, il retourna dans la chambre où se trouvaient Milton Brabeck et Ishan Kambiz. Ce dernier lui adressa une bordée d'injures.

– Sale impérialiste! On vous tuera tous. Maudite soit ta chienne de mère! L'Islam vaincra, vous serez tous réduits en cendres...

Le vernis craquait.

– Milton, dit calmement Malko, appliquez à Mr. Kambiz la méthode « breaking point ».

Le premier hurlement frappa ses tympans dix minutes plus tard.

***

Milton Brabeck rejoignit Malko dans le grand living blanc et annonça :

– Je lui ai cassé trois doigts. Il n'a rien dit.

Son regard croisa celui de Malko, qui y lut bien des choses. L'entraînement, c'était une chose, la pratique, une autre... Sans un mot, il alla au bar et se versa une rasade de Gaston de Lagrange XO qu'il avala d'un coup. Dommage de ne pas le savourer, mais il en avait vraiment besoin.

– Vous pensez qu'il va parler?

Milton secoua lentement la tête.

– Honnêtement, non. C'est un dur et il n'a que dix doigts.

C'était l'impasse. Milton, timidement, proposa alors :

– J'ai une idée. Un truc qui ne l'abîmera pas, mais qui peut être vachement efficace.

Il expliqua son idée. Ce n'était sûrement pas une méthode recommandée par la Ligue des Droits de l'Homme, mais au point où ils en étaient...

La possession par un pays comme l'Iran d'armes

nucléaires, c'était l'horreur absolue, la perspective soit d'un chantage au terrorisme atomique, soit d'une attaque meurtrière contre ses voisins ou même les Etats-Unis, tant était immense le fanatisme des ayatollahs. A côté de cette menace, quelques fractures ne pesaient pas lourd...

***

– Salauds, laissez-moi !

Ishan Kambiz tenait en l'air sa main gauche dont l'auriculaire, l'annulaire et le médius étaient bleuâtres et enflés. En dépit de cela, il se débattait comme un beau diable.

– Je n'ai plus de temps à perdre, répliqua Malko. Vous allez répondre à mes questions.

– Je ne sais rien ! cracha l'Iranien. Allah Akbar.

Malko, sans lui répondre, fit un signe aux deux gorilles. Ceux-ci empoignèrent Kambiz, le traînant vers la rambarde dominant le trottoir, dix-huit étages plus bas. Milton Brabeck le lâcha. Chris Jones, avec sa force herculéenne, le saisit solidement aux poignets et le fit passer par-dessus le parapet, au-dessus du vide !

– Non ! Arrêtez ! J'ai le vertige.

Les hurlements d'Ishan Kambiz s'étranglèrent très vite, tant la terreur lui resserrait le larynx. Il se débattait faiblement, s'accrochant de sa main valide aux poignets de Chris Jones. Malko, surmontant son dégoût devant des méthodes aussi barbares, apostropha l'Iranien :

– Kambiz, lança-t-il. Vous êtes déjà responsable de la mort de centaines d'innocents. Le trafic de plutonium pourrait en faire tuer des centaines de milliers. Je veux que vous me disiez *tout* ce que vous savez. La force de mon ami n'est pas sans limite. Lorsqu'il n'en pourra plus, il vous lâchera. Vous n'avez plus beaucoup de temps.

– Il est lourd ce salaud, remarqua Chris Jones en contrepoint.

En bas, les automobiles défilant sur l'Avenida Vieira Santo ressemblaient à des jouets. Etant donné l'obscurité, personne ne pouvait distinguer l'homme collé à la paroi.

Il ne dut pas s'écouler plus de dix secondes avant qu'Ishan Kambiz glapisse d'une voix étranglée :

– Je vais parler! Je vais parler! Remontez-moi.

– Parlez d'abord, dit Malko.

Il n'éprouvait aucune compassion pour l'Iranien qui s'engraissait sur les cadavres et le fanatisme.

– Que voulez-vous savoir? demanda Ishan Kambiz, d'une voix étranglée.

– Qui vous vend le plutonium?

– Pavel! Pavel Sakharov. Un Russe.

Pavel! l'homme mystérieux qui avait éliminé Nazarbaiev, le nouvel amant de Zakra. Ce ne pouvait être que lui.

– Qui est-il?

– Un général du KGB.

– Où est-il?

– Pour le moment à Budapest, mais il voyage beaucoup. Il est basé à Moscou.

– Comment devez-vous le contacter?

– Je devais donner un message à la fille. Avec un ordre de virement pour les échantillons.

– Combien?

– Un million de dollars.

– Et ensuite?

– Il doit me livrer. En Hongrie. Je ne sais pas où.

Chris Jones fit un léger mouvement et l'Iranien hurla aussitôt.

– Il va me lâcher! Il va me lâcher!

– Pas tout de suite, fit Malko, après avoir consulté Chris Jones d'un regard. Sur quelle quantité de plutonium 239 porte cet accord?

– Quatre-vingts kilos, murmura Ishan. Je vous en prie, remontez-moi. Il va me lâcher.

Maladroitement, il essayait d'accrocher ses pieds à la paroi lisse du building. Quatre-vingts kilos! Malko en avait froid dans le dos... De quoi confectionner une dizaine de bombes nucléaires. L'horreur absolue.

– C'est pour votre pays, n'est-ce pas?

De nouveau, Ishan Kambiz leva la tête et ce qu'il vit le tétanisa d'horreur.

– Oui! hurla-t-il, oui!

Zakra s'était glissée doucement derrière Chris Jones. Impassible, elle promena le tranchant effilé du poignard d'Hashemi sur le poignet du gorille. Chris Jones sursauta sous la douleur et ses doigts se desserrèrent imperceptiblement. Ce fut assez pour que le poignet de l'Iranien lui glisse entre les mains... Pendant quelques secondes, il parvint à le retenir. Mais Ishan Kambiz hâta sa propre fin en gigotant comme un damné.

Brutalement, il disparut, comme aspiré vers le sol.

– Ahahahahahah!

Son hurlement de terreur leur glaça le sang dans les veines. Malko détourna les yeux. Horrifié, Chris Jones vit le corps s'écraser sur le trottoir de mosaïque et rebondir, pour retomber définitivement.

– *Holy shit!* murmura le gorille, livide.

Il ne sentait même plus la coupure de sa main. Les trois hommes se regardèrent, sous le choc. Zakra leur jeta un regard plein de mépris, murmurant des injures dans sa langue natale. Elle était la seule à ne laisser paraître aucune émotion. Malko avait envie de vomir. A chaque mission pour la CIA, il abandonnait un peu de son éthique. Son voyage au Brésil se terminait bien mal.

– Je peux partir? lança Zakra.

Malko se retourna vers elle, bouillant de fureur. Si elle avait été moins têtue, il n'aurait pas été obligé de se livrer à ces extrémités... D'un coup, sa vengeance accomplie, elle semblait avoir retrouvé toute sa morgue et son assurance.

Légèrement déhanchée, elle fixait Malko, une lueur ironique au fond de ses yeux noirs. Certaine qu'il allait dire « oui. ».

– Il n'en est pas question, répliqua-t-il, glacial.

Le regard de Zakra vacilla à peine.

– Pourquoi? lança-t-elle, pleine de défi. Je n'ai plus rien à faire ici, non?

Chris Jones et Milton Brabeck la contemplaient, sidérés par tant d'audace. Machinalement, Chris tamponnait les coupures de sa main avec son mouchoir.

– Moi, j'ai encore à faire avec toi, fit Malko.

Son cerveau travaillait à la vitesse de la lumière. La mort d'Ishan Kambiz était certes regrettable, mais elle le mettait, grâce aux informations communiquées par l'Iranien, dans une situation particulièrement favorable pour remonter jusqu'au vendeur de plutonium 239. A un détail près. Il avait besoin de Zakra.

– Pourquoi faire? lança la jeune Kirghize.

– Pour m'accompagner à Budapest, annonça Malko.

CHAPITRE XIII

Zakra fixa Malko avec un mélange d'incrédulité et de fureur, puis son regard devint fixe. Dans le lointain, la sirène d'une ambulance commença à hululer.

– Jamais, fit-elle. Je ne veux plus entendre parler de tes histoires. J'ai déjà failli y laisser ma peau. Je rentre à Budapest. Seule. Et toi, tu vas au diable.

L'atmosphère s'était brutalement tendue. Malko, sans dire un mot plus haut que l'autre, annonça :

– A la seconde où tu t'en vas, j'appelle ton ami Pavel dont je connais maintenant le nom et je lui dis que c'est toi qui me l'as appris. Et aussi que tu l'as trahi à mon profit.

– Salaud! Ce n'est pas vrai.

Le buste en avant, la lèvre supérieure retroussée, Zakra ressemblait à un fauve prêt à bondir. Si elle avait encore tenu le poignard d'Hashemi, elle l'aurait sûrement planté dans le ventre de Malko.

– Tu auras du mal à te disculper, remarqua Malko sans s'énerver. Les apparences sont contre toi...

– Si tu fais ça, il va me tuer, lança Zakra d'une voix étranglée par la fureur et la peur.

– Ce n'est pas impossible, reconnut Malko, mais il ne tient qu'à toi d'éviter cette solution désagréable.

Zakra demeura silencieuse, comme si elle donnait à son cerveau le temps de s'imprégner de la proposition de Malko.

– Qu'est-ce que tu veux de moi? demanda-t-elle au bout d'un silence pesant. Et pourquoi Pavel t'intéresse-t-il tellement?

Visiblement, son pragmatisme reprenait le dessus.

– Tu sais en quoi est fait le collier que tu portais en arrivant?

– En or, non?

– Non, en partie seulement. Le reste c'est du plutonium.

– C'est quoi?

– Ça sert à faire les bombes nucléaires et ça vaut très cher. C'est bien ton ami Pavel Sakharov qui te l'a donné?

– Oui. Et alors?

– Alors, tu as servi de courrier pour transporter des échantillons de plutonium 239 que Pavel Sakharov voulait vendre à Ishan Kambiz. Pour une somme colossale.

– C'est quoi, une somme colossale? demanda Zakra, subitement intéressée.

– Rien que pour ce collier, ton ami Pavel va toucher un million de dollars. Soixante millions de roubles, précisa-t-il.

Il eut l'impression d'avoir donné un coup de poing à Zakra.

– Soixante millions de roubles! répéta rêveusement la jeune Kirghize.

– Oui, continua Malko. Cet argent devait être viré au compte que doit posséder Pavel hors de Russie. Seulement, Ishan Kambiz, qui devait effectuer le virement, est mort.

Zakra lui envoya un regard interrogateur.

– Et alors?

– Alors, dit Malko, si tu reviens à Budapest en disant que tu as remis le collier, sans parler de ce qui est arrivé ensuite, Pavel va très vite comprendre qu'il se passe quelque chose d'anormal en ne recevant pas son argent... Et c'est à toi qu'il va poser des questions. Peut-être pas d'une façon agréable...

– Je ne vois pas où tu veux en venir.

– J'ai récupéré les références des comptes bancaires de Kambiz, expliqua Malko. J'ai accès à eux. Je peux donc, quand Pavel me donnera les références de son compte, lui faire virer son million de dollars...

– Mais pourquoi Pavel te donnerait cette information?

– Parce que nous allons revenir ensemble à Budapest, toi et moi, conclut Malko. Tu vas expliquer à Pavel que je suis le bras droit d'Ishan Kambiz et que j'ai l'argent. Bien entendu, tu ne lui dis pas qu'il est mort. Il ne le saura pas tout de suite. Nous allons y veiller. Ton rôle s'arrête là.

– Mais pourquoi tu fais tout cela?

– Je veux acheter à Pavel le plutonium qu'il voulait vendre aux Iraniens, expliqua Malko.

– Qu'est-ce que tu veux en faire?

La question était si naïve qu'il fut tenté de sourire.

– Je ne suis qu'un intermédiaire, expliqua-t-il.

Zakra s'ébroua, dépassée.

– *Karacho, karacho!* Et moi, ça me rapporte quoi de mentir à Pavel?

– Un passeport américain et un million de dollars.

– Américain, pas autrichien?

– Oui.

Le regard de la Kirghize s'éclaira.

– Ah, tu travailles avec les *Amerikanski*...

– Peu importe, coupa Malko. Tu auras ton passeport et soixante millions de roubles. Et en plus, ajouta-t-il, tu auras rendu un sacré service à l'humanité en général et au Moyen-Orient en particulier. Tu es musulmane, non?

Zakra haussa les épaules.

– L'humanité, elle, ne m'a rendu aucun service. Et les musulmans, je m'en tamponne. Ils peuvent crever. Je n'ai jamais ouvert un Coran de ma vie.

– Alors, tu es d'accord?

– Oui, dit-elle après quelques instants d'hésitation.

– Bon, nous allons retourner au *Caesar Park*, proposa Malko. Et demain, nous reprenons Air France pour Paris et Budapest.

Il passa l'appartement au peigne fin. Bien sûr, son plan était hyper-risqué, car il ne connaissait pas toutes les précautions dont s'était entouré Ishan Kambiz. Tout allait peut-être lui exploser à la figure au premier contact.

Seulement, il était impossible de laisser dans la nature quatre-vingts kilos de plutonium 239. Or, liquider ou faire arrêter par les Hongrois le mystérieux Pavel Sakharov ne servirait à rien. Il n'était sûrement pas en possession du plutonium 239 et ne pourrait être inquiété longtemps. Remis en liberté, il n'aurait plus qu'à trouver de nouveaux acheteurs.

Zakra pouvait apporter la touche de vérité à la « légende » de Malko, à condition qu'elle joue le jeu.

Le tout, ensuite, était de faire vite. Avant que les Iraniens ne se réveillent. Normalement, d'après ses billets d'avion, Ishan Kambiz aurait dû être en train de voler vers l'Iran. En ne le voyant pas, ses commanditaires allaient s'inquiéter. Mais, les communications étant sûrement difficiles, ils penseraient peut-être qu'il était retourné à Budapest.

Ce qu'il fallait, c'était éviter toute publicité intempestive à la mort de Kambiz, et, à celle de ses trois gardes du corps. Cela ne pouvait se faire qu'avec la collaboration des autorités brésiliennes. C'était à la CIA de jeter tout son poids dans la bataille.

Du côté de Pavel Sakharov, Malko voyait moins de danger immédiat. Apparemment, il n'avait pas de lien direct avec Kambiz. En voyant débarquer à Budapest le « fondé de pouvoir » de l'Iranien avec le million de dollars, le Russe n'avait pas de raison de se méfier. D'autant que le récit serait corroboré par Zakra.

Il restait, hélas, tous les impondérables, dont chacun pouvait déclencher une catastrophe.

Zakra pouvait trahir. Il y avait peut-être un code entre Sakharov et Kambiz. Les Iraniens pouvaient se manifester plus tôt que prévu...

La liste était longue et non limitative... Zakra sortit la première de l'ascenseur, encadrée de Chris et Milton, et ils traversèrent le hall envahi de policiers brésiliens. Prudente Freitas demeurait sur place pour éviter la curiosité de ses collègues de la police de Rio, en attendant que Malko puisse faire les interventions nécessaires.

A quelques mètres de là, un petit groupe de badauds entourait un périmètre délimité par des rubans jaunes où une tache sombre souillait le trottoir de mosaïque. L'endroit exact où Ishan Kambiz avait terminé son existence. Une ambulance avait depuis longtemps emporté ce qui restait du corps.

La course contre la montre commençait.

Malko déposa Zakra à l'hôtel sous la garde des gorilles et fila au consulat américain. Il était urgent de communiquer à Langley le nom de l'homme qui vendait du plutonium 239.

*
**

Le Boeing 737 d'Air France commença sa descente sur Budapest. Zakra avait ouvert les yeux depuis un moment et regardait le paysage d'un air absent.

De sa part, Malko avait peu appris de neuf. La description physique de Pavel Sakharov et quelques détails sur la vie qu'il menait à Budapest. Elle ne connaissait d'ailleurs même pas son nom. Grâce à Langley, Malko, lui, en savait beaucoup plus depuis quelques heures.

L'ordinateur central qui avait en mémoire des milliers de noms avait craché tout sur le général du KGB Pavel Ivanovitch Sakharov. Une carrière assez effacée qui ne l'avait jamais mené hors des frontières de l'Union soviétique, sauf pour une période de trois ans en Syrie. Le reste du temps, il avait eu diverses fonctions au sein du deuxième Directorate, chargé de la sécurité intérieure.

Jusqu'à son dernier poste, au MSB, comme directeur de la sous-direction chargé de la protection du nucléaire.

Il avait donné sa démission au KGB trois mois plus tôt, faisant valoir ses droits à une retraite bien méritée de 1176 roubles par mois exactement. De quoi ne pas mourir de faim.

Heureusement, il avait pris la présidence de la société ISOTOP dont les activités légales prospéraient.

Zakra se redressa sur son siège, soudain nerveuse. Pourtant, le voyage s'était passé sans histoire depuis Rio. Grâce aux pressions du FBI et de la CIA, la police de l'Etat avait classé sans suite la mort d'Ishan Kambiz, l'attribuant à un suicide consécutif à une dépression.

D'autant que la CIA avait obtenu de la Police Fédérale l'autorisation d'établir une discrète bretelle sur les téléphones de l'Iranien. Ainsi, ses correspondants s'entendaient dire par une voix portugaise que le senhor Kambiz était en voyage pour plusieurs semaines. Pour les trois morts, c'était encore plus simple : ils avaient été transportés à la morgue sans aucune pièce d'identité, ayant été trouvés sur la voie publique.

Les Américains avaient même obtenu que le certificat de décès soit établi au nom d'Emilio Suza, celui d'un des faux passeports de l'Iranien. Aucune publicité n'ayant été donnée à ce décès, les Iraniens ne découvriraient pas immédiatement sa mort. Il fallait que Malko ait bouclé son opération d'ici là. Il regarda les champs enneigés au-dessous de l'appareil. En trois jours, la CIA avait bien travaillé. Il arrivait à Budapest avec une identité toute neuve : Herr Rudolph Müller, avec un bureau à Frankfurt am Main reprenant le sigle d'une des infrastructures d'Ishan Kambiz. Il s'agissait en réalité d'un local de contact de la CIA et le téléphone aboutissait dans le bureau du chef de station de Bonn.

De ce côté-là, il était couvert. Il y avait une chance minuscule pour que l'officier du KGB Pavel Sakharov le connaisse physiquement. Peu probable, puisqu'il n'avait jamais travaillé au Premier Département, celui en contact avec l'étranger. Pour tout le reste, Malko pouvait faire face. Une seule inconnue : Zakra. La jeune Kirghize tenait son sort entre ses mains. Heureusement, il y avait l'attrait du passeport, de l'argent et d'une nouvelle vie à l'Ouest.

Le « 737 » sortit son train et la Kirghize se tourna vers lui.

– Nous arrivons, remarqua-t-elle d'une voix en apparence indifférente.

Le voyage s'était bien déroulé. Grâce à la rapidité des arrivées et des départs à Roissy 2, ils avaient eu le temps de faire un saut à Paris que Zakra voulait voir à tout prix. Au passage, elle avait craqué pour une somptueuse robe du soir de Balenciaga toute de dentelle noire, au décolleté vertigineux, que Malko n'avait pu refuser à la jeune Kirghize.

– Tu sais ce que tu dois faire?

– Oui. Je vais voir Pavel et je lui dis que tu es revenu avec moi, et qu'avant de le voir, tu veux lui payer le collier. Qu'il te fasse parvenir un numéro de compte bancaire.

– Et ensuite?

– Tu veux le rencontrer pour terminer l'affaire le plus vite possible.

– Où vas-tu habiter?

– Comme avant, je pense, dans l'appartement de Karim, derrière l'hôtel *Penta*. Je t'ai donné l'adresse.

Choc des roues sur la piste.

– Il va sûrement te questionner, insista Malko. Tu parles le moins possible. Tu as vu Ishan seulement une fois, le soir du bal à *la Scala,* où tu lui as donné le message. Il t'a présenté à moi et tu m'as retrouvée ensuite à l'aéroport.

– Et mes blessures?

– Tu as été attaquée sur la plage par des voyous. Nous allons nous séparer à l'aéroport. Il est possible qu'il te fasse surveiller. Moi, je vais au *Hilton*. Tu connais mon nom. Rudolf Müller. Cela suffit. Fais attention, si ça tournait mal, c'est à toi qu'il s'en prendra d'abord.

– Je sais, soupira Zakra.

La CIA avait décidé de ne pas mettre encore au courant les autorités hongroises. Quant au plutonium 239 du collier, il se trouvait déjà aux Etats-Unis.

Le policier de l'immigration feuilleta distraitement le passeport allemand de Malko et le lui rendit avec un large sourire. Les Hongrois comptaient beaucoup sur leurs voisins de l'Ouest pour redresser leur économie.

***

Pavel Sakharov éprouvait une impression indéfinissable : une vague, très vague anxiété qui lui donnait des brûlures d'estomac. Il regarda Zakra moulée dans une robe brésilienne collante comme un gant et guère plus longue qu'un tee-shirt, bronzée, les seins débordant, infiniment désirable. Même les cicatrices qui parsemaient ses cuisses, son ventre et ses seins ne l'enlaidissaient pas. Attablée au bar, elle buvait un Cointreau « on ice », bavardant avec les autres entraîneuses de l'*Eden* qui, elles, le buvaient à la Russe, comme de la vodka.

Sa robe panthère déclenchait les fantasmes des clients qui la réclamaient tous. D'un geste dédaigneux, elle les dirigeait vers les autres femmes.

Soudain, elle aperçut Pavel Sakharov qui lui faisait signe, à l'entrée du couloir menant à son bureau. Elle glissa de son tabouret et le rejoignit, le suivit dans son bureau et referma la porte derrière eux.

– Qu'est-ce qu'il y a? demanda-t-elle.

– Je te regardais sur l'écran de contrôle, dit-il. J'ai eu envie de te voir de plus près

Zakra fit un pas en avant et vint s'appuyer à lui, fondante.

– Eh bien? je suis là.

Malgré son self-control, Pavel Sakharov sentit une coulée de lave envahir ses reins. Personne ne pouvait résister au magnétisme sexuel de Zakra. Elle posa la pointe d'un escarpin sur une chaise et sa robe remonta presque jusqu'au pubis, découvrant un minuscule slip noir perdu au milieu de son sexe. Son regard plongé dans celui de Pavel, avec un drôle de sourire qui lui tordait un peu la bouche, elle farfouilla à l'aveuglette, finissant par extraire ce qu'elle voulait.

Pavel Sakharov n'eut même pas à remonter la robe panthère. Guidé par les doigts habiles de Zakra, il s'enfonça en elle d'un seul coup. Tout le corps de la jeune femme frémit et elle lui mordit le cou pour ne pas hurler. Mais au moment où elle le croyait en pleine euphorie, le ventre plein de lui, le Russe demanda d'une voix calme :

– Tu m'as vraiment tout dit de ton voyage?

Zakra eut un sursaut de fureur.

– Salaud! C'est à ça que tu penses quand tu me baises!

Ce fut comme si le cercle de fer qui oppressait Pavel Sakharov avait brusquement cédé. C'était la première fois que la Kirghize lui parlait sur ce ton. Et cela lui inspira confiance. Ses doutes envolés, il l'appuya au bureau et se mit à la labourer à puissants coups de reins.

Quand il explosa tout au fond de son ventre, Zakra trembla de tous ses membres, le maquillage coulant sur son visage.

Après avoir repris son souffle, le Russe se dégagea et lui dit d'une voix inhabituellement douce :

– Retourne dans la salle. J'ai des choses à faire ici.

Zakra tira sur sa robe et obéit. Elle émergea dans la salle d'une démarche ondulante, lascive, balançant sa croupe incendiaire, ses cheveux flamboyant sur les épaules. La plus belle bête de sexe qu'on puisse imaginer. Aux Olympiades des allumeuses, elle avait la médaille d'or. Elle se cala dans un boxe, un Cointreau tout neuf devant elle, le ventre encore brûlant. Depuis son voyage à l'Ouest, elle ne buvait plus de vodka. Depuis son retour, elle vivait dans une terreur secrète permanente. Pavel Sakharov semblait avoir cru son histoire, mais n'avait pas levé le petit doigt pour contacter le fondé de pouvoir d'Ishan Kambiz. A chaque seconde, Zakra s'attendait à ce qu'il la convoque dans le bureau pour la faire écarteler vivante par ses Tchéchènes.

Pavel lui inspirait une peur animale à cause de sa froideur, de sa maîtrise. Il semblait n'être qu'un cerveau. Même quand il lui faisait l'amour, il paraissait détaché, alors que tous les hommes rencontrés par Zakra auraient fait le tour de la terre en rampant pour avoir le droit de se servir de son corps magnifique. Elle avait l'impression que si elle brisait cette carapace de glace, elle aurait moins à craindre de lui, qu'il pourrait moins lui dissimuler ses véritables pensées. Plusieurs fois, depuis son retour, elle l'avait provoqué sexuellement sans obtenir autre chose qu'une étreinte tiède.

C'était la première fois qu'elle le voyait déchaîné. Elle sentait instinctivement que c'était sa colère – réelle – qui avait fait tomber les barrières du Russe.

Elle trempa ses lèvres dans son Cointreau et se mit à sucer un glaçon. Pourvu que cette histoire se termine vite.

*
**

Pavel Sakharov tirait sur son cigarillo, à peu près apaisé. Son bureau était une bulle de calme au milieu de l'*Eden*. Heureusement, car il avait toujours eu horreur des cabarets, de la musique moderne et des prostituées. Il lui avait fallu faire un effort considérable sur lui-même pour se glisser dans la peau d'un mafioso.

Mais ce n'était que provisoire. En quelques semaines, il avait pris la place de Karim Nazarbaiev et c'était parfait ainsi. Qui aurait soupçonné un minable mafioso ukrainien d'un trafic de l'importance du plutonium 239? Il était tous les soirs à l'*Eden* et continuait la politique de son prédécesseur, s'emparant peu à peu de toutes les boîtes de Budapest.

Seuls, trois de ses hommes savaient qui il était vraiment. Pour les autres, il venait de Moscou, après un accord avec la mafia de Kiev. Clandestin total, les Hongrois n'avaient pu le repérer. Chaque fois qu'il lui fallait téléphoner en Russie, il se rendait à la poste. Le message transmis par Zakra l'avait laissé perplexe et vaguement inquiet.

Apparemment et comme cela avait été prévu, Zakra avait servi de commissionnaire sans comprendre de quoi il s'agissait. A plusieurs reprises, elle lui avait réclamé le collier remis d'après elle à l'Iranien, lors du bal des Travestis et c'était bon signe. D'après elle, Kambiz le lui avait enlevé pour qu'elle ne le perde pas et avait oublié de le lui rendre. Pavel avait prévu de lui en offrir un autre.

L'attitude de Zakra, ce soir, lui avait ôté les derniers doutes sur une possible trahison. Il ouvrit une poche intérieure de sa veste fermée par un zip et y prit un carnet marron. Après l'avoir ouvert à la bonne page, il griffonna quelque chose sur une feuille de papier, la plia et la mit dans une enveloppe. Ensuite, il ferma le bureau et regagna la salle de l'*Eden*.

Zakra était dans un coin, seule devant son Cointreau « on ice » où il ne restait plus que des glaçons. La musique assourdissante fit vibrer désagréablement ses tympans. Il alla la rejoindre et lui tendit l'enveloppe.

– Porte ça au *Hilton*, demanda-t-il.

CHAPITRE XIV

– Est-ce que cela va aller?

Le petit homme fluet aux yeux très bleus qui semblaient perpétuellement noyés de larmes arborait une expression si anxieuse qu'elle en était comique. Malko compara un des documents qu'il tenait, trouvé dans l'attaché-case d'Ishan Kambiz, et celui que lui tendait Mark Tyselman, spécialiste en faux de la Technical Division de Langley. C'était un ordre de virement d'un million de dollars au profit du compte indiqué par Pavel Sakharov, avec une signature parfaitement imitée d'Isham Kambiz, suivie du code secret trouvé par Malko dans ses papiers.

– C'est parfait, dit Malko. Qu'en pensez-vous, Alan?

– Tout à fait étonnant, reconnut le chef de station de Budapest.

Mark Tyselman était arrivé de Londres trois heures plus tôt et s'était mis au travail immédiatement, dans un bureau voisin de celui d'Alan Spencer.

– Avez-vous découvert quelque chose sur ce compte? interrogea Malko.

– Non, avoua l'Américain. Il est à Zürich, au nom d'une antstalt lichtenstanoise dont il est impossible de percer à jour le véritable propriétaire. Nous l'avons criblé à l'ordinateur, mais c'est la première fois qu'il apparaît.

– Est-ce que cela peut venir de Russie? interrogea Malko.

– Bien sûr, confirma Alan Spencer. N'importe qui peut ouvrir ce genre de compte qui est totalement protégé. Il faudrait une longue enquête pour trouver le vrai bénéficiaire. Nous savons que beaucoup d'apparatchiks soviétiques et de membres du KGB ont ouvert des comptes étrangers numérotés ou secrets.

La veille au soir, Malko avait trouvé une enveloppe dans sa case au *Hilton* avec simplement ce numéro de compte et un intitulé. Il était maintenant prêt à procéder au virement par le débit du compte « iranien » d'Ishan.

– Quand espérez-vous une réaction? demanda le chef de station.

– A mon avis, très vite, fit Malko.

Un virement ne prenait que quelques heures.

Si Pavel recevait son million de dollars, il y avait de fortes chances qu'il accélère les négociations.

– Pourvu que ça marche! soupira l'Américain.

L'idée d'utiliser de l'argent iranien pour retourner la situation le remplissait d'une joie saine. Teintée quand même d'une vague inquiétude.

– Et les Iraniens? demanda-t-il.

– J'y pense, dit Malko. Nous n'avons aucun moyen direct de savoir où ils en sont. Mais j'ai une piste à explorer ici, à Budapest.

En attendant la réaction de Sakharov, il avait de quoi s'occuper. Pour l'instant, il valait mieux rester à l'écart de la pulpeuse Kirghize... Ils avaient décidé également de n'exercer aucune surveillance autour de l'*Eden* ou de l'usine désaffectée de Révész utça. Pour ne pas risquer d'alerter Pavel Sakharov.

*
**

Stationné sur un arrêt d'autobus, juste en haut de la rue Alkotmány, Malko surveillait l'entrée du restaurant

Semiramis. Il avait d'abord été y faire un tour. En bas, un petit bar où une serveuse mafflue servait des *chawermas* comme à Beyrouth, avec des jus de fruit. La salle du haut était minuscule avec un plafond si bas qu'on pouvait tout juste se tenir debout. Une famille était en train d'y déjeuner au fond et les deux autres tables étaient libres.

Malko commençait à mourir de faim quand une voiture, une vieille Mercedes 240 verte, s'arrêta devant le restaurant. Il en sortit trois hommes, visiblement moyen-orientaux, qui pénétrèrent dans le restaurant. Malko eut un petit choc au cœur. L'un d'eux était celui qu'il avait brièvement aperçu dans l'usine désaffectée. Celui qui avait tiré sur lui sans le voir.

Il traversa la rue, releva le numéro de leur voiture et fila de nouveau à l'ambassade. Grâce à Ferencz Korvin, l'ancien flic du MVA reconverti dans le taxi, qui lui avait fourni le nom du *Semiramis*, il avait peut-être enfin une piste qui lui éviterait de gros problèmes. Si les Iraniens se doutaient de la manip, ils allaient tout faire pour prévenir leur vendeur de plutonium 239. Probablement par leur réseau en place à Budapest.

*
**

Quelque part à Damas, Mehdi Chimran décrocha un téléphone et demanda à la poste de lui donner un numéro à Rio. Comme il appelait d'un appartement appartenant au Moukhabarat (1), il obtint sa communication en quelques minutes.

Une voix portugaise lui annonça que le sehnor Kambiz était en voyage, style femme de ménage et il n'insista pas.

Mehdi Chimran était le bras droit de l'ayatollah Said Mohajerani, le vice-président du gouvernement iranien en charge du projet « Darius ». Deux milliards de

(1) Services spéciaux syriens.

dollars étaient consacrés à ce projet. L'acquisition de l'arme nucléaire était l'obsession numéro un des ayatollahs. Sur son lit de mot, Khomeini avait exhorté ses amis à y parvenir, afin de faire de l'Iran la puissance principale de la région. Sans parler des innombrables utilisations qu'on pouvait faire des projectiles nucléaires grâce aux groupes hezbollah qu'ils contrôlaient à travers le monde. Des possibilités de chantage encore jamais égalées.

Trois jours plus tôt, Mehdi Chimran avait en vain attendu Ishan Kambiz à l'arrivée du vol Zurich-Téhéran. Certes, aucun passager ne portait l'un des noms d'emprunt de l'Iranien mais Kambiz était méfiant et pouvait avoir utilisé un autre patronyme.

Mehdi Chimran avait encore attendu le jour suivant. Ensuite, il avait pris l'avion pour Damas où il s'était remis à la recherche d'Ishan Kambiz, à partir d'une base hezbollah protégée par les services syriens... Il était intrigué, mais pas encore inquiet.

Certes, des sommes colossales avaient été mises à sa disposition et l'Iran fermait les yeux sur des petits détails comme les intérêts, mais Kambiz était un homme sûr... A Beyrouth, ses domestiques ne savaient rien. Visiblement, son appartement de Rio était vide. Ses bureaux en Allemagne étaient sur répondeur. Il ne restait donc qu'une hypothèse. Pour une raison inconnue, Ishan Kambiz avait été obligé de partir pour Budapest ou Moscou, et cela, c'était plutôt bon signe... Cependant, pour être tranquille, l'Iranien préférait le vérifier.

Si Ishan se trouvait à Budapest, il avait forcément pris contact avec l'ambassade d'Iran là-bas. Il entreprit donc de rédiger un télégramme secret à l'intention du responsable de la Savama en place à Budapest, lui demandant des nouvelles. C'est lui qui avait assisté Ishan Kambiz lors de son dernier séjour en Hongrie.

***

Malko, intrigué, examinait un prospectus qu'on venait de glisser sous sa porte. Un dépliant rose vantant les délices d'une boîte, le *Pink Pussy Cats.* Dans une langue approximative, on promettait de multiples félicités aux futurs clients : top-less dancing, shows lesbiens, strip-tease. Précisant qu'on pouvait également profiter d'un « service complet », grâce aux délicieuses « chattes roses ».

Malko aurait jeté le prospectus si une main inconnue n'avait pas écrit en diagonale *Le spectacle commence à onze heures.*

Il n'avait jamais entendu parler du *Pink Pussy Cats,* mais cela ressemblait fort à la réponse au virement fait la veille au profit du compte de Pavel Sakharov. Ce dernier avait donc reçu l'argent et acceptait de rencontrer Malko. Il n'y avait plus qu'à prévenir la CIA.

Le chef de station le reçut immédiatement, et après avoir écouté Malko, suggéra :

– Appelez Tibor Zala, il doit connaître l'endroit. Je l'ai eu ce matin, il est chez lui.

Malko n'avait pas revu le stringer de la CIA. Mais c'était une bonne idée.

Il aurait préféré un contact avec Zakra. Mais la jeune Kirghize demeurait invisible et il n'osait pas s'aventurer à l'*Eden* ni aller chez elle. Officiellement, il la connaissait à peine.

– J'ai une bonne nouvelle, annonça Alan Spencer, nous avons identifié l'homme du *Semiramis.* Il s'agit d'un employé de l'ambassade iranienne. Cyrus Tadjeh. Il fait équipe avec un autre Iranien, Ali Ghotbi. Le NBH est persuadé qu'il s'agit de deux membres des services iraniens. Officiellement, ils sont gardes de sécurité. La voiture est au nom de l'ambassade.

– Ce sont probablement eux qui ont tué Stephan Sevchenko et les deux Tchétchènes, conclut Malko.

– Probablement. Je viens d'envoyer une note à la NSA lui demandant l'interception de toutes les communications téléphoniques entre Téhéran et cette ambassade.

Pour l'instant, cette piste ne menait nulle part, mais le cas échéant, représentait une sacrée assurance. Malko se promit de faire parvenir un kilo de caviar et une bouteille de Johnnie Walker au rezident du KGB. Indirectement, c'était grâce à lui qu'il avait identifié les Iraniens.

Il s'installa à un bureau voisin et appela Tibor Zala. Ils prirent rendez-vous pour déjeuner au restaurant *Sipos,* dans le vieux quartier de Obuda.

*
**

Le nom de la place « Les fils de Lénine » n'avait pas encore été changé, mais le *Sipos* était charmant, ressemblant à une petite brasserie avec ses nappes à carreaux et son orgue de Barbarie à l'entrée. Tibor Zala était toujours aussi placide et massif. Ses gourmettes cliquetèrent quand il serra la main de Malko.

– Vous êtes-vous entendu avec Zakra? demanda-t-il.

– Pas trop mal, fit Malko sans se compromettre. Vous avez du nouveau de votre côté?

– Pas grand-chose, avoua Tibor Zala. Il semble que Karim ait disparu de la circulation, et soit remplacé par un Russe ou un Ukrainien, qui continue à développer l'organisation.

– Vous connaissez le *Pink Pussy Cats*?

– Dans Wesselenyi utça? (Le Hongrois eut un sourire en coin :) C'est une boîte où il y a beaucoup de célibataires. Vous pouvez jouer, regarder des filles se gouiner ou même consommer.

– C'est contrôlé par les Russes?

– Non, par un de mes amis. Pourquoi?

– On m'y a donné rendez-vous ce soir.

– Des Russes?

– Je pense.

– Au pire, vous risquez de vous faire violer... Mais on ne voit pas beaucoup de Russes là-bas. Si vous voulez, je peux y boire un verre au bar.

– Cela m'arrangerait, accepta Malko.

– OK, j'y serai vers dix heures et demie.

Ils se concentrèrent sur leur goulash arrosé de Tokay qui se buvait comme de l'eau. Malko avait hâte d'être au soir.

*
**

Le sourire de la barmaid en short pailleté en disait encore plus que le dépliant. Luisant, humide, provocant. Elle se pencha par-dessus le bar et annonça d'une voix veloutée :

– Le spectacle est au sous-sol.

Ses seins semblaient s'adresser à Malko eux aussi. A l'étage supérieur, il y avait une sorte de loggia, avec plusieurs tables de poker d'où jaillissaient des exclamations. Deux clients, seuls au bar, regardaient d'un œil morne une vidéo porno qui passait sur un écran de télé suspendu au-dessus des bouteilles, à l'américaine.

Le *Pink Pussy Cats*, dans une rue parallèle à Rakocz, ressemblait à ce qu'il était : une boîte à putes avec tout ce qu'il fallait pour distraire ses clients. Malko descendit l'escalier en colimaçon, passant devant un vestiaire tenu par une autre hôtesse en maillot doré et pénétra dans une salle sombre avec des miroirs aux murs, et un podium éclairé au milieu où deux filles étaient en train de faire l'amour dans un silence de plomb.

Onze heures moins dix et pas de Tibor Zala.

Il prit place sur une banquette raide comme un prie-Dieu et commanda une vodka, avant de regarder autour de lui. Rien que des hommes, installés sur les banquettes. Non loin de lui, il en repéra deux particulièrement gratinés. Des crânes rasés, avec des sourcils très noirs, les traits taillés à coups de serpe, des épaules de débardeurs, des mains comme des jambons vêtus d'espèces de jogging. A eux deux, ils tenaient quatre sièges... Le spectacle des filles semblait à peine les intéresser. Malko remarqua que les serveuses les évitaient et qu'ils détonaient par rapport au reste de la clientèle, plutôt civilisée.

Onze heures dix. Personne ne s'intéressait à lui. Une meute de filles déboula des coulisses, vêtues de guêpières ou de slips en dentelle. Pas de soutien-gorge. Certaines se mirent à danser sur le podium et d'autres foncèrent sur les clients, comme des vautours.

Leur mimique avait le mérite de la simplicité. L'une d'elles s'assit sur les genoux d'une des deux « bêtes » voisines de Malko. Il eut un mouvement de recul, mais apparemment ne trouva pas le courage de la repousser. Tranquillement, la fille commença à se frotter contre lui dans le but affiché de déclencher son érection... Comme il ne réagissait pas assez vite, elle lui prit les deux mains et les plaqua sur ses seins nus. Tout autour de la salle, c'était le même spectale. Certaines se mettaient de dos, d'autres de face.

Les réactions des clients étaient variées. Certains riaient bêtement, se contentant de subir cette bonne aubaine passivement. D'autres en profitaient pour mettre leurs mains partout où ils le pouvaient. Une musique endiablée rythmait cette prestation inattendue.

De nouveau, Malko regarda autour de lui. Pas de Tibor et aucun signe d'un rendez-vous quelconque. Pour tromper son ennui, il s'amusa à observer la fille en train d'exciter celui qu'il avait surnommé la « Bête ». Elle avait encore amélioré sa technique : le dos tourné à son partenaire, elle avait calé ses escarpins de part et d'autre de sa « victime », au fond de la banquette et s'appuyait des avant-bras sur un tabouret placé devant elle. De cette façon, son sexe, uniquement protégé par un slip de dentelle noire, était en contact direct avec le bas-ventre du client. Le visage de ce dernier était violet, il respirait comme un soufflet de forge et Malko eut l'impression qu'il allait arracher les seins de la fille tant il les malaxait.

La musique s'arrêta d'un coup et, comme une volée de moineaux, les filles abandonnèrent leurs clients, s'enfuyant vers les coulisses. Toutes, sauf une. Au moment où elle bondissait de ses genoux, la « Bête » avait refermé ses énormes mains sur sa taille, la clouant au tabouret. Le cri aigu qu'elle poussa n'y fit rien. Avec un grognement sauvage, l'homme empoigna le slip de dentelle et l'arracha. Ce n'était pas prévu dans le contrat et la fille voulut s'échapper. Impossible. Sous les regards abasourdis des autres clients, la « Bête » farfouilla fiévreusement dans son jogging et en sortit un membre imposant. Apparemment, il n'aimait pas les hors-d'œuvre... La fille gigotait toujours sur son tabouret. Comme elle essayait de se relever, il la saisit à la nuque avec brutalité et l'aplatit littéralement devant lui.

– Stop!

Le patron fonçait vers le groupe, accompagné de plusieurs filles. Le voisin de la « Bête » se dressa à son tour, fit un pas en avant, et le patron eut l'impression de se heurter à un mur de béton. D'un seul revers, l'autre l'expédia sur la banquette de face. Comme les copines de la victime continuaient à piailler, il sortit soudain de sous son jogging un knout de cosaque et se mit à les cingler de toutes ses forces, les poursuivant jusque sur le podium. Leurs hurlements se confondirent avec le cri aigu de la fille sur qui l'énorme type venait de se laisser tomber de tout son poids, la clouant au tabouret comme un papillon.

Il se redressa après l'avoir solidement emmanchée, la mit debout, un bras passé autour de sa taille, et entreprit de la violer à grands coups de reins. Chaque coup la faisait tressauter comme un pantin détraqué. Il explosa avec un rugissement, s'arracha d'elle et la jeta sur le velours noir du podium.

Avant de se rajuster et de se rasseoir paisiblement...

Plusieurs choses se passèrent alors simultanément. Le patron revint à la charge, avec deux « videurs », Malko aperçut à l'entrée la silhouette massive de Tibor Zala, et une hôtesse s'approcha de lui.

– Vous êtes Herr Müller? hurla-t-elle pour dominer la musique et les hurlements.

– Oui, fit Malko.

– On vous demande au téléphone. Au bar.

Il se fraya un passage au milieu de l'empoignade, rejoint par Tibor, rassurant comme un croiseur.

– Que se passe-t-il? demanda le Hongrois.

– Ce type a violé une fille, expliqua Malko.

– C'est un Tchétchène, remarqua Tibor, je me demande ce qu'il fait là avec son copain.

Malko atteignit le téléphone. Une voix inconnue dit aussitôt :

– Mr. Müller. Deux de mes hommes vous attendent pour vous conduire à moi. Des Tchétchènes. Demandez à ce qu'on vous les désigne. Je suis désolé, je n'ai pas pu appeler plus tôt.

Malko revint vers Tibor et lui expliqua la situation. Le Hongrois alla faire le médiateur et quelques instants plus tard, sur un signe de Tibor, Malko se dirigea vers les deux Tchétchènes et leur dit en russe :

– Je suis Müller. C'est moi que vous attendiez.

– *Da*, répondit aussitôt le « violeur », le patron nous avait dit de venir vous prendre, mais on ne vous connaissait pas...

Ils se levèrent et personne ne s'opposa à leur sortie. Dans un silence de mort, Malko remonta l'escalier, encadré par les deux Tchétchènes.

Arrivés dehors, l'un d'eux annonça :

– Il faut qu'on vous bande les yeux.

Malko n'appréciait pas vraiment, mais il était difficile de résister... On lui noua solidement un torchon sale sur les yeux et on le guida jusqu'à une voiture qui démarra aussitôt. Un des Tchétchènes était assis à côté de lui, l'autre devant. La course dura vingt minutes environ, à toute vitesse. Puis on le fit descendre et traverser une rue. Il sentit un sol inégal sous ses pas, puis un escalier, et on le fit asseoir sur une chaise.

Alors seulement, on lui ôta son bandeau.

Il se trouvait dans un endroit qu'il reconnut immédiatement : la salle de culture physique où Zakra l'avait conduit, à leur troisième rencontre, au sous-sol de l'usine désaffectée! Les deux Tchétchènes se tenaient près de la porte, bras ballants. Il y eut un bruit de pas et un nouveau venu pénétra dans la pièce.

Malko eut l'impression que la température se refroidissait. L'inconnu, grand, blond, la moitié du crâne dégarni, avec des yeux bleus sans expression, une bouche épaisse et bien dessinée, mais totalement dépourvue de sensualité, comme celle d'un poisson, les oreilles très légèrement décollées, évoquait un officier SS de la Seconde Guerre mondiale. Son regard glacial se posa sur Malko et il demanda d'une voix égale :

– Qui êtes-vous, Herr Müller?

CHAPITRE XV

Malko soutint le regard de l'inconnu. Ainsi, c'était l'homme qui avait quatre-vingts kilos de plutonium à vendre, l'ex-général Pavel Ivanovitch Sakharov. Evidemment, il n'avait pas l'allure d'un mafioso ordinaire, mais plutôt l'assurance glacée d'un haut fonctionnaire soviétique. Plus quelque chose d'inhumain, une sorte de mépris, une raideur intérieure qui transparaissait. Cet homme devait pouvoir tuer comme on écrase un insecte.

– Vous savez qui je suis, répondit Malko avec le même calme. Par contre, j'ignore qui vous êtes.

Court silence, puis l'inconnu dit :

– Appelez-moi Pavel.

– Vous avez reçu l'argent? interrogea Malko.

– Quel argent?

Les yeux dorés de Malko ne cillèrent pas.

– Le paiement du collier, un million de dollars que j'ai fait virer au compte que vous m'avez indiqué. Cela n'a pas été fait?

Sans doute satisfait de sa réponse, Pavel Sakharov inclina légèrement la tête.

– Je l'ai reçu. Mais je devais rencontrer un certain Ishan Kambiz. C'était convenu. Pourquoi n'est-il pas là?

– Il a été obligé de se déplacer, dit Malko. Je suis son collaborateur direct et j'ai tous pouvoirs pour traiter avec vous. Comme vous avez pu vous en rendre compte.

– Quand revient-il?

– Je l'ignore. Je pense de toute façon qu'il préfère ne pas venir à Budapest en ce moment. Il est trop facilement repérable.

– Je ne vais donc pas le revoir?

– Pas dans l'immédiat. Mais cela ne change rien. Vous serez payé comme convenu. C'est moi qui vais veiller à la bonne marche des opérations.

Pavel Sakharov ne répondit pas tout de suite. Il semblait méditer ce que Malko venait de dire.

– Vous voulez dire, lança-t-il, que c'est à vous que je dois livrer la marchandise?

– Absolument. Et le plus tôt sera le mieux.

– Vous pouvez débloquer l'argent?

– Je le peux, affirma Malko. Et vous, qu'avez-vous prévu?

Silence, puis Pavel Sakharov laissa tomber :

– Je n'ai pas encore fixé tous les détails. Vos clients sont contents des échantillons?

– Je l'ignore encore. Je les leur ai fait parvenir, fit Malko, et si ce n'est pas le cas, je le saurai et tout sera remis en question. Pouvez-vous me dire de quelle usine sort ce plutonium?

– Non.

La réponse était partie, sèche comme un coup de feu. Ç'eut été trop beau. Malko n'insista pas. Il se leva.

– Maintenant que nous avons fait connaissance, avez-vous quelque chose à me dire?

Pavel Sakharov l'observait, visiblement intrigué.

– Vous êtes certain que ni vous ni Mr. Kambiz n'ont été surveillés?

Malko eut un léger haussement d'épaules.

– Aussi certain que vous pouvez l'être à votre sujet. Nous courons les mêmes risques que vous. Quand nous revoyons-nous?

– Je vous ferai signe très vite, dit le Soviétique.

– Pouvez-vous me faire raccompagner?

– Bien sûr.

Il jeta un ordre aux Tchétchènes qui s'approchèrent, l'un tenant un bandeau. Quand il le passa autour du visage de Malko, ce dernier entendit la voix de Sakharov demander :

– Vous vous appelez vraiment Müller?

– Vous vous appelez vraiment Pavel? répliqua Malko du tac au tac.

Silence puis, le Russe insista.

– Où êtes-vous basé?

– Je vis en Allemagne. Je suis allemand.

On le poussait déjà vers la sortie.

Il refit le même trajet en sens inverse et se retrouva dans la voiture qui l'avait amené. Dix minutes plus tard elle s'arrêta et il entendit ses voisins descendre, puis le véhicule repartit aussitôt. Il arracha son bandeau et découvrit le large dos du chauffeur. Ce dernier se retourna avec un sourire édenté et canaille.

– Alors on se retrouve?

C'était Ferencz Korvin, l'ancien du MVA! L'homme qui lui avait appris le meurtre de Karim Nazarbaiev. Et qui savait que Malko était déjà à Budapest une semaine plus tôt. Un danger mortel pour lui.

*
**

L'ancien policier le regardait en ricanant dans le rétroviseur. Malko réussit à lui sourire.

– Qu'est-ce que vous faites là?

– Je travaille la nuit, moi. Tous les trucs un peu délicats. Quand ils vous ont chargé tout à l'heure, j'étais pas sûr de vous revoir. Là-bas, il se passe de drôles de trucs, mais moi je ferme ma gueule.

– Que voulez-vous dire?

– Oh, ils avaient piqué un Arabe. Les Tchétchènes. Ils pensaient qu'il avait tué leur copain. Alors ils se sont occupés de lui, là-bas dans Révész utça. Quand ils ont eu fini, il tenait dans un sac. Il n'avait plus un os intact. C'est des dangereux. Encore un qui a été engraisser les brochets et les silures. Moi je fais la poubelle...

La voiture montait péniblement la côte le long des remparts du cloître abritant le *Hilton*. Malko réfléchissait. Après tout, il pouvait très bien, à la demande de Kambiz, avoir enquêté sur Karim Nazarbaiev, à la suite de l'incident de la rue Lendvay.

L'ex-policier s'arrêta devant le *Hilton*, rigolard.

Malko lui laissa un généreux pourboire. Il pouvait servir. Mais il fallait absolument reprendre contact avec la Kirghize.

***

Pavel Sakharov vida pour la troisième fois son verre de vodka. En face de lui, Zakra, toujours vêtue d'une de ses robes collantes, assise dans un profond fauteuil, bougonne, l'observait, dissimulant son inquiétude.

– Que penses-tu de Müller? demanda-t-il.

Zakra essaya de garder une expression indifférente.

– Rien. Nous n'étions même pas à côté l'un de l'autre dans l'avion. Il a l'air prudent. Le type que tu m'as envoyé voir à Rio m'a dit de le traiter comme si c'était lui. Il doit savoir ce qu'il fait...

Elle se replongea dans la lecture d'un Harlequin en hongrois. Elle découvrait avec une joie sans limite la romance sentimentale et en dévorait toute la journée. Pavel s'occupait peu d'elle. Cela faisait quatre jours qu'il ne lui avait pas fait l'amour. Elle avait hâte que tout cela se termine.

Et se termine par un passeport américain!

– Tu vas aller voir ce Müller, fit soudain le Russe.

Le cœur de Zakra battit plus vite.

– Tu as un message pour lui?

– Non. Je veux que tu recueilles des informations sur lui. Je n'aime pas ce type qui surgit de nulle part. Même si tout paraît en ordre. Couche avec lui, fouille ses affaires, fais-le parler, démerde-toi. Et puis, envoie-moi Grosny.

– Bien, dit-elle de mauvaise grâce.

*
**

– La balle est dans son camp, annonça Malko à Alan Spencer, il se méfie, par principe, mais je pense qu'il va me recontacter très vite. Cela ne doit pas être facile de se promener avec quatre-vingts kilos de plutonium 239.

– Vous pensez que le métal se trouve à Budapest?

– J'en doute, fit Malko. Ce serait trop risqué. Il doit être entreposé quelque part en Ukraine ou plus loin même.

Depuis son retour, il prenait des précautions infinies pour se rendre à l'ambassade américaine. Effectuant au moins deux ruptures de filature et terminant le trajet à pied. Pavel Sakharov pouvait très bien le faire surveiller.

Il repartit jusqu'à la place Vörösmarty où il avait laissé sa Mercedes et regagna le *Hilton*. Il eut un choc en pénétrant dans le hall. Zakra était installée dans un fauteuil, face à la porte, emmitouflée dans sa houppelande. Elle se leva et glissa vers Malko, salope comme pas deux.

– Je suis en mission officielle, annonça-t-elle immédiatement, avec un sourire en coin.

– Tu as quelque chose à me transmettre? demanda Malko, le cœur battant.

– Oui, en quelque sorte. On monte?

A peine dans la chambre, elle se défit de sa houppelande, apparaissant moulée dans une robe vert jungle qui s'arrêtait à mi-cuisses, les seins crevant le décolleté. Quand elle se colla à lui, la robe remonta encore et elle murmura :

– Ma mission est très simple : Que tu me baises...

Elle lui raconta ce qui se passait et, joignant le geste à

la parole, elle fit passer sa robe par-dessus sa tête. Trente secondes plus tard, elle était à genoux devant lui, radieusement nue. Elle avait vraiment très envie de son passeport...

Beaucoup plus tard, Malko lui suggéra :

– Tu vas dire à Sakharov que pendant que tu étais avec moi, il y a eu un coup de fil, que je t'ai dit d'aller dans la salle de bains, mais que tu as pu écouter quand même. Tu es presque certaine que je parlais à Ishan Kambiz. Je l'ai appelé par son prénom.

Elle le regarda, effrayée.

– Je n'aime pas cela. Cela porte malheur de jouer avec les morts.

Où allait se nicher la superstition! Finalement, Malko arriva à la convaincre et conclut.

– Je vais t'inviter à dîner puisque c'est le souhait de Mr. Sakharov.

***

La grande salle du *Mátyás Pince* était bourrée, avec l'orchestre tzigane jouant mollement pour les tables de l'entrée. Les mâles présents ne pouvaient détacher leur regard de Zakra, éblouissante dans sa robe verte. Même le garçon, débordé, les servait avec une rapidité incroyable. Malko était en train de déguster son foie gras poêlé quand elle annonça, tout à trac :

– Pavel est en train de contacter les Iraniens.

Le foie gras devint tout à coup très, très lourd...

– Explique-toi, demanda Malko.

– Il a confié la mission à Grosny sans m'en parler.

Ainsi, Pavel Sakharov était encore plus prudent que prévu. Il y avait encore une chance minuscule : les Iraniens locaux devaient ignorer si Ishan Kambiz n'avait pas un collaborateur. Mais il devenait urgent de conclure. Malko se décida instantanément.

– Nous allons à l'*Eden*. Je veux parler à Pavel Sakharov.

*
**

– Qu'est-ce que tu vas lui dire? demanda la Kirghize effrayée, lorsqu'ils arrivèrent dans la boîte.

– Le secouer un peu, expliqua Malko. Nous sommes tous les deux assis sur un baril de dynamite. Il faut en descendre avant qu'il n'explose.

Un vent balayait la place du 15 mai en contrebas du pont Erzsébet où était garée sa voiture. Zakra se serra contre lui.

– J'ai peur! avoua-t-elle. Avant je m'en foutais, je n'avais qu'une vie de merde. Maintenant j'ai un avenir. Je ne veux pas mourir.

– Rien ne t'arrivera, affirma Malko. Pavel Sakharov n'a pas de soupçons précis.

Le portier de l'*Eden* jeta un coup d'œil étonné à Zakra et les fit aussitôt entrer, sans taxer Malko des deux cents forints obligatoires. La salle était à moitié vide et ils s'installèrent en face d'une « go-go girl » qui se déhanchait sur un podium. Le garçon déposa devant Malko une bouteille de Moët et Chandon, ainsi qu'un Cointreau pour Zakra.

– Va chercher Pavel, demanda-t-il.

Pavel Sakharov surgit d'une porte dissimulée, quelques minutes plus tard, raide comme la justice, le regard toujours aussi froid, et s'assit en face de Malko. Son premier geste fut de congédier Zakra d'un signe de tête.

– Pourquoi venez-vous ici?

– Pour vous voir, fit Malko, Zakra m'a dit que vous aviez un bureau ici.

– Que voulez-vous?

Malko se pencha à travers la table.

– Pavel, vous m'avez envoyé Zakra, et je vous remercie de l'attention, mais je ne suis pas à Budapest pour baiser. Par contre j'ai eu un coup de téléphone de Mr. Kambiz.

– D'où vous appelait-il? demanda vivement le Russe, ignorant le reste.

– Il ne me l'a pas dit. Mais ses commanditaires s'impatientent. Ils lui ont confié des sommes considérables. Si l'affaire ne se fait pas, il va être obligé de les rendre, car les intérêts sont colossaux. La République Islamique a de gros besoins...

Pavel Sakharov ne réagit pas, ses yeux de poisson gris-bleu semblant taillés dans de l'agate. Malko vit seulement au mouvement de ses mains qu'il avait frappé juste...

– Que voulez-vous? finit-il par demander.

– Pouvez-vous oui ou non me livrer la marchandise rapidement?

– Je suis en mesure de vous livrer, dit calmement Pavel Sakharov.

– Alors, qu'est-ce que vous attendez?

La musique couvrait le bruit de leur conversation, cela valait tous les dispositifs de brouillage du monde. Le Russe hésita quelques instants.

– Ce sera fait avant la fin de la semaine. Mais...

– Mais quoi?

– Comment va s'effectuer le paiement?

Malko sentit une vague de joie l'envahir. On arrivait au cœur du sujet. Lui, un agent de la CIA, était en train d'acheter du plutonium 239 à un renégat du KGB avec l'argent iranien. Grand moment.

– Voilà ce que je vous propose, dit Malko. Je suppose que vous allez livrer en plusieurs fois les quatre-vingts kilos?

– Exact, confirma Pavel Sakharov.

– Dans ce cas, nous allons prendre chacun un risque. Dès que je serai en possession de la première livraison, je vous ferai un virement comme j'ai fait pour le collier. Nous procéderons de la même façon jusqu'à la fin. Sauf que je vous paierai l'ultime livraison d'avance. Etes-vous d'accord?

Pavel Sakharov demeura silencieux un long moment,

le regard dans le vide. Malko attendait, suspendu à sa réponse. Il n'y avait plus qu'un léger problème : il ignorait le prix sur lequel le Russe et ses acheteurs s'étaient mis d'accord.

– J'accepte, laissa tomber le Russe d'une voix égale.

Son visage n'avait pas changé d'expression. Presque aussitôt, il se leva et tendit la main à Malko.

– Dès que j'aurai le métal, dit-il, je vous ferai prévenir par Zakra du lieu et de l'heure du rendez-vous.

Il s'éloigna vers son bureau. Malko se leva, prêt à partir. Zakra s'était installée au bar, avec d'autres filles et il ne tenait pas à s'éterniser dans ce lieu sordide. Au moment où il s'approchait de la jeune Kirghize pour lui dire au revoir, un nouveau venu pénétrait dans la salle. Un Moyen-Oriental aux cheveux frisés.

Malko le reconnut instantanément : c'était Cyrus, l'Iranien de la force Al-Qods, l'assassin présumé de Stephan Sevchenko et des deux Tchétchènes.

CHAPITRE XVI

L'Iranien se dirigea vers une des barmaids et chuchota quelque chose à son oreille avant de s'installer dans un box. Malko rejoignit Zakra et se pencha à son oreille :

– J'ai envie de danser.

– De danser?

De toute évidence, il lui aurait demandé de la prendre sur-le-champ, elle n'aurait pas été plus étonnée. Malko l'entraîna sur la piste et elle se colla à lui. La jeune Kirghize aurait fait perdre la tête à n'importe qui... Malko, lui, ne voyait que la tête crépue de Cyrus Tadjeh.

Peu de temps après, Pavel Sakharov apparut et se dirigea vers l'Iranien. Malko sentit son estomac se serrer. C'était bien ce qu'il avait craint. Cyrus Tadjeh avait dû être convoqué par Sakharov qui cherchait des nouvelles d'Ishan Kambiz, et peut-être des informations sur Malko. L'Iranien allait rendre compte à l'ambassade et tout risquait d'exploser.

– Tu connais l'homme qui vient d'arriver? demanda-t-il.

Comme elle tardait à répondre, il lui dit brutalement :

– Evidemment que tu le connais! C'est un des deux avec qui tu avais rendez-vous à l'usine de la rue Révész. Qui est-ce?

– Un Iranien, fit-elle. Je ne sais pas son nom, mais c'est sûrement l'assassin de Stephan. Il porte sa montre.

Le cerveau de Malko tournait à la vitesse de la lumière. C'est à la fin du slow qu'il eut une idée.

– Partons, viens avec moi, dit-il à Zakra.

Dès qu'ils furent dans l'entrée, il lui demanda :

– Tu sais où se trouve Grosny en ce moment?

– Il doit être dans la pièce près de l'entrée, pourquoi?

– Va le chercher. Je t'attends dehors dans ma voiture.

Il alla s'installer au volant de la Mercedes. Le Tchétchène surgit quelques instants plus tard et ouvrit la portière. Ses petits yeux plissés luisaient de curiosité.

– J'ai une information pour vous, dit Malko en russe. L'homme qui a liquidé vos deux amis et Stephan se trouve à l'*Eden* en ce moment. Il bavarde avec Pavel.

– Comment le savez-vous? demanda le Tchétchène après un moment de surprise.

– Je le sais, trancha Malko. C'est facile à vérifier : il porte la montre de Stephan.

Le Tchétchène s'éloigna sans un mot et Malko le vit rentrer à l'*Eden*. Zakra vint prendre sa place, inquiète.

– Qu'est-ce que tu lui as dit?

– Rien d'important, dit Malko. Je rentre au *Hilton*. Tu viens?

– Non, dit-elle, je dois rester là pour surveiller les filles.

– Alors, appelle-moi demain, demanda Malko avant de démarrer.

***

Cyrus Tadjeh sortit de l'*Eden*, la tête lourde. La conversation avec Pavel Sakharov n'avait pas été longue, mais ensuite, il s'était attardé avec les entraîneuses. Une petite Russe potelée – cadeau de la maison – l'avait bien échauffé pendant les danses et se pendait maintenant à son bras.

Elle le tira vers un taxi arrêté à l'écart.

– Viens, on va au *Penta*. C'est là que j'habite.

Un des rares hôtels de Budapest qui acceptait les putes russes. Beaucoup de Soviétiques y séjournaient. L'Iranien se laissa faire.

Il s'installa dans le taxi et, ne voyant pas monter la fille, tourna la tête. Il eut l'impression de recevoir un ours dans les bras. Un type énorme venait de bondir par la portière ouverte, l'écrasant contre celle qui lui était opposée. Des doigts noueux se refermèrent autour de sa gorge et l'empêchèrent même d'émettre un soupir. L'inconnu, brutalement, releva le poignet de sa veste, découvrant la montre qu'il avait prise sur le cadavre du Russe étouffé. Il ne grommela qu'un seul mot :

– Stephan...

Son gros doigt pointait sur le cadran. Cyrus Tadjeh n'eut pas le temps de s'expliquer. Une manchette puissante comme un coup de marteau lui brisa le cartilage du nez. La terreur le paralysa. Le sang dégoulinait dans sa bouche. Un autre malabar était monté à l'avant, à côté du chauffeur. Le véhicule démarra. L'Iranien poussa un hurlement inhumain : son voisin lui avait saisi le sexe et les testicules dans sa main énorme et était tranquillement en train de les écraser... Fou de douleur, il perdit connaissance.

Lorsqu'il revint à lui, ils roulaient sur la voie le long du Danube dans le nord de Pest, dans la zone industrielle. La voiture bifurqua et s'arrêta devant un bâtiment sans lumière qu'il reconnut immédiatement :

l'usine désaffectée. S'il ne parvenait pas à s'enfuir maintenant, il était perdu... Il fit le mort et, lorsque Grosny le jeta dehors, il réussit à se dégager et à détaler...

Le chauffeur de taxi démarra aussitôt à sa poursuite, montant sur le trottoir. Un choc violent à la jambe : l'Iranien roula à terre, le tibia brisé. Une minute plus tard, les deux Tchétchènes étaient sur lui. Il souffrait tellement qu'il perdit connaissance tout de suite. Ils le traînèrent jusqu'à l'usine, par les jambes, comme un cadavre. Tandis que l'ex-policier du MVA se garait un peu plus loin et allumait sa pipe. Plutôt satisfait : une soirée comme cela lui rapportait pas mal de forints. Il aimait bien faire le ménage.

*
**

Les deux Tchétchènes ne parlaient pas. A quoi bon? D'abord, ils essayèrent de faire tenir l'Iranien debout. Avec son tibia en miettes, c'était difficile... Ils le laissèrent tomber à même le sol de ciment, puis Grosny prit son élan et retomba sur son ventre de tout son poids. Il y eut un bruit écœurant, quand le péritoine éclata littéralement. Cyrus Tadjeh exhala un soupir affreux et eut quelques convulsions.

Ce n'était pas suffisant. Grosny arracha le jeans, prit, à travers le slip, l'appareil sexuel de sa victime entre ses deux énormes mains et se mit à serrer.

La douleur était tellement horrible que l'Iranien parvint à faire encore quelques sauts de carpe. Des hurlements délirants sortaient de sa gorge, se terminant en couinements désespérés. Il en fallait plus pour apitoyer les deux Tchétchènes. C'était la méthode employée dans leur pays pour les voleurs. A tour de rôle, ils se mirent à sauter de tout leurs 120 kilos sur les membres de leur victime, lui brisant les os un par un... Les bras, puis les jambes, les cuisses. Mais c'était du fignolage. Ils continuaient à sauter alors que Cyrus

Tadjeh ne donnait plus signe de vie depuis longtemps. Ce n'était plus qu'une loque qu'ils continuaient à marteler dans une sorte de rite expiatoire dément. Comme des doberman s'acharnant sur un voleur déjà mort.

Lorsqu'ils eurent terminé, le Pasdaran ressemblait à un sac de chiffons; il n'avait plus forme humaine, sa tête avait doublé de volume, des matières fécales lui sortaient du nez et de la bouche, ses membres étaient désarticulés selon des angles horribles et bizarres. Les deux Tchétchènes abandonnèrent enfin. Grosny descendit au sous-sol chercher un sac poubelle et ils y fourrèrent le cadavre.

Le temps de refermer l'usine, ils regagnaient le taxi.

– Qu'est-ce qu'on en fait? demanda le chauffeur, placide.

Ils hésitèrent. Grosny l'aurait bien fait déposer devant son ambassade, mais il n'ignorait pas que l'Iranien était en affaires avec le nouveau patron de l'*Eden*.

– Mets-le dans le fleuve, comme d'habitude, ordonna-t-il.

Cela laisserait planer le doute. Quant à la petite pute russe, il la terroriserait assez pour qu'elle jure que l'Iranien l'avait abandonnée à la sortie de l'*Eden*.

***

Malko, stationné dans Nepfurdö utça, avait assisté à l'arrivée du taxi. Et, vingt minutes plus tard, à la sortie des deux Tchétchènes, traînant un gros sac qui avait terminé dans le coffre du taxi de Ferencz Korvin. Il n'éprouvait aucun remords de l'avoir envoyé au massacre. Le Pasdaran avait tué de sang-froid un Tchétchène désarmé, sans compter ce qu'il avait pu faire dans le passé. La CIA savait qu'il avait été « interrogateur » à la sinistre prison d'Evin, à Téhéran, et qu'il s'y était fait remarquer par sa cruauté.

En tous cas, sa disparition apportait un répit indispensable à Malko.

*
**

Zakra n'avait pas fermé l'œil de la nuit. Elle se trouvait encore à l'*Eden* quand la Russe potelée – Swetlana – était revenue de sa brève sortie avec l'Iranien et ce que la fille lui avait raconté lui avait fait comprendre ce qui venait de se passer. En écoutant la respiration régulière de Pavel Sakharov, elle était morte de peur. Elle ne savait toujours pas qui il était réellement mais, dans l'ancienne Union soviétique, elle avait croisé beaucoup de « Pavel ». Capables de faire tirer à la mitrailleuse sur des femmes et des enfants, au nom du Parti. Déshumanisés.

Celui-là sortait bien du même moule... En plus glacial. Si jamais il se doutait de sa trahison, le sort de l'Iranien serait une partie de plaisir à côté du sien... Elle refrénait une furieuse envie de s'enfuir, quitte à perdre son futur passeport américain.

– A quoi penses-tu?

La voix calme de Pavel lui envoya une telle décharge d'adrénaline dans les artères qu'elle fit un bond dans le lit. Elle le croyait endormi. Le Russe lui adressa un regard inquisiteur.

– Qu'est-ce que tu as?

– Je faisais un cauchemar, bredouilla Zakra.

Elle avait envie de crier à Pavel qu'elle ne voulait pas le trahir, qu'elle désirait seulement un beau passeport américain... Qui ferait d'elle un être humain à part entière.

– Dis-moi, fit le Russe, Swetlana avait l'air bien excitée hier soir. Qu'est-ce qu'elle te racontait?

Zakra crut qu'une main invisible lui comprimait le cœur. Ainsi, de son bureau, grâce aux caméras de télévision, Pavel l'avait observée. Elle avait une seconde pour répondre. Si elle disait « rien » et que la Russe parle, elle scellait son sort. Une fois, elle avait vu des Tchétchènes enfoncer de longues aiguilles dans les seins d'une « coupable » jusqu'à ce qu'ils ressemblent à des pelotes d'épingles.

– Il y a eu un incident, dit-elle. Grosny a vu que le type avec qui elle partait portait la montre de Stephan.

Pavel Sakharov ne fit aucun commentaire.

– Qu'a fait Grosny?

– Il est parti avec ce type et un de ses copains. Je ne sais pas où.

– Tu diras à Grosny de venir me voir tout à l'heure, conclut Pavel Sakharov.

*
**

Mehdi Chimran raccrocha le téléphone, livide, le pouls à 130. Ainsi, Ishan Kambiz était mort! Vraisemblablement assassiné. Un homme comme lui ne se jetait pas du dix-huitième étage sans qu'on l'y aide un peu. Ces salauds de Brésiliens, après tout le fric que l'Iran leur avait fait gagner, avaient étouffé le coup...

Un seul pays avait pu exercer des pressions suffisantes pour les faire taire : les Etats-Unis.

Donc, Mehdi avait en face de lui une manip de la CIA. Il avait dépêché à partir de Brasilia deux agents de la Savama qui avaient cuisiné le concierge de l'immeuble. Ils avaient pu ensuite pénétrer dans l'appartement. Tous ses papiers avaient disparu. Mehdi Chimran s'essuya le front. Aux yeux du gouvernement iranien, c'était lui le responsable financier de l'opération « Darius ». Lui qui avait signé le virement de cent millions de dollars à Ishan Kambiz. Qu'étaient-ils devenus?

Il chercha à faire le point. Tout le ramenait à Budapest. C'était dans cette ville que Kambiz devait récupérer l'échantillon de plutonium 239 et que devait s'effectuer la livraison. Il n'ignorait pas non plus qu'il y avait une passerelle entre l'ambassade d'Iran à Budapest et leurs vendeurs potentiels. Donc, il devait coûte que coûte renouer le dialogue et fixer l'étendue des dégâts.

Il n'avait pas envie de prendre l'avion : trop repérable. Là où il se trouvait, à Istanbul où il était venu rencontrer le responsable du réseau turc des Hezbollah, il y avait des trains pour la Hongrie. C'était un moyen beaucoup plus discret que l'avion pour atteindre Budapest. Il se mit à rédiger un télégramme codé à transmettre aux Pasdarans de l'ambassade de Budapest. Mehdi Chimran arriverait par le train le lendemain soir et tenait à obtenir coûte que coûte un contact avec « l'autre côté ». Ils sauraient ce que cela signifiait.

C'est à contrecœur que Mehdi Chimran allait entreprendre ce voyage. L'Iran avait utilisé Ishan Kambiz pour éviter les contacts directs trop compromettants. Chimran jouait avec le feu.

Si la CIA interceptait un Iranien membre proche du gouvernement en train d'acheter du plutonium 239 à un Russe, les conséquences seraient dramatiques pour son pays. Il avait le choix entre la peste et le choléra... Son télégramme achevé, il alla prendre un taxi pour se rendre au consulat d'Iran.

***

Grosny et Djokhar, les deux Tchétchènes meurtriers de Cyrus Tadjeh, se balançaient sur leurs baskets, mal à l'aise devant le regard glacial de Pavel Sakharov. A eux deux, ils auraient pu le mettre en pièces sans difficultés, mais mentalement, ils en étaient totalement incapables. Etres frustrés, habitués à être pris en charge, ils se sentaient perdus en Hongrie, loin de leur Caucase natal. Le remplacement de Karim – musulman comme eux – par Pavel Sakharov ne leur avait fait ni chaud ni froid. Il leur fallait toujours un chef.

– Comment avez-vous su qu'il s'agissait de l'homme

qui avait tué vos frères? interrogea le Russe de sa voix douce.

– On nous l'a dit, répondit spontanément Djokhar, sans réfléchir.

– Qui?

– L'étranger qui se trouvait avec Zakra.

– Ça vous a suffi?

– Non, se hâta de dire Grosny, on a vu qu'il portait la montre de Stephan.

Pavel Sakharov réfléchissait. Il se moquait comme de son premier knout de la mort de l'Iranien. Mais il voyait désormais les choses sous un angle différent. Ce qui n'était qu'une méfiance diffuse s'accrochait maintenant à un fait concret. La dénonciation du messager des Iraniens à Grosny – qui ne pouvait mener qu'à son élimination brutale – avait un but limpide... Le soi-disant bras droit d'Ishan Kambiz ne voulait pas qu'il entre en contact direct avec les commanditaires.

Il leva les yeux et dit avec sévérité :

– Ne mentionnez à personne cette affaire ou cette conversation. Je vais voir ce que je décide. Si je vous garde ou si je vous renvoie chez vous.

Les deux Tchétchènes tournèrent les talons. Blessés. Une vengeance était quelque chose de normal. De sain, même. On ne devait pas en être puni.

Resté seul, Pavel Sakharov alluma un cigarillo. Cherchant à faire le point. Pourquoi le bras droit de Kambiz voulait-il éviter tout contact entre lui et les Iraniens? Une explication toute simple lui venait à l'esprit : L'intermédiaire facturait aux Iraniens le plutonium 239 beaucoup plus cher qu'il ne le lui achetait. Seulement, comment Herr Müller savait-il que les assassins de Stephan lui avaient volé sa montre? Et comment avait-il pu l'identifier?

Zakra.

C'était la seule personne à pouvoir être au courant de ce détail et à être en contact avec Müller. Il se frappa le front. Même pas! Karim Nazarbaiev n'avait jamais vu le cadavre de Stephan. Donc, Müller tenait cette information des Iraniens eux-mêmes.

Ce qui était plutôt rassurant. Un intermédiaire soucieux de préserver sa commission, même par des méthodes brutales, n'inquiétait pas Pavel Sakharov. Seulement, il ne pouvait demeurer dans le doute. Il appuya sur le bouton de son interphone.

– Gregor, j'ai besoin d'un service, annonça-t-il.

– Pas de problème, affirma l'Ukrainien dégingandé, ancien bras droit de Karim, passé sans états d'âme au service de Pavel.

– Il faut un contact avec les Iraniens.

– Je vais demander à Grosny... proposa l'Ukrainien.

Pavel le coupa.

– Non. Il y a eu un problème.

– Bien, je vais aller dans Váci utça, fit l'Ukrainien. On va essayer de trouver le type qu'il faut.

– Parfait, approuva Sakharov. C'est urgent et je tiens à le voir moi-même. Je t'attendrai au café *Anna,* au début de la rue. Dans une heure.

Lorsque Gregor fut sorti, Pavel Sakharov prit son manteau de cuir et glissa dans la poche son Makarov automatique. Il valait mieux être prudent.

***

Alan Spencer était confronté à un dilemme délicat. Les telex en provenance de Langley s'amoncelaient sur son bureau. La centrale de renseignement abjurait l'Américain de mettre les services hongrois dans le coup et de procéder à un coup de filet sur la mafia russe.

– C'est idiot, objecta Malko. Il n'y a aucune charge sérieuse contre ce Pavel Sakharov. Et il n'est sûrement pas seul. Nous devons mener l'opération jusqu'au bout.

– Vous garantissez que l'on trouvera le plutonium 239?

– Logiquement, oui, affirma Malko. Zakra travaille pour moi maintenant. Je serai prévenu en cas de changement important.

– Elle peut se retourner à nouveau.

– C'est un risque, mais nous bénéficions d'une conjoncture géniale. Acheter du plutonium avec l'argent des ayatollahs.

– Vous jouez avec le feu, remarqua l'Américain. S'ils s'aperçoivent de quelque chose, ils vous liquideront.

Il se leva.

– Je repars à l'hôtel.

Il était à peine arrivé au *Hilton* que le téléphone sonna. C'était Zakra.

– Il y a du nouveau, annonça-t-elle. Pavel essaie de joindre à nouveau les Iraniens.

Le *vrai* risque.

– Essaie d'en savoir plus.

La Kirghize avait déjà raccroché. Il ne restait plus qu'à attendre. Et à prier.

*
**

Tout en haut de la rue Váci, juste avant la place Vörösmarty, le café *Anna* était jadis fréquenté par la bonne société hongroise. Maintenant, il était envahi par les changeurs arabes qui venaient y faire leurs comptes. Pavel Sakharov attendait devant l'étalage peu ragoûtant du libre-service.

Son cœur battit légèrement plus vite lorsque Gregor, accompagné d'un homme jeune de type moyen-oriental, poussa la porte du café et vint le rejoindre.

Gregor s'éloigna discrètement et l'inconnu s'assit.

– Je m'appelle Ali, annonça-t-il. On m'a transmis votre message. Cela tombe bien. Quelqu'un de notre organisation souhaite vous rencontrer.

– Qui?

– Je n'ai pas le droit de vous dire son nom, mais il a un rang très élevé.

– Où?

– Ce soir, à la gare de l'Est.

– Pourquoi à la gare de l'Est? demanda le Russe, surpris.

– Il arrive de Turquie par le train.

– Comment vais-je le reconnaître?

– Je vous accompagnerai, fit l'Iranien gonflé de son importance. Il faut être là-bas à huit heures.

– J'y serai, annonça le Russe en se levant.

Il allait enfin savoir si Herr Müller se moquait de lui.

CHAPITRE XVII

Malko allait sortir de sa chambre pour aller dîner lorsque le téléphone sonna. C'était la voix de Zakra, et parlant très bas.

– Il a rendez-vous à la gare de l'Est à huit heures, chuchota-t-elle. Je n'ai pas vu son chauffeur.

Elle avait déjà raccroché. Il était sept heures et la nuit finissait de tomber. Malko regarda sur le plan où se trouvait la gare de l'Est. Juste entre l'avenue Kerepesi et la rue Thököly. Au sud de Pest. Vingt minutes plus tard, il trouvait une place rue Thököly, en réalité une large avenue. Il soufflait de nouveau une bise glaciale. En face se dressait la masse sombre de la gare, vieillotte et délabrée. Il traversa. Des groupes d'Orientaux, pauvrement vêtus, traînaient autour des kiosques, offrant de la nourriture et diverses babioles. Il entra dans la gare, découvrant un hall où la moitié des carreaux étaient remplacés par des plaques de carton, éclairé par une verrière, et regarda le tableau d'arrivée des trains. Beaucoup venaient du sud de l'Europe. Un convoi arrivait d'Istanbul à 7h50. Des voyageurs attendaient un peu partout, assis sur des ballots. La rame qui se trouvait à quai semblait être là depuis la guerre 14-18... Tout cela sentait la crasse et la misère. Malko ressortit au bout des voies par l'issue de la place Baross. En face, s'ouvrait un escalier donnant sur une galerie marchande souterraine qui reliait la gare à la place Baross et à la rue Thököly.

Que venait faire Pavel Sakharov dans cet endroit sinistre?

Trop visible dans le hall de la gare, Malko resta à l'extérieur le long des kiosques, aux aguets. C'était le seul endroit par lequel une voiture pouvait arriver. Vêtu d'un jean et d'un blouson de cuir, il se fondait dans l'environnement. Son pistolet extra-plat glissé dans sa ceinture à la hauteur de sa colonne vertébrale, une balle dans le canon, lui apportait une sécurité relative.

A huit heures moins le quart, une Mercedes 560 avec téléphone s'arrêta non loin de l'entrée de la gare, mais personne n'en sortit. Il faisait trop sombre pour distinguer l'intérieur. Le train en provenance d'Istanbul entrait lentement en gare. Malko se replia vers les quais, craignant de perdre la piste. Une humanité pouilleuse, croulant sous les paquets divers, jaillit des wagons. Impossible de s'y reconnaître dans tous ces visages basanés et moustachus. Il comprit que son seul point de repère était quand même la Mercedes...

Au moment où il émergeait du hall, une portière de la voiture s'ouvrit sur Pavel Sakharov. Le Russe portait une canadienne marron et une chapka. Les mains dans les poches il fit quelques pas et demeura immobile au milieu de la foule des voyageurs qui sortaient de la gare.

Pas longtemps.

Un homme jeune, basané lui aussi, émergea de la foule et l'aborda, murmurant quelques mots à son oreille. Le pouls de Malko s'accéléra : Celui-là c'était Ali Ghotbi, l'Iranien copain de Cyrus Tadjeh. Les deux hommes entrèrent dans la gare et Malko, perdu dans la foule, n'eut pas trop de mal à le suivre. Pavel et Ali rejoignirent deux hommes qui venaient de descendre du train. Un jeune, de type moyen-oriental lui aussi, avec une grosse moustache, et un autre beaucoup plus âgé, à la crinière blanche, serré dans un pardessus de cachemire trop élégant pour la gare de l'Est, une petite valise à la main.

Surprise : l'homme à la crinière blanche et Pavel Sakharov s'étreignirent chaleureusement! De toute évidence, ils se connaissaient. Ils se séparèrent des deux autres et s'éloignèrent vers la place Baross, tandis que les deux autres revenaient vers la Mercedes.

Malko garda le contact visuel avec les deux qui l'intéressaient. Il les vit pénétrer dans l'hôtel *Park,* réplique en infiniment plus modeste du *Waldorf Astoria* de New York, avec deux petites tours de six étages, Malko traversa pour les observer à travers la porte vitrée. Le hall n'était guère plus grand qu'un placard à balais. L'homme aux cheveux blancs discutait à la réception. Pavel Sakharov se tenait un peu en retrait. Ensuite, les deux hommes passèrent dans le *Bierstube* voisin et s'installèrent dans un box. Malko en avait assez vu. Il s'éloigna, l'estomac contracté. Il n'était plus assis sur un baril de poudre, mais sur une machine infernale en train de faire tic-tac... L'arrivée de l'homme aux cheveux blancs était le grain de sable dans sa belle mécanique. D'après la procédure employée, il le soupçonnait d'être un personnage important des services iraniens. Par un moyen ignoré de Malko, Pavel Sakharov avait repris un contact direct avec ses acheteurs... Si les Iraniens ignoraient la mort d'Ishan Kambiz, ce n'était qu'un contretemps. Dans le cas contraire, sa vie était en danger. Sakharov et les Iraniens n'auraient plus qu'une priorité : l'éliminer.

Il regagna sa voiture, déchiré entre deux options. La première, la plus sûre, était de démonter. Il avait le temps d'aller récupérer Zakra et ensuite, par l'intermédiaire de la CIA, d'alerter la police hongroise. Dans ce cas, il y avait de fortes chances que les trafiquants passent entre les mailles du filet, le plutonium 239 se trouvant hors d'atteinte.

L'autre option était de continuer, comme si de rien n'était, jusqu'à la livraison du plutonium. Si elle avait lieu. C'était la roulette hongroise. Avec cinq balles dans le barillet.

*
**

Mehdi Chimran n'aurait jamais pensé que la situation était aussi grave. Maintenant, il avait un tableau complet de la situation. Le premier échantillon de plutonium 239 n'avait pas été perdu, mais récupéré d'abord par la police hongroise, puis par les Américains. Le reste était facile à deviner...

L'opération « Darius » pénétrée, Zakra avait été suivie jusqu'à Rio, menant droit à Ishan Kambiz qui avait été éliminé brutalement. Cette férocité le faisait se demander s'il n'avait pas en face de lui des Israéliens au lieu d'Américains. Question académique. Israéliens ou Américains, tous voulaient la même chose : le plutonium 239. Il but une gorgée de café infect. Maintenant, tout reposait sur ses épaules. Il passa la main dans sa crinière neigeuse et demanda en russe, du reproche plein la voix :

– Comment avez-vous pu travailler avec quelqu'un comme ce Karim Nazarbaiev? Tout est de sa faute.

Un éclair de fureur passa dans les yeux de l'ex-général du KGB.

– Jamais je n'aurais pensé qu'il soit aussi bête et aussi avide! avoua-t-il. Il n'était qu'un intermédiaire. A ce moment je ne voulais pas encore venir à Budapest. Mais ce salaud ne l'a pas emporté au paradis...

Mehdi Chimran suggéra :

– Il faut retarder toute l'opération.

– Impossible.

– Pourquoi?

– Nous avons aux trousses les gens de Boris Eltsine. Il a réformé un KGB qui lui est fidèle et les Américains sont sur son dos. Depuis un moment, ils tournent autour de cette opération, et s'ils tirent le bon fil...

– Où est le plutonium?

– J'ai réussi à le faire sortir du centre de production. Il est stocké près de Beregovo, mais tout doit être réglé d'ici la fin de la semaine.

– Comment allez-vous l'acheminer ici?

– Je me suis assuré un hélicoptère. Et vous, comment allez-vous l'évacuer?

– Je vais régler ce problème, affirma l'Iranien.

Il n'avait pas la moindre idée de la façon dont il allait procéder. Mais avant tout il fallait assurer l'exécution du plan « Darius ». S'il perdait à la fois l'argent confié à Ishan et le plutonium, il valait mieux pour lui partir s'installer au pôle sud...

– Très bien, dit-il, nous allons traiter cette semaine.

Pavel Sakharov le fixa, soupçonneux.

– Et l'argent?

– Je vais le mobiliser, affirma Mehdi Chimran.

Pour le budget d'un pays comme l'Iran, c'était une goutte d'eau. Il regarda sa montre.

– Je dois me rendre à l'ambassade. Retrouvons-nous demain, ici, à la même heure. Qu'allez-vous faire avec cet imposteur, ce soi-disant bras droit d'Ishan? Il travaille soit pour les Américains, soit pour les Israéliens.

Les yeux pâles de Pavel Sakharov se glacèrent un peu plus.

– J'en fais mon affaire, affirma-t-il.

– Je considère cela comme une priorité absolue. Je ne veux pas traiter tant qu'il ne sera pas éliminé, avertit Mehdi Chimran.

– Je vais faire au mieux, promit Sakharov, mais il est peut-être plus intelligent de gagner un peu de temps. Son élimination peut déclencher des réactions. Il n'est pas seul. Faites-moi confiance, je sais traiter ce genre de problème mieux que vous.

– D'accord, admit Mehdi Chimran.

Les deux hommes se serrèrent la main chaleureusement. Contents de s'être retrouvés. Au moins ils se faisaient confiance...

***

Pavel Sakharov s'éloigna vers l'endroit où l'attendait sa Mercedes, de l'autre côté de la gare. Bouillonnant de rage. Il aurait aimé pouvoir déterrer Karim Nazarbaiev et l'éventrer de nouveau. Russe jusqu'au bout des ongles, il avait toujours méprisé les peuplades du Caucase, musulmanes, rétrogrades. L'expérience lui donnait raison. Jamais un vrai Slave ne se serait conduit ainsi... Tous les éléments du problème se bousculaient dans sa tête. Eliminer le faux bras droit d'Ishan était facile, mais cela ne supprimait pas tous les dangers. Cet homme ne travaillait pas seul. Sa disparition allait déchaîner ses commanditaires. La question était de savoir ce qu'ils pouvaient faire. Il hâta le pas. Dans le doute, il lui fallait couper tous les ponts derrière eux et se venger de Zakra, qui, de toute évidence, le trahissait. Il fallait trouver un endroit sûr pour mettre au point les derniers détails de l'échange avec l'Iranien. Quand tout serait fini, il repasserait clandestinement en Ukraine. A Beregovo, ce n'était pas encore trop dangereux. Pour l'instant le plus urgent était d'éviter la catastrophe. C'est-à-dire une action brutale et conjuguée des Américains et des Hongrois. Il avait besoin de quelques jours de tranquillité. Pour cela, une seule méthode : endormir ses adversaires.

Lorsqu'il regagna la Mercedes, son plan était au point dans les grandes lignes.

***

Malko finissait de se raser lorsque le téléphone sonna. C'était Zakra.

– Il veut te voir, annonça-t-elle. Il t'attend à la Citadelle dans une heure. Là où nous étions la première fois. Tu as pu le suivre? Qu'a-t-il fait?

– Il a rencontré un Iranien, dit Malko, mais je n'en

sais pas plus. Sois sur tes gardes, il est possible qu'il apprenne pour Kambiz.

La veille, après sa planque, Malko avait dîné avec le chef de station de la CIA. Depuis, la Company travaillait fiévreusement à identifier l'homme aux cheveux blancs.

– Vous êtes sur un volcan, avait conclu Alan Spencer. Ils savent certainement pour Kambiz maintenant. Et donc pour vous. Il faut prévenir le NBH. Ils trouveront bien un prétexte pour arrêter Sakharov. Ensuite, il n'y aura plus qu'à le faire parler...

– Il ne parlera pas, affirma Malko. Et le plutonium 239 se trouve sûrement de l'autre côté de la frontière. Attendons la première livraison. Et remontons la filière.

– Ils vous liquideront avant.

– Je ferai attention. C'est le sort de Zakra qui m'inquiète.

– Hélas, je ne peux rien pour elle, éluda l'Américain.

Ils s'étaient quittés là-dessus. Maintenant, il y avait du nouveau. Malko fonça vers la place Szabadsag. Mis au courant du rendez-vous, Alan Spencer se rembrunit.

– C'est un piège. Un endroit trop isolé. Il ne faut pas y aller.

– Autant avouer tout de suite que j'appartiens à la CIA, répliqua Malko. Je crois que je peux encore prendre ce risque. Sakharov est trop malin pour se livrer à un acte aussi brutal. Il fera quelque chose de plus vicieux.

– Vous ne voulez pas que je prévienne les Hongrois?

– Non.

*
**

Les lacets escaladant le mont Gellért étaient pratiquement déserts. Malko ne croisa qu'un gros bus jaune. Son cœur battit quand même plus vite en voyant, sur le parking où il avait flirté avec Zakra, la Mercedes de l'ex-général du KGB. Il se gara à côté et Pavel Sakharov sortit aussitôt.

– J'ai de bonnes nouvelles, dit-il avant d'entraîner Malko près du parapet, loin des oreilles indiscrètes.

Le Russe semblait calme. Il ébaucha même ce qui pouvait passer pour un sourire.

– Quelles nouvelles?

Malko, sur ses gardes, surveillait la Mercedes où se trouvaient deux hommes. Dans la poche de son imperméable, il caressait la crosse de son pistolet extra-plat. Prêt à tout.

– Je peux faire venir les premiers six kilos de plutonium 239 par la route, et vous les livrer ce soir, annonça Pavel Sakharov. Etes-vous en mesure de les recevoir?

– Bien sûr! fit immédiatement Malko.

Ainsi, les dés roulaient. Pavel Sakharov n'avait pas perdu de temps depuis sa rencontre avec l'homme aux cheveux blancs. Le rendez-vous qu'il proposait ne pouvait avoir comme but que l'élimination de Malko.

– Comment ce plutonium est-il conditionné? demanda-t-il.

– Ce sont des lingots, enveloppés dans de l'aluminium. Ils se trouvent dans un attaché-case.

– Où a lieu le rendez-vous? demanda Malko.

– Zakra viendra vous chercher au *Hilton* vers neuf heures et demie, expliqua Pavel Sakharov. Elle vous y conduira.

– A ce soir, donc.

Le Russe serra la main de Malko et regagna sa Mercedes qui démarra immédiatement. Malko, lui, prit tout son temps pour redescendre les lacets. Il trouva ensuite une place en face du Palais de la Télévision et gagna à pied l'ambassade américaine.

*
**

– Nous avons identifié l'homme qui a rencontré Pavel Sakharov hier soir, annonça d'emblée Alan Spencer. Il s'agit du Dr Mehdi Chimran, diplômé en physique nucléaire de l'université de Berkeley en Californie. Il travaille avec le vice-président iranien Said Mohajerani, au sein du programme accéléré d'acquisition d'armement nucléaire. Il voyage avec un passeport iranien à un autre nom.

– Eh bien, j'ai aussi du nouveau, annonça Malko.

Lorsqu'il eut terminé, le chef de station de la CIA posa quand même la question qui lui brûlait les lèvres :

– Il n'y a bien entendu aucune chance qu'il vous livre du plutonium 239 ce soir?

– Une sur mille, répondit Malko, mais il faut aller au rendez-vous. Quel type de protection pouvez-vous m'assurer?

– Les Hongrois, fit l'Américain. Cette fois je suis obligé de les mettre dans le coup. Leur dire qu'on va intercepter une livraison de plutonium.

– Je crains que tout cela ne se termine en eau de boudin, soupira Malko. Il n'y aura pas de plutonium et je doute que Sakharov prenne des risques personnels. Mais il faut aller à ce rendez-vous. C'est probablement une ruse pour lui permettre de filer aujourd'hui se mettre à l'abri en Ukraine.

*
**

Zakra attendait dans le hall, enveloppée dans sa houppelande d'astrakan, les traits sereins. Malko la rejoignit et l'entraîna vers la sortie de l'hôtel.

– Où est le rendez-vous? demanda-t-il.

– Au bout du quai Ujpesti, avant le pont Arpád. La voie sur berge se termine par une rampe qui rejoint Nepfurdö utça. Mais le quai Ujpesti continue jusqu'à un petit bois. Souvent, des camions se garent là pour la nuit, au bord du Danube.

Ils prirent place dans la voiture de Malko. Ce dernier était « sonorisé » grâce à un micro dissimulé dans une fausse montre, dont l'émetteur se trouvait sous son manteau. Le recepteur permettant de recevoir les appels de la police hongroise était dissimulée dans la radio du tableau de bord. Quatre voitures banalisées de la police hongroise ne devaient pas le lâcher dès son départ du *Hilton*. N'intervenant que sur son ordre. Alan Spencer l'avait forcé à enfiler un gilet pare-balles en kevlar qui lui tenait horriblement chaud. Son pistolet extra-plat était dans la poche droite de son manteau, une balle dans le canon. Zakra, elle, semblait ne se douter de rien.

– Que t'a-t-il dit? demanda Malko.

– Qu'il devait te remettre quelque chose. C'est du plutonium, n'est-ce pas?

– Ce devait être du plutonium, corrigea Malko. Je crains que ce ne soit un piège. Comment était-il aujourd'hui?

– Il avait l'air content, dit Zakra. Il m'a dit que bientôt nous irions en Ukraine. Il a donné plusieurs coups de téléphone là-bas.

La présence de Zakra à ce rendez-vous inquiétait Malko. Cela ne pouvait avoir qu'une seule signification. Sakharov connaissait son double jeu et avait décidé de l'éliminer en même temps que Malko...

Il descendit Ostrom utça, puis fila jusqu'au pont Margit, rejoignant la voie sur berge allant vers le nord. Peu de circulation. A cet endroit, le Danube se divisait en deux bras, séparés par l'île Margit. Un kilomètre plus loin, les voitures remontaient par une rampe jusqu'à Nepfurdö utça.

– Ne prends pas la rampe, continue tout droit, dit Zakra.

Le ruban asphalté s'arrêtait, laissant place d'abord à des pavés, puis à un sol inégal. Un espace long de quelques centaines de mètres, coincé entre le fleuve et un mur. Les phares de Malko éclairèrent un restaurant fermé. Une baraque de bois qui semblait abandonnée.

– C'est là, annonça Zakra.

Il fit demi-tour avant de couper le contact afin d'être prêt à repartir. L'endroit était absolument désert, à part deux poids lourds cent mètres plus loin. C'était un cul-de-sac et la végétation, derrière la baraque, était trop clairsemée pour qu'on puisse s'y dissimuler. D'où pouvait venir le danger? Il approcha sa montre de sa bouche et demanda en allemand :

– Vous m'avez repéré?

– Affirmatif, répondit aussitôt une voix anonyme, le dispositif est en place.

Zakra ouvrit de grands yeux.

– Qu'est-ce...?

– Nous ne sommes pas seuls, expliqua Malko. Je suis certain que ce rendez-vous est un piège. Plusieurs unités de la police hongroise nous protègent en ce moment.

– La police...

– Oui, ne crains rien.

Dix heures moins dix, Malko avait beau se creuser la tête : à part une attaque frontale qui serait contrée aussitôt par les policiers hongrois, il ne voyait pas en quoi pouvait consister le guet-apens.

Soudain, un pinceau lumineux se détacha de la file de voitures qui empruntaient la rampe sur Nepfurdö, et prit la direction de l'endroit où il se trouvait.

Le pouls de Malko monta brutalement.

La voiture approchait en cahotant sur le sol inégal. C'était la Mercedes de Pavel Sakharov. Elle stoppa à une dizaine de mètres et le Russe en sortit. Il adressa un geste amical à Malko, lui faisant signe de le rejoindre. La main crispée sur la crosse de son pistolet extra-plat, Malko avança vers lui.

D'où allait venir le coup?

CHAPITRE XVIII

Pavel Sakharov tendit la main à Malko, un léger sourire de bienvenue sur ses traits figés.

– Venez à l'intérieur de ma voiture.

Il n'y avait que le chauffeur au volant, large comme un siège et demi. Malko s'installa à côté du Russe, toujours sur ses gardes. Les policiers hongrois qui l'observaient devaient se demander ce qui se passait. Pavel Sakharov prit par terre un attaché-case noir de mauvaise qualité – un « diplomat » visiblement de fabrication soviétique – et l'ouvrit. Malko aperçut des petits lingots plats enveloppés de feuilles d'aluminium. Pavel Sakharov en prit un et le lui fit soupeser. C'était un peu plus lourd que du plomb.

– Il vous sera facile de vérifier avec un spectographe qu'il s'agit bien de plutonium 239, dit le Russe, il y en a six kilos. J'attends votre virement de soixante millions de dollars demain. La prochaine livraison aura lieu dans trois jours au plus tard. Je vous fixerai l'endroit. Passez une bonne soirée.

Ainsi, les Iraniens payaient le plutonium 239 dix millions de dollars le kilo, près de vingt fois le prix officiel de 545000 dollars.

Il tendit l'attaché-case à Malko qui sortit de la Mercedes, encore abasourdi. Toutes ses hypothèses s'effondraient. Il parcourut comme un somnambule les quelques mètres le séparant de sa voiture où l'attendait

Zakra. N'arrivant pas à réaliser qu'il avait à la main six kilos de plutonium 239. Presque de quoi fabriquer une bombe thermonucléaire.

La Mercedes de Pavel Sakharov avait déjà fait demi-tour et venait de remonter la rampe. Il n'y avait plus qu'à faire démonter le dispositif policier.

– Tout s'est bien passé, annonça-t-il dans son micro-montre, je n'ai plus besoin de vous.

– Où allons-nous? demanda Zakra.

– Faire la connaissance du monsieur qui te délivrera ton passeport, annonça Malko.

***

Alan Spencer était littéralement figé par la stupéfaction. Il défit avec précaution le papier d'aluminium enveloppant un des lingots et leva les yeux vers Malko. A première vue, c'était bien du plutonium. La couleur, la dureté, le poids et la chaleur en émanant collaient.

– Vous êtes sûr que ce n'est pas une arnaque?

– Nous ne l'avons pas payé, remarqua Malko. Et vous allez le vérifier très vite, n'est-ce pas?

Zakra, enveloppée dans sa pelisse, observait les deux hommes, très impressionnée. Malko avait présenté Alan Spencer comme un haut fonctionnaire de l'ambassade américaine. L'Américain, absorbé par le plutonium, avait à peine jeté un coup d'œil à la jeune Kirghize. Il s'ébroua après avoir remis le lingot dans l'attaché-case, le maniant comme si c'était de la porcelaine.

– Comment expliquez-vous cela? demanda-t-il, après avoir entraîné Malko dans son bureau, abandonnant Zakra dans le salon.

– J'avoue que je suis stupéfait, répliqua Malko. Je ne vois que deux explications. Ou les Iraniens n'ont toujours pas appris la mort d'Ishan Kambiz et lui ont donc donné le feu vert pour continuer l'opération avec moi. Ou, Sakharov se dit que je représente des concurrents, mais, comme je paie, il me vend. Dans ce cas, nous avons une chance de récupérer tout le plutonium en le payant avec les dollars des ayatollahs.

– Bien, je vais le mettre au coffre de l'ambassade jusqu'à demain, proposa Alan Spencer. Ensuite, je vais faire mon rapport. Nous avons trois jours pour réfléchir sur la conduite à tenir.

– Et moi, dès demain matin, compléta Malko, je vais virer son argent à Pavel Sakharov.

Ils regagnèrent le salon et il prit congé de Spencer, après avoir récupéré Zakra. La jeune femme ne tenait plus en place.

– C'est vrai qu'il va me donner un passeport?

– C'est vrai, confirma Malko.

Elle se serra contre lui, fondante comme un bonbon au miel.

– Viens vite, j'ai envie de te remercier.

*
**

Les deux mains agrippées à la tête du lit, Zakra recevait les assauts de Malko, ponctuant chaque coup de reins d'un feulement rauque. Tout le lit en était ébranlé. La perspective de son passeport américain l'avait déchaînée encore plus que d'habitude. Ils avaient commencé dans l'ascenseur et il l'avait prise à même le mur dans sa pelisse d'astrakan.

Elle n'avait gardé que ses escarpins et des bas noirs opaques et brillants qui montaient très haut sur ses interminables jambes.

– Attends, demanda-t-elle entre deux soupirs.

D'une reptation gracieuse, elle glissa à terre et s'étendit à plat ventre sur la pelisse d'astrakan avec un demi-sourire provocant. Malko s'agenouilla derrière elle et la croupe de Zakra monta lentement vers lui, en une invite muette. Et pour bien préciser ce qu'elle désirait, elle empoigna son membre et le plaça exactement là où elle voulait. Malko sentit l'anneau de ses reins palpiter contre lui. C'était comme une multitude de petites brûlures délicieuses... Il commença à violer lentement l'étroite ouverture, millimètre par millimètre, savourant. Puis Malko, ne voulant plus se retenir, s'enfonça sauvagement de toute sa longueur. Zakra hurla à la mort. Pas de douleur. Sa croupe s'était mise à danser une sarabande effrénée, à tel point que Malko avait toutes les peines du monde à ne pas se laisser désarçonner. Ses deux mains crispées sur les hanches de Zakra, il continua à la chevaucher sauvagement. Elle criait, gémissait, se retournait pour l'embrasser en se tordant le cou, égrenant des mots incompréhensibles. Quand les coups de reins accélérés de Malko lui indiquèrent l'imminence de son plaisir, elle se mit à délirer carrément.

– Viens, tue-moi, fais-moi éclater! Plus fort!

Elle se démena sous lui jusqu'à la dernière seconde, retombant ensuite épuisée. Elle quitta Malko tard dans la nuit, lui promettant de l'appeler avant le prochain rendez-vous.

– N'oublie pas mon passeport, réclama-t-elle gentiment.

Elle l'avait vraiment mérité.

***

Deux jours sans rien. Le plutonium 239 avait pu être testé à Budapest par une équipe américaine, venue de Francfort, qui avait confirmé sa qualité. Après de multiples échanges avec Langley, la CIA avait arrêté sa politique. Prendre livraison du plutonium et arrêter ensuite Pavel Sakharov à la dernière livraison. Les Hongrois commençaient à se faire de plus en plus pressants, se demandant ce que les Américains tramaient dans leur dos. Ça allait être dur de tenir jusqu'au bout.

Malko venait de se raser lorsqu'on glissa un papier sous sa porte. Il l'ouvrit trop tard pour voir celui qui l'avait déposé. Le message était très bref : *Demain, même heure, même endroit.*

Pavel Sakharov avait bien reçu l'argent viré la veille...

Immédiatement, Malko alerta Alan Spencer, afin de mettre en place à tout hasard la protection policière. Il était un peu inquiet de ne plus avoir de nouvelles de Zakra, mais le Russe préférait peut-être la laisser à l'écart des choses importantes.

*
**

Le lieu du rendez-vous était toujours aussi désert. Comme trois jours plus tôt, la police hongroise veillait sur Malko à distance. Il arrêta sa voiture quelques minutes avant dix heures en face du restaurant fermé, à côté d'une voiture dissimulée sous une bâche. Malko, intrigué par cette voiture, alla l'inspecter pour voir s'il y avait quelqu'un à l'intérieur. Les policiers avaient peut-être pensé à ce truc pour observer de plus près la transaction... et, éventuellement intervenir plus vite.

Il souleva la bâche par l'avant et vérifia que le véhicule était vide. Il s'agissait d'une Lada 1500 grise à la peinture en mauvais état. En remettant la bâche en place, il dut s'appuyer sur le capot et un jet d'adrénaline faillit lui faire exploser les artères.

Ses yeux cherchèrent le cadran de sa montre qui indiquait dix heures pile. Pendant une fraction de seconde, il demeura paralysé, puis son cerveau se remit en route.

Il se précipita vers le Danube, dans lequel il plongea, tête la première, tandis qu'une voix anxieuse sortait du récepteur caché sous le manteau de Malko et demandait :

– Qu'est-ce qui se passe? Répondez! Répondez!

Malko, empêtré par son manteau et le gilet pare-balles, avait toutes les peines du monde à ne pas couler à pic dans l'eau glacée du fleuve. Il se sentait déjà engourdi par le froid.

Une explosion assourdissante brisa soudain le silence. La nuit fut illuminée brièvement par une énorme lueur rouge qui venait de l'endroit où se trouvait Malko quelques instants plus tôt. Un nuage de particules enflammées passa au-dessus de sa tête, retombant dans les eaux sombres du Danube, un peu plus loin... S'il était resté sur le quai, Malko aurait été tué instantanément, grillé comme un poulet par le souffle à 2000°. Sans parler de l'onde de choc et des débris de la voiture.

La Lada était piégée. Malko s'en était aperçu accidentellement en touchant son capot : il était chaud... Son intuition et son habitude des terroristes avaient fait le reste. Malko aperçut deux gyrophares qui se rapprochaient à toute vitesse. Il fit passer son pistolet de la poche de son manteau à sa ceinture et se débarrassa du vêtement trempé puis du gilet pare-balles. La première voiture de police s'arrêta sur le quai à une dizaine de mètres de lui, bientôt rejointe par deux autres, et un policier braqua un projecteur orientable dans sa direction. Malko entendit un bruit de moteur dans son dos : un hors-bord fonçait sur lui, venant de l'île. La police hongroise avait bien fait les choses. Il était à bout de souffle quand un petit dinghie lui fut lancé du hors-bord. Immédiatement deux hommes-grenouilles sautèrent à l'eau et vinrent le soutenir à la surface. Il fallut quand même encore dix minutes d'efforts avant qu'il ne retrouve la terre ferme.

Le quai grouillait maintenant de policiers. Les gyrophares des voitures éclairaient l'épave de la Lada piégée, la carcasse de la Mercedes de Malko et un grand trou dans le sol. Les policiers hongrois s'affairèrent autour de lui avec des couvertures. On le frotta, on le bichonna et on lui fit boire de l'alcool. Pourtant Malko était encore frigorifié quand la Ford d'Alan Spencer s'arrêta sur le quai.

– *Good Lord!* s'éxclama l'Américain. J'avais pensé à tout sauf à ça ! J'ai parlé de ma voiture avec le colonel Sandor. Il pense qu'il y avait au moins cinquante kilos d'explosifs. Probablement du Semtex.

– Il a des nouvelles de Pavel Sakharov ?

– Aucune, avoua l'Américain. Ils ont foncé immédiatement à l'*Eden,* mais il n'y est pas et son appartement est désert. A mon avis, il a dû repasser en Ukraine.

– Je ne pense pas, dit Malko. Il faut retrouver Zakra. S'il en est encore temps.

– Elle n'était pas à l'*Eden*, dit Alan Spencer. Ni dans son appartement.

Autrement dit, Pavel Sakharov l'avait emmenée avec lui. S'il l'avait tuée, aucune raison de cacher le cadavre.

Que tramait-il encore ?

Pavel Sakharov lui avait bel et bien livré du plutonium 239. Or, il découvrait maintenant que le Russe savait qui il était. Cette livraison avait donc un but : l'endormir.

Il vint s'asseoir dans la Ford. Une idée le traversa.

– Cet attentat est peut-être notre meilleure chance, fit-il soudain. Pourriez-vous demander un service à nos amis hongrois ?

– Sûrement. Lequel ?

– Que la police déclare avoir trouvé un cadavre dans la Mercedes.

***

Sandor Pinter, directeur général de l'ORFV dont dépendait la police judiciaire, écoutait les explications d'Alan Spencer avec une attention bougonne. On l'avait sorti de son lit pour cette réunion improvisée qui ne pouvait pas attendre le lendemain. Le grand immeuble du mont Gellért qui abritait les services de sécurité hongrois était presque vide, et seules quelques-unes des fenêtres carrées étaient éclairées.

– Il faut que j'obtienne l'autorisation du ministre, finit-il par répondre. C'est quelque chose de trop spécial.

– Appelez-le, demanda Alan Spencer.

– À cette heure-ci?

Il était presque deux heures du matin.

– J'en prends la responsabilité, dit fermement le chef de station de la CIA. Il s'agit d'une affaire de la plus haute importance. Je vous en prie, faites-le.

Le silence se prolongea d'interminables secondes avant que le haut fonctionnaire hongrois ne décroche son téléphone avec lenteur. Malko et Alan Spencer suivaient ses gestes en silence. On décrocha, et d'un ton plein de respect, Sandor Pinter expliqua dans sa langue le problème. Après quelques minutes, il tendit le récepteur à l'Américain.

– Il veut vous parler.

Les deux hommes s'étaient déjà rencontrés et la conversation fut courte. Alan Spencer rappela opportunément que les services hongrois réclamaient avec insistance d'avoir accès aux terminaux d'ordinateur de la CIA et qu'il ferait en sorte que cette demande soit examinée avec bienveillance. Le ministre ne résista que pour la forme. Exigeant simplement d'être tenu au courant des développements de la situation.

Une demi-heure plus tard, Alan Spencer et Malko ressortaient du bâtiment futuriste juché sur le mont Gellért.

– Donc, conclut l'Américain, la police hongroise va annoncer à la presse qu'on a trouvé dans les débris de la Mercedes le corps non identifiable d'un homme. Une poignée de policiers sont au courant. Je pense qu'il n'y aura pas de fuites. Mais qu'est-ce que cela va vous apporter?

– C'est simple, dit Malko. Pavel, me croyant mort, ne va pas changer ses plans. C'est-à-dire qu'il va livrer le plutonium aux Iraniens. Or, il ignore que nous avons repéré Mehdi Chimran. Si nous sommes assez malins, nous pouvons toucher le jackpot.

– En le suivant?

– Il y a même quelque chose de mieux à faire, suggéra Malko.

Il explosa son plan à l'Américain. Celui-ci n'en revenait pas.

– C'est diabolique, fit-il. Si ça marche.

– Ça devrait marcher, affirma Malko. Au pire nous récupérerons la livraison de plutonium.

– Et votre ami, la Kirghize? Vous pensez pouvoir la récupérer?

Le visage de Malko se rembrunit.

– J'espère qu'elle est encore vivante... Mais tant qu'on ne l'a pas localisée, on ne peut rien faire.

Un ange passa. Aucun des deux n'avait parlé de l'usine désaffectée de Révész utça à la police hongroise. C'était une planque possible pour Pavel Sakharov qui ignorait que Malko la connaissait. Il était relativement facile de la faire cerner et investir par la police hongroise. Seulement, cela mettait fin à leur manip, si le Russe s'y trouvait. Pour se déculpabiliser, Malko se répétait que, dans ce cas, Sakharov aurait dix fois le temps d'exécuter la jeune Kirghize...

Sacrifiée pour l'instant sur l'autel du plutonium 239.

Ils étaient arrivés à la villa du chef de station. Ce dernier installa Malko dans une chambre d'amis. Il eut du mal à trouver le sommeil. D'abord, il subissait le contrecoup de l'attentat. Ensuite, il pensa à Zakra avec nostalgie. Pourvu qu'il ne lui soit rien arrivé. Enfin, il se mit à passer son plan en revue. S'il réussissait, ce serait le plus beau coup de sa carrière.

CHAPITRE XIX

– Le voilà!

Les cheveux blancs de Mehdi Chimran venaient d'apparaître à la sortie du *Park*. L'Iranien regarda autour de lui et partit à pied vers le croisement de Mézö Imre et Thököly.

Le fourgon conduit par Tibor Zala démarra aussitôt, afin de ne pas le perdre de vue. A l'intérieur, Chris Jones annonça dans son Motorola :

– Il est sorti de l'hôtel, nous avons le contact en vue.

L'Opel grise conduite par Malko, avec Milton Brabeck à son côté, qui attendait devant la gare, se mit en branle à son tour. Presque aussitôt, la voix de Chris Jones éclata dans le récepteur.

– Il vient de monter dans un taxi. Il se dirige vers le Danube. Le numéro du taxi est K. 4792.

Malko poussa une brève exclamation. C'était le véhicule de Ferencz Korvin, l'ancien policier du MVA travaillant avec les mafiosi russes. Ils étaient sur la bonne piste.

Leur planque fastidieuse finissait par payer, et le plan échafaudé par Malko entrait en œuvre. Comme prévu, les journaux hongrois avaient donné une large place à l'incident de la voiture piégée, l'attribuant à un conflit entre trafiquants russes et hongrois. Le corps n'ayant pu être identifié, l'enquête allait progresser lentement.

A l'heure où Malko se réveillait le lendemain matin chez Alan Spencer, Chris Jones et Milton Brabeck étaient déjà en route sur un Falcon 90 de la CIA pour venir prêter main-forte à Malko. Le chef de poste avait réactivé Tibor Zala qui leur avait trouvé un fourgon d'occasion. Un vieux Skoda au moteur encore solide. Quelques trous à la perceuse dans la tôle, un tabouret et des jumelles en avait fait un parfait véhicule d'observation. Le stringer de la CIA leur avait également procuré une Opel en plaques hongroises, plus anonyme qu'une voiture de location.

La police hongroise avait perquisitionné à l'*Eden* sans rien trouver. Pavel Sakharov, Zakra et les gardes du corps de l'ex-général du KGB avaient disparu. Malko et Alan Spencer s'étaient bien gardés de parler de l'usine désaffectée aux Hongrois. Leurs intérêts ne convergeaient pas. Il était possible que le Russe s'y soit planqué. Comme elle disposait de plusieurs sorties, c'était rassurant pour lui...

A peine les gorilles débarqués avec leur matériel, ils s'étaient mis au travail. Pendant deux jours, Mehdi Chimran n'avait quitté son hôtel que pour se rendre au restaurant... Et puis, cette fois, cela bougeait. Malko se dit que la police hongroise devait aussi suivre la planque, à bonne distance. Cela faisait beaucoup de monde derrière l'Iranien.

– Ils n'ont pas fait le ménage depuis un siècle, grommela Milton Brabeck en regardant les immeubles noirs de crasse qui bordaient l'avenue Rákóczi.

– Un demi-siècle seulement, corrigea Malko.

– A côté d'ici, continua le gorille, New York, c'est aussi propre que Disneyland.

Il eut une brève crispation du visage et porta la main à son estomac.

– Putain! Quand est-ce qu'on ira dans un pays avec de la bouffe *normale!*

La veille au soir, ils avaient dîné au *Mátyás Pince.* L'oignon grillé à la louche et le paprika, mamelles de la cuisine hongroise, s'étaient révélés dévastateurs pour l'estomac des deux Américains.

– Rassurez-vous, fit Malko, grâce au Nouvel Ordre Mondial, bientôt la terre sera couverte de Mac Donalds et vous pourrez enfin voyager sans angoisse existentielle.

– Dieu vous entende, fit gravement Milton Brabeck. Ils ont des toilettes publiques dans ce bled?

– Non, dit Malko.

Ils approchaient du pont Erzsébet. Ce n'était pas vraiment la direction de l'usine désaffectée.

– Ils franchissent le pont, annonça Chris Jones. Ils tournent à gauche. On a du mal à les suivre, à cause des trams.

*
**

Zakra, ankylosée, essaya en vain de se retourner sur le côté. Depuis près de trois jours, elle n'avait pas bougé de ce lit de fer où elle était attachée par de larges bandes de tissu adhésif. Pas besoin de bâillon : la pièce où elle se trouvait n'avait qu'une porte, tout au bout du couloir, au sous-sol de l'usine désaffectée. Elle avait encore la tenue qu'elle portait trois jours plus tôt : une robe de lainage avec des bas-jarretières. Sa pelisse gisait dans un coin. Deux fois par jour, un Tchétchène lui apportait à manger.

Tout avait commencé le soir du deuxième rendez-vous. Pavel l'avait emmenée en voiture. Ils s'étaient arrêtés à la sortie du pont Arpád. A dix heures pile, le Russe avait dit à Zakra :

– Regarde bien l'endroit où tu étais avec ton ami américain l'autre soir.

Rien que le mot « américain » l'avait glacée. Donc, il savait! Quelques secondes plus tard, l'explosion de la voiture piégée avait fait trembler les structures métalliques du pont. La voix glaciale de Pavel Sakharov avait achevé de démoraliser Zakra.

– Tu m'as trahi. Je sais tout.

Sans un mot de plus, ils avaient pris le chemin de Révész utça. Zakra essayait de dissimuler la terreur qui l'envahissait. Ils allaient la tuer. Comme l'Iranien. Quand ils étaient sortis de la Mercedes, ses jambes se dérobaient sous elle. Un des Tchétchènes l'avait empoignée et traînée jusqu'à la porte en fer.

Et puis rien ne s'était passé...

On l'avait simplement attachée aux quatre montants du lit de fer. Elle ne comprenait pas pourquoi Pavel ne l'avait pas tuée. Vers trois heures du matin, la porte s'était ouverte. C'était le Russe. Là encore, elle pensait qu'il venait la tuer. Mais il s'était couché sur elle sans un mot, avait écarté ses vêtements et lui avait fait l'amour sans un mot, avec une sorte de fureur, si violemment qu'il l'avait blessée tant elle était contractée. Il sentait la vodka et était reparti comme il était venu. Elle ne l'avait pas revu depuis.

*
**

– Tibor dit qu'ils montent à la Citadelle, annonça Chris Jones. Il n'y a presque plus de circulation, on est obligé de prendre du champ.

Malko jura entre ses dents. Il venait de passer devant le *Gellért*. Il monta encore un peu puis s'arrêta à l'entrée de Citadelle Sélany. Trop risqué d'aller plus loin. La voix de Chris Jones éclata dans le récepteur, stressée...

– Il vient de s'arrêter près d'une Mercedes. Attendez... il y a quelqu'un qui est sorti de la Mercedes et qui monte dans le taxi. Un grand type, plutôt chauve, Pavel Sakharov! *Shit!* Je ne vois plus rien.

– Chris! appela Malko, vous ne pouvez pas activer votre système d'écoutes?

Les gorilles avaient apporté des micros directionnels capables de capter des conversations, même dans une voiture fermée, grâce aux vibrations des glaces.

– Trop loin, répondit Chris Jones. Et nous sommes en sens unique, obligés de redescendre.

– OK, fit Malko, c'est trop risqué de rester dans le coin. Continuez jusqu'à Szirtes utça. Il n'y a qu'un chemin pour redescendre de la Citadelle. Ils vont forcément passer devant vous. Prévenez-moi. Nous nous mettons à l'abri aussi.

Il tourna dans une petite voie tranquille bordée de villas, Kocsány utça, et s'arrêta, hors de vue de la voie principale. Vingt minutes s'écoulèrent puis de nouveau, la voix de Chris Jones.

– Le taxi vient de passer. La Mercedes est encore là-haut.

Quelques minutes de silence, puis :

– On passe le pont. Ils prennent à gauche. Le quai Belgrád. Ils vont vers le nord.

Là, avec la circulation, c'était plus facile. Un quart d'heure plus tard, le taxi déposait Mehdi Chimran au *Duna Intercontinental* et repartait.

– Il est entré, annonça Chris Jones.

– Envoyez vite Tibor à l'intérieur.

Lui s'était arrêté dans le parking situé entre le quai Belgrád et le Danube, en contrebas de l'hôtel. Trois minutes plus tard, la voix de Chris Jones annonça :

– Tibor vient de revenir. Chimran a retiré une enveloppe qui l'attendait à la réception et il a pris l'ascenseur pour descendre. Il va probablement au garage. S'il sort, il doit passer devant nous.

Silence, puis la voix triomphante du gorille.

– Il vient de sortir du parking. Il conduit une Mercedes 240 verte avec une plaque diplo. On y va.

Sans même savoir le numéro, Malko était presque certain qu'il s'agissait d'une voiture de l'ambassade d'Iran... Ils reprirent la filature et, un peu plus tard, Chris Jones annonça :

– Il vient de se garer dans Kerepesi, assez loin de l'hôtel. Il part à pied.

Malko continua jusqu'à l'avenue Kerepesi qui longeait le champ de courses et trouva facilement la Mercedes. C'était celle qu'il avait déjà vue, avec Cyrus Tadjeh au volant.

***

Le stringer Tibor Zala n'avait pas été admis à la réunion entre Alan Spencer, Malko et les deux gorilles. Sagement, il patientait dans l'antichambre, en fumant un cigare offert par la Company...

– Il faudrait savoir ce qu'ils se sont dit, conclut avec une grande clairvoyance Alan Spencer.

Un épais silence lui répondit. A moins d'avoir une boule de cristal...

Mehdi Chimran était retourné à son hôtel et Pavel avait disparu dans la nature. La récupération de la voiture de l'ambassade indiquait toutefois l'imminence de l'action. Hélas, l'expérience du matin avait prouvé la difficulté d'une filature discrète. En rase campagne, cela devenait pratiquement impossible. Si l'Iranien leur glissait entre les doigts au stade final de l'opération, c'était le bouquet.

– J'ai une idée, dit soudain Malko. Il y a eu un témoin à la conversation entre Pavel Sakharov et Medhi Chimran.

– Qui?

– Ferencz Korvin, dit Malko, l'ancien flic du MVA. Celui qui m'a déjà renseigné.

– Vous pensez qu'il parlerait? interrogea l'Américain.

– Tout dépend de la façon dont on lui demande.

– Vous savez où le trouver?

– Je connais son adresse. Il y est en général en fin de journée.

– Tentez le coup, conseilla le chef de station.

– Un détail, précisa Malko. Si Korvin refuse de parler, nous sommes dans l'obligation de nous assurer de sa personne jusqu'à nouvel ordre. C'est-à-dire de le kidnapper.

– Il me tiendra compagnie, il y a de la place dans le fourgon, ricana Chris Jones.

Alan Spencer, lui, faisait ses comptes. Kidnapping, chantage, coups et blessures, sans parler de l'imprévu. Heureusement que ce n'était pas un individu recommandable.

– Allez-y, soupira-t-il. Je ne bouge pas d'ici.

***

– C'est pas possible, c'est une cave!

Milton Brabeck venait de se cogner à un angle vif, dans l'obscurité totale du couloir menant à la chambre de Ferencz Korvin. La voiture de l'ancien flic du MVA était en bas, donc il devait se trouver chez lui. Malko arriva enfin devant sa porte et frappa.

Pas de réponse.

Il recommença à tambouriner. Cette fois il y eut des pas lourds de l'autre côté du battant et une voix rogomme demanda en hongrois :

– Qui c'est?

– L'ami de Serguei, lança Malko à travers la porte.

– J'attends personne, répliqua le chauffeur de taxi.

Visiblement, il n'était pas décidé à ouvrir. Malko se tourna vers Chris et dit simplement :

– Allez-y.

Il n'y avait pas beaucoup de place, mais le gorille put quand même prendre quelques mètres d'élan. Il passa à travers le battant comme si c'était du papier à cigarette. Milton fonça derrière, Beretta 92 au poing.

– On se calme, lança-t-il en anglais, la seule langue qu'il connaisse.

Ferencz Korvin, assis sur son lit, une boîte de conserve à la main, regarda, abasourdi, les deux montagnes de chair qui venaient de faire irruption dans son taudis. Puis, comme un ours brun qui émerge de son hivernage, il attrapa au vol son démonte-pneus et fonça en avant.

La détonation du Beretta 92 retentit, amortie par le silencieux. Korvin s'arrêta net, pétrifié. Regardant Chris et Milton à qui il trouva de sales gueules.

Des gueules de flics.

Malko apparut à son tour, et s'empara d'un tabouret avec un calme démoralisant.

– Mr. Korvin, dit-il en russe, il ne faut pas prendre mal notre intrusion. J'avais *absolument* besoin de parler avec vous.

– Moi, j'ai pas besoin de parler, éructa l'ancien flic. C'est qui ces deux singes?

– Des amis.

Chris et Milton tenaient toute la place, observant de leur regard bleu et froid Ferencz Korvin. Il en avait des frissons dans le dos. Une bonne partie du plâtre du plafond était maintenant à ses pieds en petit tas.

– Foutez le camp, fit-il, je vais travailler.

– Ce matin, dit Malko, vous avez emmené un homme aux cheveux blancs que vous avez chargé près de l'hôtel *Park*. Il a retrouvé notre ami Pavel dans votre voiture. Qu'est-ce qu'ils se sont dit?

De stupéfaction, Ferencz Korvin demeura d'abord muet. Puis, il poussa une espèce de rugissement et brandit son démonte-pneus.

– Foutez le camp! Vous me prenez pour une balance?

Malko ne se troubla pas. Sortant une liasse de billets, il la jeta sur le lit à côté du Hongrois.

– Il y a cinq mille dollars, commenta-t-il. En forints, cela fait beaucoup d'argent. Je vous écoute.

Korvin glissa quand même un regard oblique vers la liasse, avant de grommeler :

– Foutez le camp, répéta-t-il.

Malko secoua la tête.

– Je crois que vous n'avez pas compris, Mr. Korvin. Votre choix est très limité. Ou vous prenez cet argent et vous me dites ce que je veux savoir, ou bien vous allez passer des moments désagréables qui vont se terminer par une fin prématurée.

Il désigna Milton en train de caresser paisiblement l'énorme silencieux de son Beretta 92.

– La procédure standard, continua Malko, consiste à vous briser d'abord les deux genoux. Comme ces deux projectiles ont tendance à éclater, vos ménisques seront fichus. Donc, si vous décidez de collaborer *après* cette petite épreuve, vous seriez quand même invalide. Ensuite, lorsque vos coudes auront subi le même traitement, mon ami se verra contraint de vous mettre quelques balles dans la tête... Vous voyez que vous avez tout intérêt à nous parler. Et vous n'aurez même pas à craindre les représailles de Pavel. La bonne action que vous allez faire restera entre nous.

Il se tut et un épais silence s'abattit sur la petite pièce. Milton Brabeck se gratta la gorge, échangea un regard avec Malko, leva son pistolet et ramena le chien extérieur en arrière.

Le « clic » métallique fit sursauter Ferencz Korvin. Il s'ébroua, regarda Malko, le canon de l'arme, puis les yeux de Milton Brabeck et conclut vraisemblablement qu'il ne fallait pas jouer avec le feu.

– *Bistoch!* fit-il. Je vais tout vous raconter.

L'ancien flic du MVA était peut-être une ordure, mais il était doué pour la survie.

CHAPITRE XX

– Ils ont parlé d'un rendez-vous. Ce soir, vers onze heures et demie.

La tête entre ses mains, Ferencz Korvin parlait si bas qu'il en était presque inaudible. Il se gratta la panse et demeura silencieux, jetant un coup d'œil torve aux trois hommes. Sans un mot, Chris Jones se déplaça pour ouvrir une fenêtre donnant sur une cour intérieure. L'odeur du taudis était vraiment insupportable.

– Un rendez-vous où?

– A Harmashatarhegy.

– Qu'est-ce que c'est?

– Un ancien terrain d'aviation, à l'ouest de la ville.

– Ecrivez-moi le nom, demanda Malko.

Ferencz Korvin s'exécuta sur un bout de papier qu'il tendit à Malko. Ce dernier en savait assez.

– Venez, dit-il au Hongrois.

Celui-ci leva un regard glauque sur lui.

– Où?

– Avec nous.

– Pour quoi faire?

Il s'était ramassé sur lui-même, comme pour bondir. Malko lui adressa un sourire suave.

– Je veux vous éviter les tentations, Korvin Ferencz. Quand on trahit une fois, on peut trahir deux fois. Vous n'avez rien à craindre, je vous relâcherai durant la nuit. Quand cette affaire sera terminée. Ça vaut mieux que de vous faire taire définitivement ici...

Les petits yeux du Hongrois se posaient alternativement sur les trois hommes. Milton et Chris semblaient l'impressionner particulièrement. Finalement, il se leva avec un grognement, mit sa casquette et son blouson. Milton Brabeck avait toujours son Beretta 92 prolongé par le silencieux à bout de bras. Il sortit le premier et prit place dans le couloir.

La descente se passa sans encombre. Sous le porche, Malko fit une courte halte.

– Nous allons vous emmener dans un fourgon, expliqua-t-il. Pour plus de sûreté, vous y serez attaché.

Ferencz Korvin était trop secoué pour résister. Il suivit docilement Chris Jones quand le gorille l'entraîna par le bras. Le fourgon, avec Tibor Zala au volant, se trouvait à vingt mètres. Le Hongrois y monta par l'arrière et Chris ouvrit sa malette métallique, en sortant un gros rouleau de ruban adhésif. Cinq minutes plus tard, l'ancien policier du MVA était transformé en saucisson, assis par terre au fond du fourgon. Malko passa à l'avant.

– Vous connaissez un endroit qui s'appelle Harmashatarheghy? demanda-t-il à Tibor.

Le Hongrois se creusa la tête quelques secondes avant de répondre.

– Oui. C'est hors de la ville. Un petit terrain d'aviation qui sert l'été à des vols de planeurs, entouré de collines.

– Je voudrais y aller. Pendant qu'il fait encore jour.

Ils firent demi-tour sur l'avenue Andrássy pour retraverser le Danube, contournant la colline du Château pour s'engager dans une grande avenue filant vers l'ouest, Szilágyi Etrzsébet, et passant devant la tour du *Budapest Hotel*.

L'avenue changea de nom, devenant Vörös Hadsereg. Peu à peu, les maisons s'espaçaient.

– Voilà l'asile psychiatrique de Budapest, annonça Tibor, désignant un grand parc sur la gauche.

Ils montèrent encore, tournant à droite et, brutalement, se retrouvèrent en pleine campagne. Ce n'était plus qu'un chemin de terre qui se terminait en cul-de-sac, à côté de plusieurs hangars en mauvais état. Tibor arrêta le fourgon et désigna une colline en face d'eux, hérissée d'antennes.

– C'est le mont Harmashatar, expliqua-t-il. Il y a des relais de communication de l'armée.

Devant eux s'étalait une cuvette sans végétation, encastrée entre les collines. L'endroit était parfait pour poser un petit avion ou un hélicoptère, le plus proche voisin se trouvant à plus d'un kilomètre.

– Bien, dit Malko, retournons en ville.

*
**

Comme prévu, Alan Spencer avait campé dans son bureau, mangeant des sandwiches. Il écouta avec une attention passionnée le récit de Malko, avant de se renverser en arrière dans son fauteuil.

– Donc, vous voulez appliquer votre plan? demanda-t-il.

– Absolument, dit Malko. Vous y voyez une objection?

– Non, avoua l'Américain, mais...

– Vous craignez un contretemps? Je suis d'accord pour mettre les Hongrois sur le coup, à condition qu'ils demeurent discrets jusqu'à la dernière seconde et qu'ils n'agissent que sur mon ordre.

– Je pense que je peux obtenir ça, fit le chef de station de la CIA.

– Alors, faites les derniers préparatifs, suggéra Malko.

Il y eut un long moment de silence, puis Alan Spencer se dirigea vers son coffre.

*
**

Pavel Sakharov fumait un cigarillo, exhalant lentement la fumée pour regarder les volutes bleues monter vers le plafond. Il avait beaucoup réfléchi depuis deux jours, enfermé dans l'usine désaffectée, lorsqu'il ne s'occupait pas de mettre au point ses derniers préparatifs. Il restait deux heures à tuer et il se repassait mentalement tous les détails de l'opération.

L'hélicoptère arriverait vers onze heures trente et redécollerait quelques minutes plus tard. Etant donné l'altitude à laquelle il volait, il y avait peu de chances qu'il soit intercepté par les radars. De toute façon, personne n'aurait le temps de réagir. Il serait déjà en Ukraine lorsque les Hongrois donneraient l'alerte. Avec Pavel Sakharov à bord. Regagnant sa base à côté de Beregovo. Le patron de l'escadrille était un ami de Pavel, avec une solde misérable. Pour cinq cents dollars, il mettait un hélico à sa disposition.

Pavel, lui, allait toucher infiniment plus. Cent vingt millions de dollars avec ce que l'agent de la CIA lui avait déjà remis. Il pouvait vivre tranquille jusqu'à sa mort...

Il avait décidé d'arrêter là l'opération. Tant pis pour le plutonium 239 qu'il avait soustrait à l'usine de Tchéliabinsk et qui dormait bien au chaud, près de Beregovo. Représentant six cent quatre-vingt millions de dollars ! C'était dur d'abandonner une somme aussi colossale, mais continuer eut été de la folie. La liquidation de l'agent de la CIA lui avait donné un peu de répit, mais cela ne durerait pas... Tandis que là, c'était simple. Une fois à Beregovo, il s'évanouissait dans la nature et personne ne le retrouverait. Tout était prévu.

Il restait un seul problème à régler : Zakra.

La jeune Kirghize était toujours dans la pièce voisine. Le choix de Pavel était simple. Soit la liquider, soit l'emmener. La sagesse commandait la première solution. Mais, inexplicablement, Pavel, qui d'habitude était froid comme un poisson mort sur le plan affectif, n'arrivait pas à rayer la jeune femme de son esprit. Peu à peu, il s'était fait à l'idée de l'inclure dans sa nouvelle vie. Il ne trouverait pas facilement une créature pareille. Et au moins, avec elle, il savait à quoi s'en tenir. L'idée de se servir à nouveau de cette sublime salope lui embrasait le ventre. Il se leva, éteignit son cigarillo et passa dans la pièce voisine. Le regard de Zakra se posa sur lui, plein d'angoisse. Il se pencha et dit simplement :

– Nous partons.

*
**

Le fourgon dissimulant Milton Brabeck se trouvait à moins de dix mètres quand Mehdi Chimran était venu récupérer la Mercedes à plaque diplomatique. Malko était un peu plus loin, avec Chris Jones. Le convoi des trois véhicules avait traversé Pest et ensuite Buda d'est en ouest. Sachant où l'Iranien se rendait, il était possible à ses suiveurs de conserver une distance décente. A plusieurs reprises, Malko avait cru déceler des véhicules de la police hongroise, sans en être sûr. Alan Spencer les avait prévenus et ils devaient être là.

Maintenant l'Iranien montait Vörös Hadsereg, conduisant très lentement. Il était seul, ralentissait souvent. Arrivé en haut de la côte, il s'arrêta, continua, revint sur ses pas et, finalement, s'engagea dans Glück Frigyes, le petit chemin menant au terrain.

Tibor Zala s'arrêta : c'était impossible, même la nuit, de ne pas se faire repérer. Il suivit des yeux les feux rouges de la Mercedes, jusqu'à ce qu'elle stoppe en face d'un hangar. En tournant, ses phares éclairèrent un autre véhicule qui se trouvait déjà là : une autre Mercedes sombre.

Malko rejoignit le fourgon.

– Il n'y a plus qu'à attendre, dit-il, le terrain est bouclé de tous les côtés.

Sans parler de deux MIG 21 des forces aériennes hongroises prêts à décoller sur l'aéroport militaire de Budapest. Il était à peu près sûr que Pavel Sakharov allait utiliser un hélico. Celui-ci avait au moins trente minutes de vol pour rejoindre la frontière de l'Ukraine et c'était suffisant pour l'intercepter.

Vingt minutes s'écoulèrent. Le silence était absolu et les ampoules rouges des pylônes de radio clignotaient sur le mont Harmashatar. Un faible ronflement se fit entendre, au nord. Il s'amplifia, faisant place au chuintement saccadé caractéristique des pales d'un hélicoptère. Cependant Malko eut beau écarquiller les yeux, il ne vit pas la machine qui volait évidemment tous feux éteints. Il distingua seulement une masse plus sombre que le sol au moment où l'appareil se posait. Juste à côté des deux voitures. Les pales continuaient à tourner, émettant un sifflement léger. Malko tentait en vain de percer l'obscurité.

Puis, derrière lui, il y eut un bruit léger. Une voiture venait de s'arrêter derrière la sienne. Il en sortit le colonel Sandor Simon, le visage sévère.

– Nous allons intervenir tout de suite! annonça le Hongrois. Avant que l'hélico ne reparte.

– Attendez, dit Malko.

– Pourquoi?

– Je ne peux pas encore vous le dire.

L'officier hongrois secoua la tête.

– Impossible. J'ai des ordres. S'ils s'échappent, je suis responsable.

Il portait la main à son talkie-walkie quand Malko braqua sur lui son pistolet extra-plat.

– Colonel, dit-il calmement, je vous demande un tout petit peu de patience.

Suffoqué, l'officier hongrois demeura figé sur place. Intérieurement, Malko comptait les secondes, priant le ciel pour ne pas s'être trompé.

*
**

Le chuintement des pales du MI 26 forçait à crier pour se faire entendre. L'air brassé transformait les cheveux blancs de Mehdi Chimran en une crinière ébouriffée. Les mains dans les poches de son manteau, il vint au-devant de Pavel Sakharov qui émergeait de sa Mercedes où était demeurée Zakra. Ses deux Tchétchènes l'encadraient.

A bord de l'hélico, en dehors des pilotes, il n'y avait que deux civils, armés de Kalachnikovs.

– Vous avez le métal? demanda Mehdi Chimran, quand même impressionné.

– Vous avez l'argent? répliqua Pavel Sakharov.

– Oui, voilà.

L'Iranien tira de sa poche une feuille pliée en quatre. Un ordre de virement irrévocable de soixante millions de dollars sur une banque suisse. Le Russe l'examina longuement à la lueur d'un gros briquet avant de mettre le papier dans sa poche.

– Parfait, dit-il.

Il se dirigea vers l'hélico et prit dans la cabine de pilotage un « diplomat » noir. Il le tendit ensuite à Mehdi Chimran.

– La prochaine livraison aura lieu dans deux jours, annonça-t-il.

L'Iranien alla ouvrir le coffre de sa voiture. Avec soin, il s'apprêta à poser le « diplomat » au fond de son coffre.

Il n'eut pas le temps de finir son geste. Un éclair bleu éblouissant, tellement puissant qu'il illumina toute la scène et le paysage à cent mètres à la ronde, jaillit du coffre, comme si la foudre avait frappé. En même temps le « diplomat » qu'il venait de poser sauta en l'air, le coffre se rabattit vers la lunette arrière, et un second « diplomat » apparut au fond, le couvercle arraché.

L'obscurité retomba. Cependant, tous ceux qui se

trouvaient là avaient gardé, imprimée sur leur rétine, cette tache bleue qui sortait de nulle part.

Tétanisé, Mehdi Chimran regardait les deux « diplomat » éventrés et les lingots de plutonium 239 répandus dans le coffre, sans réagir. Pavel Sakharov, encore sous le choc, s'approcha de lui :

– Que s'est-il passé?

*
**

L'éclair bleu découpa en ombres chinoises les policiers hongrois massés derrière Malko, ils se trouvaient pourtant à près d'un kilomètre. Le colonel hongrois, toujours sous la menace du pistolet extra-plat, s'exclama :

– Qu'est-ce que cela?

– Je viens de vous sauver la vie, dit Malko. Maintenant vous pouvez agir.

Il avait abaissé son arme, et, la vision encore troublée, essayait de distinguer ce qui se passait au loin. Son plan avait fonctionné exactement comme prévu. En fin de journée, il avait récupéré dans le coffre d'Alan Spencer le « diplomat » contenant les six kilos de plutonium 239 remis à lui par Pavel Sakharov.

Chris Jones avait ouvert, grâce à sa trousse, le coffre de la Mercedes diplomatique et y avait dissimulé le premier « diplomat » remis à Malko par Pavel Sakharov, contenant les six kilos de plutonium 239. Lorsque Mehdi Chimran avait posé dessus le second « diplomat », contenant lui aussi six kilos de plutonium 239, l'addition des deux masses et leur rapprochement avait provoqué un « incident de criticité ». La masse critique étant dépassée, la mise en contact des deux masses de plutonium 239 avait provoqué un dégagement de neutrons, de chaleur et de rayons gamma.

La chaleur avait violemment écarté les deux masses, empêchant la réaction nucléaire de s'enclencher, les neutrons et les rayons gamma avaient projeté dans un rayon de cinquante mètres des radiations mortelles. En plus, les rayons gamma, en ionisant l'air, avaient créé l'étrange lueur bleu-violet. L'intensité des radiations avait atteint pendant quelques fractions de seconde près de 1000 « rads », la dose létale étant de 500...

*
**

– Regardez! s'exclama Mehdi Chimran tendant le bras vers plusieurs gyrophares bleus qui arrivaient des quatre coins de l'horizon.

Pavel Sakharov se précipita vers le coffre de la Mercedes iranienne. Il y prit le « diplomat » contenant le plutonium 239 et s'apprêta à foncer vers l'hélicoptère.

– Venez, cria-t-il à Chimran, nous avons le temps de filer.

Mehdi Chimran ne bougea pas, adressant un sourire triste et vaguement ironique au Russe.

– Où allez-vous?

– Nous avons le temps de décoller!

Medhi Chimran secoua la tête :

– Et ensuite? Vous savez ce qui vient d'arriver? Nous avons tous été irradiés. Une dose de 1000 rads environ.

– Qu'est-ce que cela veut dire?

– Que nous sommes déjà morts, laissa tomber l'Iranien. La dose mortelle est de 500 rads. Dans une heure vous commencerez à avoir des vomissements, puis des saignements de nez. Ensuite, vous vous sentirez de plus en plus mal... Si vous êtes vraiment très résistant, vous tiendrez quarante-huit heures. Sinon, vingt-quatre...

Les pales de l'hélico tournaient toujours. D'un signe, Pavel Sakharov fit signe au pilote de décoller. Les gyrophares se rapprochaient. Le chuintement se transforma en sifflement strident, un vent furieux balaya les quatre hommes qui restaient au sol et le MI 26 s'éleva lourdement, prenant la direction du nord.

Medhi Chimran regarda l'appareil s'élever, paralysé. C'est à peine s'il vit Pavel Sakharov tirer un gros pistolet noir de sa poche, en poser le canon sous son menton et appuyer sur la détente.

Son corps était encore agité de soubresauts quand la première voiture de police arriva. Mehdi Chimran n'opposa aucune résistance. L'éclair bleu dansait encore devant ses prunelles. Les policiers surgissaient de tous les coins, accompagnés par une voiture portant une plaque diplomatique et un fanion américain.

*
**

Les yeux de Zakra semblaient s'être enfoncés dans leurs orbites, son teint était gris et ses beaux cheveux roux tombaient par poignées. Son visage structuré semblait s'être ratatiné. Des cotons enfoncés dans ses narines et changés régulièrement réduisaient ses constantes hémorragies nasales. Une perfusion était enfoncée dans son bras gauche, la forçant à demeurer sur le dos. L'hôpital Robert Karoly lui avait donné une chemise de nuit trop serrée qui comprimait sa magnifique poitrine.

Deux gardes veillaient à sa porte, interdisant toute visite. Quand la porte s'ouvrit, elle tourna la tête et esquissa un sourire. Ses gencives semblaient avoir remonté, ce qui donnait à sa bouche un aspect vaguement chevalin.

– Comment ça va? demanda Malko d'un ton enjoué en s'asseyant sur le bord de son lit.

– Mal, répondit la jeune femme, je n'arrête pas de vomir.

Cela faisait trente-six heures qu'elle avait été transportée dans cet hôpital. Ses nausées avaient un peu diminué mais elle se sentait horriblement faible. Malko remarqua que ses mains avaient perdu un peu de leur chair.

– J'ai une bonne surprise pour toi, annonça-t-il en sortant de sa poche un passeport à la couverture verte. Ton passeport américain.

Il le posa sur le lit et Zakra s'en empara aussitôt,

feuilletant avidement les premières pages. C'était bien sa photo, son identité et la date de naturalisation était celle de la veille. Elle le reposa, les larmes aux yeux.

– *Das ist wunderbar!* (1) dit-elle la voix cassée.

– Je te l'avais promis, dit Malko. Tu l'as bien mérité.

La CIA avait récupéré les douze kilos de plutonium 239. L'hélico intercepté par les Mig s'était posé en Hongrie et le pilote avait parlé. Il était parti d'une base du KGB, non loin de Beregovo. Prévenues, les autorités ukrainiennes avaient immédiatement collaboré. Les soixante-huit kilos de plutonium 239 restants avaient immédiatement été récupérés. On les avait trouvés enterrés dans différents endroits de cette base par paquets de six kilos entourés d'une couche épaisse de talc. Celui-ci, dérivé du bore, ayant la propriété de stopper les neutrons. L'enquête ne faisait que commencer.

La controverse entre les autorités hongroises et la CIA battait son plein. Les Hongrois reprochant bien sûr aux Américains d'avoir provoqué une réaction nucléaire sur leur territoire, alors qu'il eut été si simple d'arrêter tous les protagonistes du trafic.

L'ambassadeur américain leur avait affirmé que l'« incident de criticité » de Harmashatar n'aurait aucune conséquence fâcheuse. Les radiations mortelles n'avaient pas dépassé un cercle de cinquante mètres, et la radio-activité du site était nulle, comme ils avaient pu le constater à l'aide des compteurs Geiger.

Bien entendu, il ne leur avait pas dit la vérité. L'idée de Malko de provoquer volontairement cet incident en dépassant la masse critique de plutonium 239 avait été soumise à la Maison Blanche et chaudement approuvée. En effet, il restait cent tonnes de plutonium 239 en Russie. D'autres Pavel Sakharov se sentiraient des vocations de contrebandiers nucléaires. L'hydre de la prolifération allait renaître très vite.

(1) C'est merveilleux!

Il s'agissait de décourager les candidats. Désormais, ils savaient risquer leur vie et non quelques années de prison. C'est cette méthode que les Syriens avaient utilisé au Liban en assassinant la famille Chamoun. Faire peur.

Hélas, il y avait Zakra dans le périmètre mortel.

– Je me sens mal, soupira la jeune Kirghize. Quand est-ce que je vais pouvoir sortir d'ici?

– Bientôt, assura Malko. Ce que tu as n'est pas bien grave.

Il avait expliqué à la jeune femme, demeurée dans la Mercedes de Pavel Sakharov, que la carrosserie l'avait protégée de l'irradiation. Dans des chambres, au même étage, les deux Tchétchènes luttaient contre la mort. Mehdi Chimran avait cessé de vivre une heure plus tôt.

Une infirmière entra et changea la bouteille du goutte à goutte, qui se mit à couler plus vite.

– Ça va te faire dormir, expliqua Malko. Il faut que tu te reposes.

Zakra eut encore plusieurs violents hoquets qui secouaient tout son corps. Puis, peu à peu ses muscles se détendirent, ses spasmes se calmèrent, sa main tenait toujours celle de Malko. Elle n'avait plus touché à son passeport posé sur le lit. Elle esquissa un sourire heureux à l'intention de Malko et murmura :

– Je crois que je vais dormir. Je suis contente pour le passeport.

– Dors bien, dit Malko.

Le goutte à goutte était à moitié vide. La dose massive de morphine qu'il injectait dans les veines de Zakra était en train de l'endormir définitivement, sans souffrance et sans heurts.

Malko, penché sur elle, vit la lueur dans ses yeux noirs s'éteindre peu à peu, comme une bougie qui s'épuise. Il ne lâcha la main de Zakra que lorsque son regard fut devenu froid et vide.

IMPRIMÉ EN FRANCE PAR BRODARD ET TAUPIN
Usine de La Flèche (Sarthe), le 05-06-1992.
6543F-5 - Dépôt légal Éditeur : 8949 - 6/1992.
ISBN : 2-7386-0279-7

42/5514/7